LADY BERESFORD

Serie ladies 3

Arlette Geneve

PRÓLOGO

Condado de Hampshire, Inglaterra

John Beresford, marqués de Whitam, miró a su familia reunida para su cumpleaños. Juntos lo celebraban en el gran comedor familiar, y no podía sentirse más feliz.

El menor de sus hijos, Arthur, había llegado recientemente de las colonias para la celebración, y al ver a toda su familia reunida, se le llenaron los ojos de lágrimas. En ese momento trataba de que sus hijos, Lyall y Sheena, se comportaran como perfectos ingleses, aunque era obvio que no lo conseguía porque no lo eran. Lyall y Sheena se habían criado en el oeste, entre salvajes, y por eso su comportamiento era tan peculiar y distinto al resto de sus primos ingleses, aunque Arthur se esforzaba al máximo. Sin embargo, a John no le importaba verlos caminar descalzos por el jardín, ni que irrumpieran a altas horas de la madrugada en la cocina de Whitam Hall para alimentarse con las sobras que habían quedado de la cena. Clara Luna miraba a su esposo con una cierta actitud derrotista: se notaba por su expresión que hacía mucho tiempo que había desistido de intervenir. Para los dos suponía un sufrimiento que sus hijos no acataran las normas y reglas cada vez que visitaban al abuelo inglés.

John desvió la mirada hacia su primogénito y heredero.

Christopher, reprobaba en ese momento a su hijo mayor, llamado como él, y que acicateaba a su hermano menor John, mientras la pequeña de los hermanos, Evelyn, le daba de comer al perro viejo de su hija Aurora. ¿Cómo había terminado el chucho bajo la mesa del comedor? Lo ignoraba, pero era tan viejo que apenas podía caminar, así que imaginó que la pequeña lo habría llevado allí sin que el servicio se hubiera dado cuenta.

John miró a su hija Aurora que observaba a su esposo Justin con el ceño fruncido. Estaba claro que no le gustaba lo que estaba oyendo, y de la madre pasó a sus descendientes. Roderick, su nieto mayor, era un hijo tan ejemplar, que le hacía sentir un abuelo muy orgulloso. Mary, su melliza, era mucho más extrovertida, aunque tenía las ideas muy claras y le daba a su padre algún que otro quebradero de cabeza, sobre todo por su futuro enlace con un primo escocés. Los gemelos Devlin y Hayden se estaban lanzando migas de pan que habían convertido en pequeñas esferas, además se atizaban con los pies bajo el mantel, John tuvo que contener una sonrisa al ver a su yerno que pegaba un golpe sobre la mesa del comedor para llamar la atención de ambos, y se maravillo de lo iguales y diferentes que eran a la vez. Los mellizos Victor y Andrew conversaban sobre el momento más apropiado para visitar una feria de ganado en la frontera con Escocia. Querían llevar con ellos a una de sus primas, Lizzy, la hija mayor de Jamie Penword. Ahora se fijó en la pequeña Beatrice que se lo llevaba todo a la boca: no había visto nunca una niña con un apetito tan voraz. Siendo la más pequeña de todos los hermanos Penword, inexplicablemente era la menos consentida.

Pero la luz en los ojos de John se oscureció durante un instante porque faltaba su nieta Blanca. La preciosa y callada hija de Andrew y de Rosa, y que solía mirarlo atenta cada vez que visita Crimson Hill. Con ella jugaba al ajedrez durante horas interminables porque era muy buena estratega, y ello podía extrapolarse a la política del reino, ¿qué muchacha tan joven podía saber y entender sobre decisiones que tomaba el primer ministro en su vivienda de Downing

Street? John tenía claro que las numerosas visitas de su nieta a Sevilla tenían mucho que ver, pues su tío el duque de Alcázar la instruía para que el día de mañana se integrara sin problemas y de forma natural en la aristocracia española. ¿De verdad se creía el duque sevillano que los hijos de nobles ingleses estaban menos preparados para formar parte de esa sociedad privilegiada? Pero se alegraba en verdad porque con Blanca solía mantener conversaciones muy estimulantes sobre música, arquitectura, y que nunca había tenido con sus propios hijos. John admiraba el férreo control que poseía la muchacha sobre sus sentimientos. Con ella nunca estaba seguro de si se sentía furiosa, o quizás alegre, o por el contrario completamente indiferente.

Había recibido regalos muy buenos y útiles de cada uno de sus nietos, y John era muy agradecido, pero ella, Blanca, conocía realmente su pasión. Le había obsequiado antes de marcharse de viaje al reino de España, un presente memorable: lo que había estado buscando la mayor parte de su vida.

Desde niño, John sentía adoración por las rocas, y lo que empezó como un hobby de guardar en diferentes cajitas con compartimentos pequeños cristales de minerales, se transformó con el tiempo en una pasión, y actualmente disponía de una habitación de esparcimiento donde guardaba todos sus tesoros. La colección que tenía en la actualidad era muy grande, y de una belleza especial. John disfrutaba colocando sus tesoros en lugares preferentes, y cada roca que él consideraba importante, incluso con peana. Cada mineral guardado le había colocado una etiqueta distintiva, y el marqués disfrutaba enseñando sus pequeños tesoros a todo el mundo, salvo que a ninguno de sus hijos y nietos le había interesado su colección, salvo a ella, a Blanca, que se mostraba alucinada y encantada con cada una de sus descripciones. Solía decirle que la naturaleza dotaba a los minerales con formas poliédricas tan perfectas y bonitas que no podía sino admirarlas, y él sabía que no lo decía sólo para complacerlo.

Podía hablar con ella sobre sus tesoros por tiempo indefinido, y, Blanca, que conocía su pasión por los minerales, le había regalado una brocancita: un mineral codiciado por los coleccionistas por sus cristales verdes tan llamativos, también porque había sido utilizado como mena de cobre. ¿Cómo la había conseguido? No tenía modo de saberlo, pero se sentía muy feliz de poder compartir su pasión al menos con uno de sus nietos.

Su primogénito Christopher se levantó, tomó su copa de champán, y la alzó mirándolo.

—Por el patriarca de todos los Beresford —brindó solemne.

Uno a uno fueron levantándose todos los congregados, salvo los más pequeños, y uno a uno fueron lanzándole brindis que lo llenaron de enorme satisfacción.

John se sentía un padre querido, y un abuelo afortunado. ¿Qué hombre podía reunir a su mesa a tantos nietos? Y los que estaban por venir, se dijo, porque estaba convencido de que Ágata y Clara Luna volverían a ser madres. De repente, el marqués miró a Rosa, la más delicada de sus nueras, que se mantenía discretamente en silencio, y tan convencional como solía estarlo su hija Blanca. John lamentó que Rosa no tuviera más hijos pues Andrew se merecía ser padre de una gran familia, pero tras Blanca, Rosa no había vuelto a concebir.

John escuchó primero las palabras de Christopher y de sus hijos. De Arthur y de sus hijos, y, cuando le tocó el turno a Andrew, observó atento que miraba a su esposa Rosa con un amor inconfundible. La sujetó de la mano, y le sonrió de una forma que le enterneció el corazón. Después, Andrew lo miró a él, y le ofreció unas palabras muy bonitas que lo llenaron de alegría.

—Padre, sé que hoy es su día, pero la felicidad que siento merece ser compartida. —A Andrew le brillaban los ojos—. Rosa y yo esperamos un segundo hijo.

John se sintió feliz por la pareja que se merecía el premio de ser padres de nuevo. Y a las felicitaciones que recibía, se sumaron las enhorabuenas a los dos. El abuelo se levantó de su lugar preferente en la mesa, y caminó hacia su nuera.

—Me alegro mucho, Rosa —le dijo—. Que Dios te bendiga.

John se inclinó hacia su nuera y la beso en la mejilla. Todos lo imitaron, y de pronto Rosa se encontró avasallada en felicitaciones.

Al abuelo le habría gustado que su nieta Blanca estuviera en la celebración, le preguntaría si se sentía feliz de tener un hermanito. La muchacha, tan seria como siempre, alzaría sus hombros de forma delicada, y le respondería que no podría disfrutarlo como le gustaría porque su destino estaba en España, donde se encontraba su prometido y futuro esposo, y esa circunstancia le oprimía el corazón pues iba a tener a dos nietas lejos de Inglaterra: una en Escocia, la otra en el reino de España.

Tiempo atrás, John le había confiando a Blanca que podía mandar a al diablo a su prometido, que su lugar estaba en Inglaterra, pero ella lo observó muy sorprendida por su proclama, y de nuevo lo asombró con su madurez y comprensión de los acontecimientos. Blanca le había respondido que jamás pondría en entredicho su palabra, él le recordó que la palabra la había dado su tío, el duque de Alcázar, pero ella lo corrigió alegando que la palabra de su tío también era la suya, y que jamás faltaría a ella de forma consciente o premeditada.

El abuelo ya no dijo nada más sobre el asunto de su compromiso con un noble español, simplemente sujetó la mano de su nieta, y se la apretó con cariño.

Un largo aplauso devolvió a John al presente. Había llegado la hora de la tarta. La festividad por su cumpleaños, y la celebración de la buena nueva de Rosa, continuaron hasta altas horas de la madrugada.

CAPÍTULO 1

Andrew Robert Beresford subió la escalinata de la casa como si la vida le fuera en ello. El mayordomo abrió la puerta y el noble ni lo miró. Cruzó el umbral y se paró en medio del vestíbulo.

—¿Y mi padre? —preguntó con urgencia.

—En la biblioteca, milord —respondió el sirviente—. ¿Lo anuncio?

Andrew caminó rápido hacia la estancia sin responder al mayordomo. Abrió la puerta con tanto ímpetu, que el noble sentado tras el escritorio se sobresaltó.

—¡Andrew! —exclamó el marqués.

Su corazón sintió un vuelco la verlo tan alterado.

—¡Han hundido el Black Devil!

El marqués se quedó sin respiración por lo que implicaba esa información.

—¿Qué dices, hijo? —preguntó con una angustia creciente.

—Lo han hundido frente a las costas de Portugal.

El marqués se llevó la mano al corazón porque le latía demasiado deprisa. En el Black Devil viajaba su nieta Blanca. Era el cuarto viaje que hacía en dos años al reino de España.

—¿Cómo te has enterado? —inquirió el marqués.

Andrew tuvo que sentarse porque se sentía algo mareado por la angustia, y a la que se sumaba la desesperación. John le sirvió un coñac, y lo animó a que se lo tomara.

—Uno de los marineros fue rescatado cerca del pueblo costero de Sines —John volvió a tomar asiento—. Envió un mensaje nada más ser rescatado.

—¡No puede ser! —Exclamó el marqués que sentía que no le llegaba la sangre al corazón.

Pensó en la preciosa Blanca, y sintió una sacudida. Su nieta más sensata, la mas prudente, la más inteligente... no, no podía ser cierto.

A John se le llenaron los ojos de lágrimas.

—Debe de haber sido Da Silva —afirmó Andrew.

John parpadeó al escucharlo. ¿El infame pirata? Se preguntó el marqués. Aunque no era la primera vez que piratas portugueses apresaban y hundían barcos ingleses, pero ese corsario era el más cruel, por es emotivo llamaba a su barco el Despiadado.

Inglaterra llevaba tras su captura casi diez años.

—¿Qué más sabemos de Blanca?

Andrew tuvo que inclinar la cabeza porque estaba a punto de romper a llorar. Cada vez que pensaba en su preciosa hija, sentía que se desmoronaba.

—El marino informó que la mayoría de la tripulación fueron pasados a cuchillo —contestó Andrew con la voz entrecortada—. Salvo Blanca y su doncella. La han capturado.

—¡Capturada significa viva! —exclamó el abuelo.

Andrew tragó con fuerza.

—Smith, que así se llama el marinero, fue lanzado por la borda tras ser acuchillado, y fue rescatado en medio del mar por un barco pesquero que lo llevó hasta Sines, allí envió el telegrama con el aviso de la captura y hundimiento del Black Devil. No dijo nada sobre el pirata, pero no dudo que fue Da Silva.

John perdió el poco color del rostro que le quedaba, y no por la pérdida del bonito barco de tres mástiles que tantos buenos momentos le había proporcionado en el pasado, sino por su querida y preciosa nieta: la dulce y apacible Blanca. Ninguna muchacha era tan obediente como ella, tan calmada al tomar decisiones, y tan prudente al seguir los consejos. John temió echarse a llorar delante de su hijo porque estaba muy afectado. Amaba a todos y cada uno de sus nietos, pero Blanca era la luz de sus ojos, la que siempre estaba dispuesta a escucharlo.

Andrew se echó las manos al rostro al mismo tiempo que se le convulsionaron los hombros. Para el padre quedó claro la desesperación que debía sentir.

—Rosa está destrozada —le dijo Andrew—. No tiene fuerzas ni para levantarse del lecho.

—Hijo mío…

El padre no sabía cómo consolarlo.

—Me provoca terror perderla —susurró Andrew entre dientes.

Y John no supo si se refería a la esposa o a la hija. Rosa de Lara había dejado de tener buena salud con el último parto. El pequeño Adam se había llevado todas las fuerzas de la madre que se pasaba la mayor parte del tiempo en cama aquejada de terribles dolores de cabeza.

—Avisaré a tu hermano Christopher —dijo John de pronto.

Andrew se levantó.

—Tengo que viajar al reino de España —anunció decidido—. Tengo que ver a mi cuñado Alonso de Lara. Debe conocer lo que le ha sucedido a su sobrina. Juntos idearemos cómo localizar a Da Silva.

—Pero hasta la semana que viene no zarpará ningún barco desde Dover hacia la ciudad portuaria Santander —dijo John pensativo.

Los buques de línea no zarpaban a diario.

—Pero es que no puedo esperar ni un día más, padre —alego Andrew con los ojos rojos.

John pensaba a toda velocidad.

—Alquilaremos un pequeño velero, uno que sea muy ligero y muy rápido —parecía que el marqués hablaba para sí mismo.

—Ya he conseguido uno en puerto de Portsmouth, tengo previsto partir esta misma tarde.

—Iré contigo —anunció el marqués.

Andrew hizo un gesto negativo con la cabeza bastante elocuente.

—Necesito que se quedé aquí y cuide de mi esposa Rosa y del pequeño Adam.

El marqués no estaba de acuerdo. En ese momento su hijo lo necesitaba más que nunca, y no pensaba quedarse en tierra.

—Te acompañaré —insistió—. Tu hermano Christopher se quedará a cargo de todo.

Andrew se mesó el cabello con agitación. Necesitaba mesura, templar los nervios.

—No fue una buena idea enviarla en barco —susurró Andrew muy quedo, pero el padre lo había escuchado, y no estaba más en desacuerdo.

—Blanca adora navegar —le recordó.

—Pero el mar está plagado de alimañas.

—Como tierra firme —afirmó el marqués—. El viaje hasta Sevilla es tan peligroso por tierra como por mar, salvo que por tierra se tarda mucho más tiempo, y uno queda más expuesto al peligro.

Andrew se paseaba como un león enjaulado. El padre seguía con los ojos sus movimientos.

—¿Cómo diablos daré con ella? —susurró para sí mismo—. ¿Cómo la encontraré?

—Lo haremos juntos.

John se dijo que la piratería era tan antigua como la navegación y el robo pues las dos cosas juntas la definían. El pirata solía ser un asesino sin escrúpulos, un forajido capaz de las peores fechorías por su avidez de oro y riquezas. Y, cuando capturaban a mujeres, solían venderlas esclavas o como concubinas, en el peor de los casos las mataban.

—Estaré a tu lado, Andrew, siempre.

CAPÍTULO 2

Miraba el humo que ascendía hacia el cielo como una torre blanca.

—Capitán Bumblebee —lo llamó el segundo de abordo—. Los prisioneros ya están distribuidos en las bodegas del barco —el capitán terminó de anudarse el lazo que sujetaba su cabello castaño claro—. Pero la dama no está muy de acuerdo con la decisión, y pide ocupar un lugar acorde a sus necesidades.

Ya podía imaginarlo. Que su nave se encontrara con el barco pirata había sido un golpe de suerte, sobre todo con el botín que guardaba en el interior de sus entrañas, pero él había anhelado que fuera el Despiadado porque le seguía la pista desde hacía varios meses, pero el barco no era el de Da Silva.

—¿Tratas de decirme que no le gusta compartir espacio con el pescado en salmuera? —se burló mientras se arremangaba las mangas de la camisa hasta el codo—. Igual prefiere compartir habitáculo con los piratas capturados.

—Esa parte de la bodega huele especialmente fuerte —aclaro el otro.

—¿Peor que los portugueses? —preguntó el capitán—, permíteme que lo dude.

—Mathew y yo podríamos compartir camarote —le sugirió el hombre.

El capitán alzó las cejas, y miró atónito a su segundo de abordo.

—La mujer y su criada se quedarán en el pañol de pólvora —afirmó el capitán mientras comenzaba a caminar hacia proa.

—Pero capitán... —el oficial lo interrumpió.

—En esa parte de la bodega están a salvo —respondió—, y no tengo nada más que decir al respecto.

—¡Capitán! —exclamó el vigía—. ¡Barco a estribor!

El capitán viró y caminó a grandes zancadas hacia el puente, se asomó por la barandilla de popa, se fijó en el navío que se aproximaba a gran velocidad, y lo reconoció porque era un barco único. Había sido construido por el mejor carpintero de Portugal, y con un diseño especial que le permitía ganar velocidad y esquivar a otros navíos al mismo tiempo que transportaba esclavos. El capitán Da Silva, tan soberbio como imprudente, decidió pintarlo de negro, y las velas, que no eran blancas sino grises, eran su mayor distintivo. Era fácil reconocer el barco a mucha distancia.

—¡El Despiadado! —afirmó el segundo de abordo que lo había seguido en la carrera.

El capitán apretó los labios y mantuvo el silencio. Habían pasado las Azores, pero no tenía modo de saber si seguían en aguas portuguesas. Era indudable que el barco navegaba en auxilio de la nave que remolcaban, y que al mismo tiempo les restaba velocidad. Tuvo que tomar una decisión difícil en menos de un minuto.

—Cortad los amarres del Melancia, dejaremos el barco capturado a la deriva y en su línea de rumbo —ordenó a uno de los marineros.

—Pero capitán, si soltamos el Melancia perderemos las ganancias de su venta.

El capitán ya había valorado los pros y contras de esa decisión. Abordar el barco pirata había supuesto una lucha que se había cobrado varias víctimas, aunque no de su nave. Ninguno de sus hombres, un total de veinte, habían resultado heridos en la escaramuza para hacerse con el control del navío pirata en el abordaje.

—Lo sé, pero ganaremos en velocidad y podremos dejarlos atrás sin problemas —explicó el capitán—, el Despiadado es el barco más rápido que he conocido, pero le llevamos cierta ventaja.

—Entonces, ¿viramos? —preguntó otro de los marineros.

El capitán hizo un gesto afirmativo.

—Pondremos rumbo a Roque del Infierno porque es la tierra que tenemos más cerca.

El segundo de abordo masculló al escucharlo.

—Pero eso significa regresar sobre lo navegado —apuntó el oficial que miraba a su capitán con el ceño fruncido—, además, Roque del Infierno es un punto peligroso para la navegación —le recordó—. Las corrientes marinas y los bajíos han provocado ya varios naufragios.

Capitán y oficial hablaban de una formación rocosa sumergida compuesta de dos islotes. Uno de ellos era de mayor tamaño y el más cercano a tierra. Bumblebee tenía pensado dejar El Caronte a buen resguardo, y aprovecharían la bajamar, que era cuando el islote se encontraba unido a la tierra por una fina lengua de arena, para entrar en la isla donde tenía uno de sus muchos refugios.

—Conozco la orografía de Roque del Infierno— explicó el capitán paciente—. Allí podremos resguardarnos y abastecernos.

—Pero si viramos nos pondremos a tiro de sus cañones de babor.

Esa era una posibilidad, pensó el capitán.

Los marineros lo miraron fijamente. Su experiencia como marino estaba más que demostrada pues había participado en largas y complicadas travesías logrando una gran fortuna gracias a las inversiones que realizaba de los beneficios que obtenía. El capitán Bumblebee había participado en intervenciones de otros reinos apresando piratas y destinando los buques que capturaban para su venta. Su nombre ya alcanzaba fama y prestigio, además, su elevada estatura y su enorme atractivo físico, lo envolvían en un halo de romanticismo. Su nombre iba acompañado de leyendas que lo relacionaban con islas remotas, tesoros ocultos, y amores tórridos e ilícitos que habían provocado duelos y muertes de los que había salido victorioso.

Su participación en la navegación comercial había comenzado dos años atrás, periodo en el que fue dueño y capitán de la fragata Osado, buque con el que navegó desde el puerto de Dover hasta el de La Habana. Esa misma ruta la había realizado en diferentes ocasiones. Sus conocimientos sobre los medios de transporte y de las mercancías exportadas le permitían escoger la bandera sobre la que quería navegar.

—En Roque del Infierno podremos darle esquinazo —afirmó convencido.

—¿Y qué pasa con la demanda de la prisionera? —insistió el segundo de a bordo—. ¿Las cambio a las dos de lugar?

El capitán miró al marinero con ojos entrecerrados.

—Me ocuparé de la dama cuando hayamos dejado atrás al Despiadado.

***

Blanca Beresford no estaba asustada, todo lo contrario, estaba confusa y dolorida. Había sufrido una aparatosa caída cuando la empujaron por la espalda para que cruzara más rápido la pasarela, planchada que habían colocado los piratas para pasar de un barco hacia el otro. No había caído al mar de milagro. Su doncella le había aconsejado que contuviera la lengua, pero ese consejo había llegado demasiado tarde. El Black Devil, el velero de su abuelo había sido capturado con ella a bordo. Su padre y abuelo habían creído que el viaje que tenía que realizar hasta el reino de España para formalizar su compromiso matrimonial con el heredero de Marinaleda, iba a ser más seguro por mar, pero los dos se equivocaron. Cuando bordeaban la costa de Portugal, casi a la altura de Lisboa, fueron interceptados por un navío pirata portugués que hizo prisioneros a todos los ocupantes.

El precioso velero de tres mástiles terminó hundido en el fondo del mar, y varios marineros habían muertos, unos por herida de espada, otros por cuchillo, salvo ellas dos que habían capturadas sin apenas resistencia. Los piratas iban a pedir por ella un suculento rescate, y, por lo que había podido escuchar, lo harían desde Las Azores, porque allí los piratas portugueses se sentían a salvo.

Blanca había temido en un principio por su integridad física, sin embargo, y para sorpresa suya, los hombres que la habían capturado conocían a su familia materna, sobre todo a su tío el duque de Alcázar, y se convencieron de que ella valía más viva que muerta, pero entonces, y cuando el barco pirata se encontraba camino de las Azores, fue interceptado por otro navío mucho más ligero, El Caronte, ella volvió a ser apresada, pero en esta ocasión por un pirata de las colonias.

¿Cómo podían capturarla dos veces en tan poco tiempo?, se preguntó.

Blanca era consciente de que podía ser un jugoso botín como heredera, y maldijo al destino que la había puesto en manos de corsarios ávidos de oro, porque mantener la soberbia cuando estaba en juego la propia vida, resultaba temerario además de una estupidez, pero, aunque la despellejaran viva, aunque la colgaran de los pulgares del palo de mesana, Blanca iba a portarse como la dama que era. Sobre todo, después del espantoso ridículo que había hecho cuando cayó en cubierta de forma aparatosa, y quedó despatarrada a los pies del capitán del Caronte. Su carcajada de burla todavía resonaba en su cerebro. La culpa la había tenido el empujón que había recibido por la espalda, y esa risa malintencionada había logrado sustituir su miedo por enfado, algo que agradecía. Blanca no pensaba mostrar mesura en las palabras ni prudencia en los actos, sobre todo desde que la habían encerrado en ese estrecho habitáculo que olía insoportablemente mal. Los gruesos barrotes que la separaban de la libertad protegían tanto la comida como la pólvora, y por el olor, la mayoría de pescado debía de estar podrido.

Era la segunda vez que la apresaban, y se juró que sería la última.

—¿Mi humilde hospitalidad no se merece un agradecimiento?

Blanca se giró de golpe. Había estado las últimas horas cuidando de su doncella enferma. Ella estaba acostumbrada a navegar con fuerte marejada, pero Martha no. Cuando clavó la mirada en el corsario que tenía frente a ella, su corazón sufrió un sobresalto. El hombre era muy alto y corpulento. A pesar de la escasa luz que había en la bodega, pudo distinguir el brillo de sus ojos color ámbar: un color muy extraño para un pirata. Llevaba el cabello recogido en una coleta, y, a pesar de la barba castaña que cubría la mitad de su rostro, se veía muy apuesto. Vestía camisa clara, y había enrollado las mangas hasta los codos en un gesto despreocupado. Sus fuertes piernas estaban enfundadas en un pantalón negro muy ajustado, y un fajín rojo sobre la cintura sujetaba la espada y el puñal a su estrecha cadera.

—Mi doncella no resistirá el viaje encerrada aquí abajo —le dijo firme—, y el olor del pescado podrido no ayuda.

—¿Quién no lo resistirá, la doncella o tú?

El brillo de burla en los ojos de él, logró que la vergüenza la cubriera de pies a cabeza. Estaba convenida que el desgraciado todavía la veía despatarrada a sus pies. Había muy pocas cosas que una dama perdonaba, y entre ellas estaba ser el blanco de la burla de un hombre.

—¿Pone en duda mi palabra? —la pregunta había sonado a recriminación.

La voz de ella era suave, aterciopelada, y con una tonalidad que le gustaba mucho al capitán, que se acercó todavía más a los toneles de agua. La mujer quedó a escasos pasos: los separaba únicamente los barrotes que protegían la pólvora. Plantada frente a él, y mirándolo de forma insolente, tenía a una de las herederas más codiciadas del reino de España.

«Así que he rescatado a la princesita repelente», se dijo el capitán con una sonrisa. «Y cómo ha cambiado». Él, conocía bien la fama de su tío, también conocía a su padre. Si no hubiera escuchado a su doncella llamarla lady Beresford, no la habría reconocido. ¿Cuántos años habían pasado desde la última vez que la vio, diez, doce?, se preguntó. ¿Y qué mujer en el mundo podía llamarse Blanca teniendo un cabello tan negro como el ala de un cuervo, una piel tan fina como el alabastro, y unos ojos del color del cielo en verano? Sólo ella.

—Eres una prisionera —le dijo con voz ronca—, y, aunque seas un valioso botín, esta parte del barco es la más segura, y será tu estancia hasta que lleguemos a tierra.

Los hombros de Blanca se tensaron cuando él le mostró la llave que cerraba los barrotes, y que tenía anudada en una cinta a la cadera. Cada gesto de él parecía una mofa hacia ella.

—Deduzco que me conocéis —se negaba a devolverle el favor del tuteo—, y que me encerráis para protegeros de mí —lo provocó.

El capitán sonrió, y el corazón de Blanca latió más rápido. Era el pirata con la sonrisa más bonita que había visto nunca.

—Tal parece —le dijo él—. ¿Quién no conoce al temido y despiadado duque de Alcázar? —le preguntó—. Y no dudo que si te apresaron es porque esperaban obtener por ti un gran botín en oro.

La vio alzar la barbilla y entrecerrar los ojos.

—Soy inglesa —le informó con voz controlada, y con toda la flema británica que pudo—. Mi padre es inglés.

Blanca valoró que sería menos valiosa si la creían la hija de un lord inglés que la sobrina de un duque español, pues su tío tenía sobrados enemigos de uno a otro confín del reino, pero el pirata la conocía, y jugaba con ventaja.

—Eres demasiado exótica para ser inglesa, princesita —contestó con una mueca de chanza que sacó a Blanca de sus casillas—, y te muestras tan osada como una dama española.

El capitán miró el vestido de ella que realzaba su espléndida figura, la tela moldeaba sus pechos de una forma que le provocó una sacudida en la entrepierna. Tuvo que carraspear para aclararse la voz. La mujer le aceleraba el pulso, también, que hacía semanas que no pisaba tierra seca ni se acurrucaba en el regazo de una dama hermosa.

—Mi doncella necesita respirar aire fresco y no este fétido olor a pescado podrido —le recordó Blanca sosteniéndole la mirada—. Además, tras estos barrotes estamos condenadas si sufrimos un nuevo ataque, si el barco zozobra y termina yéndose a pique —insistió.

A Blanca no le había gustado en absoluto el descarado escrutinio del pirata sobre su persona, pero, sorpresivamente, no le tenía miedo al deslenguado. ¿Por qué la había llamado princesita como si la conociera? El capitán dio un paso más hacia ella que no retrocedió. A él le admiraba que no buscase su propia comodidad sino la de su criada, pero la muchacha estaba plantada de pie frente a él y lo miraba como si fuese el diablo reencarnado. Veía desprecio en sus bonitos ojos, y la mujer no podía hacerse ni una idea de cuánto lo molestaba la arrogancia de quien se cree superior.

—Si valoras tu vida, aceptarás mantenerte en esta parte de la bodega, y no rechistarás —le aconsejó.

—¿Y si nos atacan otros piratas? —preguntó la muchacha.

Precisamente estaban huyendo del Despiadado que se había quedado rezagado cuando ellos cortaron los amarres del Melancia. El capitán creía sinceramente que había obtenido la ventaja necesaria para aumentar distancias entre ambos barcos, y que había puesto a salvo a su tripulación.

—¿Y si el barco se pone a tiro de los cañones de otro barco? —insistió Blanca sin dejar de observarlo.

—Siempre te quedará el consuelo del rezo.

Y ya no esperó una respuesta por su parte. El capitán giró sobre sí mismo, y se marchó tan silencioso como había llegado. Blanca no supo qué pensar al respecto. Ignoraba hacia dónde se dirigían y bajo qué bandera navegaban. Se dijo que el pirata hablaba su idioma, cierto, pero con un marcado acento que supuso de las colonias. De nuevo miró a su doncella que tenía los ojos cerrados: había vomitado hasta el primer trago de leche de su infancia, no tenía color en el rostro, ni alimento en el estómago. Resignada, se inclinó hacia ella, y volvió a limpiarle el rostro con el paño húmedo.

Les esperaba una travesía muy larga, sobre todo porque ignoraba hacia dónde se dirigía el barco. De repente, se escuchó el sonido de un cañonazo en la distancia, y, segundos después, cientos de astillas de madera que volaron por doquier…

CAPÍTULO 3

Palacio de los Silencios, Sevilla, Reino de España.

Alonso de Lara, duque de Alcázar, miró a su cuñado con los ojos reducidos a una línea al mismo tiempo que apretaba los puños a sus costados. No podía ser cierto, su sobrina no podía estar en manos de piratas portugueses.

—¿Cuánto hace?

Andrew se metió el dedo por el cuello de la camisa para separar el tejido de la piel. Siempre olvidaba el calor que hacía en Sevilla sin importar la estación del año.

—Máximo cinco o seis días —esa respuesta no se la esperaba—. Yo he tardado cuatro largos días en llegar a España —y eso era muy poco tiempo, se dijo el duque—. Logré alquilar un velero muy ligero, aunque el capitán no es muy ducho en el manejo de una nave tan rápida.

Alonso comenzó a pasearse de un lado a otro de su despacho en Silencios. Tomaba y descartaba opciones a la velocidad del rayo.

—Apenas quedan piratas —susurró el duque para sí mismo, pero Andrew lo había escuchado.

—¿De verdad te crees esa excusa política? —le preguntó Andrew con tono seco—. Porque Inglaterra sigue teniendo a Badger, a Lord Sam, a Johnson y Gibbs —reveló sin dejar de mirarlo—. Y vosotros a Cabeza de perro entre otros.

Era cierto, se dijo el duque, pero los tiempos boyantes de la piratería habían terminado hacía décadas, en la actualidad sólo quedaban algunos, pero eran perseguidos por la corona de España y la de Inglaterra.

—Los piratas portugueses y holandeses han tomado el revelo de los vuestros y los nuestros —le dijo Andrew como si leyera los pensamientos del noble.

El duque tenía una cuenta pendiente con Da Silva que le había hundido uno de sus barcos tres años atrás. En una ocasión casi logra darle alcance, pero Alonso no era hombre de mar sino de tierra.

—¿Dónde crees que llevaran a Blanca? —la pregunta de Alonso quemaba.

—A las Azores —respondió Andrew.

Alonso se quedó pensativo durante unos instantes. No, él no creía que la llevaran tan cerca de Portugal, y al alcance de la corona de España.

—Pedirán un rescate por ella —continuó el inglés—. Te lo pedirán a ti, porque Da Silva te conoce y sabe lo importante que eres.

El duque creyó percibir una nota de censura en la voz de su cuñado.

—No dudes que lo mataré —afirmó Alonso sin un titubeo.

Andrew se temía esa respuesta.

—Si Da Silva se pone en contacto contigo, si te pide un rescate por mi hija, aceptarás sin un titubeo, y sin cuestionar nada que...

Alonso lo interrumpió.

—¿Me crees capaz de lo contrario?

Andrew entrecerró los ojos.

—Tu enemistad con Da Silva a puesto en peligro la vida de mi hija, tu única sobrina.

El duque apretó los labios ofendido.

—Quiero a Blanca como si fuera mi propia hija —admitió Alonso con voz grave—. Y a Da Silva no lo mueve la venganza sino el ansia de oro.

Andrew soltó un suspiro al mismo tiempo que se mesaba el cabello. Si Blanca no estuviese prometida al heredero de Marinaleda, ahora no estaría lejos de él y apresada por uno de los piratas portugueses más sádicos.

—Si logro recuperar a mi hija con vida, da por concluido su compromiso.

—¡Andrew! —exclamó el duque—. ¡No puedes exigirme algo así!

El noble inglés caminó un paso hacia su cuñado sujetando la ira a duras penas.

—Todo esto es por culpa tuya —lo acusó.

Alonso de Lara podía entender la desesperación de su cuñado, pero, que lo acusara de la desaparición de su sobrina era demencial.

—No fui yo quien la envió a España por mar bordeando la costa portuguesa.

Andrew no podría creerse su respuesta.

—¿Y piensas que cruzar tu reino de norte a sur resultaría menos peligroso?

—¡Sí! —se defendió el duque—. En el reino yo vigilaría sus pasos, pero esa opción no podías tolerarla, ¿verdad?

Le espetó el duque enfadado. En ese momento crucial tanto el inglés como el español se reprochaban mutuamente años de rencillas y recriminaciones.

—Es injusto que me acuses así —se defendió Andrew.

Alonso lo taladró con la mirada, y sin permitirle una tregua.

—Siempre has llevado muy mal los lazos sanguíneos que tiene mi sobrina con la casa Lara, las relaciones personales con el reino de España, que adore su tierra materna, sus costumbres —le trajo a colación el noble, y con voz dura como el granito—. Y ahora que no la tienes bajo tu control te atreves a censurarme, inaudito.

—Nunca he ocultado mi rechazo a los viajes constantes que tenía que hacer mi hija a Sevilla —continuó Andrew amonestándole.

Alonso bufó de forma poco caballerosa al escucharlo.

—¡Blanca es una Lara! —le espetó el duque con ojos brillantes.

—¡Una Beresford! —contraatacó el otro—. Y cuando la recupere me aseguraré que nunca lo olvides, y jamás volverá a pisar Silencios.

Los dos hombres escucharon el jadeo femenino. Tanto el duque como el noble inglés giraron la cabeza al unísono, y vieron a Aracena clavada al suelo y con el rostro demudado.

—Bienvenido, Andrew —lo saludó Aracena.

—Me alegro mucho de estar aquí, milady —correspondió él.

Alonso iba a decir algo, pero su esposa lo interrumpió.

—Blanca ha sido apresada por piratas y vosotros dos os peleáis como chiquillos —los acusó la mujer—. ¿No sentís vergüenza?

La duquesa caminó directamente hacia ellos mientras el mayordomo dejaba una bandeja con licores sobre la mesa del despacho.

—Mi cuñado tiene la desfachatez de pedir mi ayuda a la vez que trata de juzgar mis acciones —se defendió el duque.

Aracena miró a su esposo con censura en sus bonitos ojos.

—No te he pedido ayuda, arrogante —se defendió el otro—. Te he exigido que si Da Silva se pone en contacto contigo, actúes a la altura de las circunstancias.

Aracena bajó los párpados porque le entristecía la animadversión que se tenían ambos hombres. El tiempo no había suavizado la enemistad que se profesaban.

—Andrew, ¿cómo se encuentra Rosa? —se interesó la mujer.

La tensión en los hombros del inglés se relajó y adoptó una actitud de derrota.

—Temo que todo esto empeore su estado de salud.

—¿Y qué tienes pensado hacer? —inquirió sin dejar de mirarlo.

El mayordomo llenó las copas de licor, Aracena lo despidió, y fue ella misma quien se la ofreció a cada uno.

—Te templará el ánimo —le dijo a su cuñado inglés que aceptó la copa agradecido.

Alonso seguía teniendo una actitud defensiva. Aracena lo conminó a que cambiara su postura rígida, sobre todo porque Andrew Beresford era un familiar querido por ella, y un invitado especial en Silencios.

—Imagina que el apresado fuera uno de nuestros hijos —argumentó la mujer al esposo—. Yo querría morir...

—Soy consciente —aceptó el duque.

—¿Qué has pensado, Andrew? —le preguntó de nuevo la mujer mirándolo fijamente.

El noble inglés soltó un suspiro largo.

—Había pensado ir hasta las Azores.

—Ya le he dicho a este incrédulo que Blanca no está allí —apuntó el duque—. Está demasiado cerca de Portugal —reiteró.

—¿Y entonces? —preguntó Aracena.

En el rostro del duque se podía advertir las opciones que descartaba. Alonso de Lara había leído muchos informes sobre el pirata luso, le había seguido los pasos durante años, y creía conocer su forma de pensar.

—Si yo fuera Da Silva —comenzó el duque—, habría puesto rumbo a Nueva Providencia —concluyó pensativo, como si hablara consigo mismo.

Andrew miró al duque con atención.

—¿Por qué a Nueva Providencia? —preguntó muy interesado en la respuesta del duque.

—Porque es un auténtico laberinto insular.

Andrew se quedó pensativo.

—La Commonwealth de las Bahamas pertenecen al imperio británico.

El duque de Alcázar miró a su cuñado con ojos entrecerrados.

—Escondites y nidos de piratas, bucaneros, y filibusteros, especialmente portugueses —contestó. A Andrew no le gustó en absoluto el tono del duque, ni la mirada que le dirigía—. Te recuerdo que los lealistas británicos que habían dejado Nueva Inglaterra a causa de los sentimientos anti británicos existentes en esas colonias, se trasladaron allí.

—Y tú no olvides que, gracias al gran número de colonos británicos en esas islas, la soberanía se traspasó del reino de España al reino de Gran Bretaña —respondió Andrew.

Alonso de Lara redujo los labios a una línea apretada.

—¿Estás seguro de esa afirmación? —preguntó el duque—. Te pregunté, ¿dónde se sentiría más seguro un pirata portugués? Ya te respondo yo, en suelo inglés.

—¡Me ofendes sugiriendo algo así! —exclamó Andrew.

Pero Alonso ya no respondió. Seguía pensando en solitario la mejor forma de llegar hasta Nueva Providencia. Él tenía barco, pero no capitán, aunque conocía a alguien que era ducho en navegación. Alonso no podía dejar el rescate de su sobrina en manos inexpertas, sobre todo inglesas, porque no se fiaba de ellos.

—Sé, lo que estás pensando —dijo de pronto el inglés—. No tendrás en cuenta mi sugerencia y actuarás por tu propia iniciativa.

—¡Andrew! —exclamó Aracena ante la acusación.

Pero la mirada del duque de Lara mostraba claramente que su cuñado había acertado de lleno en sus suposiciones.

—Soy perfectamente capaz de buscar y encontrar a mi sobrina por mí mismo.

—¡Alonso! —ahora la exclamación de la mujer iba dirigida al duque.

—Esta vez no, duque de Alcázar, es mi hija, y yo me encargaré de su búsqueda y rescate.

El duque estaba a punto de perder la paciencia y mostrarlo, pero antes de poder abrir la boca, la duquesa se le adelantó.

—¡Callad los dos! —gritó Aracena—. Estamos hablando de la vida de Blanca, y me parece inconcebible esta pelea de egos —Andrew bajó la mirada al suelo, y Alonso giró el rostro hacia la ventana—. Ambos aunaréis esfuerzos para rescatar y liberar a Blanca, o yo misma tomaré el relevo para hacerlo, y sabed que no me faltarán agallas para intentarlo —Alonso clavó la mirada en el bello rostro de su esposa, la creía capaz de capitanear un barco y liderar el rescate de Blanca. Su mujer no tenía miedo a nada, y se lo había mostrado en el pasado en incontables ocasiones.

Andrew supo que tenía que recular en su postura. Estaba precisamente en Silencios para obtener la ayuda de su cuñado, y las recriminaciones podían esperar.

—Tengo un barco, pero necesito un capitán diestro.

Cuando Andrew terminó de hablar, Alonso giró el rostro hacia él.

—Conozco al hombre indicado para capitanear una búsqueda de tales envergaduras —dijo de pronto el duque—, pero temo que no se prestará a complacernos.

Andrew sintió tal alivio, que soltó un suspiro, aunque no fue consciente.

—¿Conozco a ese capitán? —preguntó muy interesado—. No importa las libras que pida, las pagaré.

Alonso hizo una mueca cínica con los labios.

—Es un hombre que no se compra con libras ni reales —respondió el noble.

—¿Quién es? —en el tono de Andrew se apreciaba impaciencia.

Alonso soltó un suspiro antes de responder.

—El mejor marino que ha tenido la corona del reino: Rodrigo de Velasco y Duero, conde de Ayllón.

CAPÍTULO 4

El heredero de Marinaleda escudriñó con atención el rostro moreno del capitán.

—¿Qué van a hacer con ella? —preguntó el noble.

Lope Moreno de Camacho dio un paso hacia el hombre.

—Di instrucciones precisas —respondió el oficial.

El heredero enarcó una ceja.

—¿Las misma que yo te di, y que desoíste?

Lope apretó los labios con disgusto. Hidalgo todavía no le había perdonado que fallara en su objetivo de seducir y ultrajar a Blanca Beresford.

—La sobrina del duque no es una muchacha enamoradiza —se defendió el capitán—. Lo intenté, pero resultó inútil. Su voluntad era mucho más fuerte que mis esfuerzos.

—Y por ese motivo te entretuviste con la prima —le reprochó el noble.

Sí, Lope se había enredado con la prima inglesa para tratar de llegar hasta la dulce Blanca.

—Mi objetivo era la sobrina del duque —admitió—, pero la muchacha no atendía a los halagos ni a las pretensiones.

Hidalgo quería deshacerse del compromiso con la inglesa porque su corazón pertenecía a otra mujer. Pero ni él ni la sobrina del duque de Alcázar podían romper el compromiso, y a él sólo se le había ocurrido una forma: que la muchacha cayera en desgracia. Por ese motivo había contratado los servicios del capitán Lope Moreno de Camacho que ya había trabajado para él en contables ocasiones, pero en esta última le había fallado de forma estrepitosa.

—No quiero que la venda como esclava —afirmó el noble.

El oficial lo miró atento.

—Ese es un destino mucho peor que la muerte para una doncella noble como ella —respondió el militar.

—¡La quiero muerta! —exclamó el heredero.

Lope no podía comprenderlo. Si a la muchacha la desgraciaban y la vendían como esclava, jamás podría cumplir la parte del acuerdo de compromiso con la casa Marinaleda.

—Antes de llegar a destino, disfrutaran de sus encantos todos y cada uno de los marineros del barco, y su futuro como esclava en las Antillas será peor que estar en el infierno —apuntó el militar.

El heredero no lo creía así. Blanca era una Lara, de linaje y sangre tan valiosa, que no importaría que la ultrajasen todos los marinos del reino. Su tío tenía tanto poder en la corte que lograría ante la corona que el compromiso continuara adelante, por ese motivo la quería muerta.

—¿Qué órdenes enviaste? —inquirió Hidalgo.

Lope soltó un suspiro largo. Trabajaba desde hacía varios años para la casa Marinaleda como mercenario, y le molestaba muchísimo que el heredero desconfiase de él.

—Que jamás debe regresar de allí donde la lleven.

Hidalgo bufó hastiado. ¡Esas no habían sido sus órdenes!

—Pensé, erróneamente, que querías vengar la muerte de tu padre a manos del duque de Alcázar —le espetó el heredero de Marinaleda con tono grave.

Lope Moreno enderezó la espalda ante la pulla inmerecida.

—Y es con el duque con quién tendré un encuentro para ajustar cuentas, no con su sobrina.

Hidalgo soltó un improperio.

—¡Joder, Lope! ¡No quiero casarme con esa insulsa extranjera!

El militar ya estaba cansado de la perorata del heredero. Le parecía inmaduro, caprichoso, y también taimado. Indudablemente la insulsa extranjera valía mucho más que él, pero Hidalgo le había pagado tres mil reales de plata para deshacerse de la muchacha, y él cumplía todos los trabajos que aceptaba. ¿Pero de verdad se creía el muy estúpido que cayendo su prometida en desgracia podría casarse con la viuda de Olivares? La mujer, madura, pero todavía hermosa, había logrado encaprichar al joven heredero que no sabía distinguir el valor de una joven polluela al de una gallina seca y dura, pero la mujer lo había enganchado bien, y Lope no tenía duda alguna que la idea de deshacerse de la sobrina del duque había sido orquestada por la viuda de Olivares.

—¿Dónde piensan venderla? —le preguntó muy interesado.

Lope se quedó pensando durante unos segundos. En la conversación mantenida con Da Silva en una posada del puerto de Lisboa, el pirata le había asegurado que si lograba apresar a la muchacha la llevaría a las Islas Caimán donde tenía carta blanca para hacer y deshacer a su antojo. Ese lugar era el mejor refugio para los pocos piratas portugueses que quedaban, además, en Islas Caimán, se pagaba mucho dinero por muchachas de piel blanca y ojos claros. Él le había facilitado al pirata el día y la hora que el Black Devil saldría del puerto de Dover con rumbo a Sevilla. Da Silva tenía claro en qué momento bordaría el barco las aguas de Lisboa.

—Te pagaré otros mil reales de plata si te encargas tú mismo de acabar con ella.

Lope Moreno era un despiadado mercenario, pero no era un asesino de mujeres.

—¿Estás insinuando que vaya tras Da Silva?

El noble no parpadeó.

—Eso mismo. Conoces cuál será su puerto de destino.

El militar tomó aire.

—En este momento no puedo abandonar el reino —se excusó.

Hidalgo entrecerró los ojos enfadado.

—No es una sugerencia –le advirtió.

Lope tenía muy claro el poder de la casa Marinaleda sobre él. Sobre todo, del heredero que conocía demasiados secretos sobre sus actuaciones pasadas. Si la información comprometida llegaba hasta la corona, Lope terminaría como mínimo ahorcado.

—No acepto amenazas —respondió con voz dura como el granito.

Pero Hidalgo no se amedrentó por la mirada helada del oficial. Él, había tomado medidas para deshacerse de una prometida no deseada, había pagado una suma sustanciosa de reales para llevarla a cabo, y el mercenario no podía negarse, no lo haría, o lo llevaría ante la corona.

—¡Capitán! —La voz del duque de Marinaleda cortó de cuajo la conversación que mantenían ambos hombres.

—Duque —lo saludó el militar.

—Ignoraba que estabas en palacio —le dijo el hombre que caminaba directamente hacia ellos para saludarlo.

—Lope venía a despedirse —anunció de pronto el heredero—. Debe zarpar en breve.

El duque lo miró asombrado.

—¿Una misión de la corona? —quiso saber.

Lope torció una sonrisa. León lo había puesto en un compromiso y en un ultimátum al mismo tiempo.

—Más o menos —respondió el militar.

Hidalgo deseaba concluir su conversación con el militar, pero la presencia de su padre lo impedía.

—Mi hijo y yo también debemos partir —afirmó el duque sin dejar de mirar a su heredero.

—¿A la villa de Madrid? —preguntó por cortesía.

—Al puerto de Palos en Huelva —contestó el duque—. Su prometida llegará en breve.

El duque no se percató del brillo enigmático en los ojos de su heredero.

—¿La dama viene en barco? —Lope se mostraba conversador con el noble porque de ese modo no tenía que mirar al hijo.

Por primera vez en cinco años, el militar sintió repulsa hacia el heredero, y el poder que tenía sobre él. Poder que lo obligaba a embarcar para ir en busca del pirata Da Silva, y asesinar a su prometida.

—El abuelo de la muchacha, el marqués de Whitam, envió un mensaje a palacio anunciándome que ya había embarcado en el puerto de Dover.

El hijo crispó los puños y rechinó los dientes, salvo que su padre no se percató. Seguía mirando fijamente al militar que le sostenía la mirada con respeto.

—Creo recordar que la dama suele viajar con frecuencia al reino.

El duque sonrió.

—Confiamos que este sea el último viaje para ella —ahora miró a su hijo con humor en sus pupilas—. ¿Verdad que sí?

—Sí —afirmó el otro—. Será su último viaje.

El duque no captó el doble significado en la afirmación de su hijo.

—¿Aceptarías un brandy? —le preguntó al militar.

Lope rechazó la invitación y se despidió de ambos, pero antes de salir por la puerta de la biblioteca, el heredero lo llamó.

—Lope, recuerda mis palabras.

El oficial giró el rostro, y lo miró durante un instante largo, después, hizo un gesto afirmativo con la cabeza, y salió de la estancia como alma que persigue el diablo.

Al duque le extrañó tanta premura por parte del oficial porque apenas habían intercambiado algunas palabras.

—¿De qué hablabais Lope y tú? —le preguntó de pronto el padre pillando al hijo desprevenido.

—Nada importante —contestó el heredero—. Lope me ha hablado de la misión peligrosa que debe realizar, y le he recomendado que lleve cuidado, por eso le he recordado mis palabras —ni padre ni hijo se dijeron nada más.

CAPÍTULO 5

Hacienda de Guadaiza, Serranía de Ronda, Málaga

Lo último que esperaba Rodrigo de Velasco, era la visita inesperada del duque de Alcázar en Guadaiza. El mensajero que Alonso había enviado para anunciar su llegada, había llegado a la casa dos horas antes que el propio duque. Antes de cruzar hacia la biblioteca, el conde se quedó unos segundos observándolo. El esposo de su hija Aracena estaba de espaldas a él, pero su presencia seguía siendo imponente. Indudablemente era una persona con mucha clase, y que no se dejaba engañar fácilmente. Además, era protector y tolerante, especialmente con su hija. Su aspiración en la vida había sido ocupar el puesto más importante en el reino, aunque eso significase vivir una vida solitaria. Pero Alonso de Lara había hecho una elección sorprendente, y que había marcado su vida para siempre: había dejado todo atrás para comenzar una nueva vida con la mujer de la que estaba profundamente enamorado. La convivencia con su hija Aracena no había menguado ni un ápice su astucia y determinación. Rodrigo a veces se decía que su yerno parecía un hombre salido de otro tiempo pues era el noble más inteligente y arrogante de cuantos había conocido, también el más pendenciero.

—¿Mi hija se encuentra bien?

Alonso se giró de golpe al escuchar la voz del conde.

Rodrigo se preguntó cómo podía ir siempre tan implacablemente vestido pues la distancia entre Silencios y Guadaiza era considerable. Las largas horas en carruaje no habían hecho mella en la pulcritud de su atuendo.

—Complicándome la existencia cada día —afirmó sin inmutarse, sobre todo porque le hablaba al padre de ella.

El conde terminó por hacer una mueca imprecisa: antes se cortaría la lengua que mostrarle una sonrisa.

—¿Y mis nietos?

Alonso separó las piernas y las afianzó al suelo.

—Los gemelos son fáciles de controlar —respondió entrecerrando los ojos hasta reducirlos a una línea—. El mayor es el más complicado, quizás porque ha heredado demasiada sangre malagueña.

Rodrigo tuvo que girar el rostro para que su yerno no lo viera sonreír. Pasarían milenios, pero el pique entre sevillanos y malagueños seguiría siendo el pan nuestro de cada día.

—¿Cómo está María? —le preguntó a su vez Alonso.

Rodrigo hizo un gesto con la cabeza bastante elocuente.

—Lleva muy mal no poder regresar al reino, y se queja mucho de la humedad de Inglaterra, sobre todo por la edad que tiene, pero en Redtower ha encontrado cierta paz.

—Otros, por menos, han encontrado la muerte.

Rodrigo se encrespó. Se dijo que su madre había traicionado a la corona, pero su destierro era suficiente castigo, sobre todo para una mujer de edad avanzada.

—No creo que viva muchos años más.

Alonso no se esperaba esa respuesta del conde.

—Entonces me sorprende verte en tu hacienda.

—Mi lugar está aquí —contestó Rodrigo en voz baja—. Aunque viajo a menudo a Inglaterra.

—Algo normal cuando tienes a una hija casada con un inglés…

Rodrigo lo interrumpió.

—Que es tu cuñado…

—Y una sobrina casada con otro inglés —Alonso terminó por sonreír de forma sarcástica—. Menos mal que la otra hija sensata se ha casado con un español...

Rodrigo lo volvió a interrumpir.

—Arrogante, pendenciero, rencoroso...

—¡Suficiente!

Alonso de Lara podía ser tan altivo como le permitía su rango, pero Rodrigo le llevaba demasiada ventaja en experiencia.

—¿Te apetece un poco de fino fresco? —le ofreció el conde en señal de paz.

El duque se lo pensó un momento.

—Un jerez estaría bien —aceptó.

Rodrigo hizo sonar la campanilla. El enjuto mayordomo llegó a la biblioteca antes de que se silenciara el sonido. El conde pidió un par de copas de jerez para los dos.

—Siéntate, por favor —lo invitó el conde.

Alonso aceptó, y caminó hacia el sillón de piel con esa apostura de hombre seguro de sí mismo.

—Gracias, aunque tenía ganas de estirar las piernas.

Rodrigo lo suponía. El camino desde Sevilla a Málaga no era muy complicado, pero la llegada hasta la ciudad montañosa de Ronda, era harina de otro costal.

—¿Qué te trae por Guadaiza?

Alonso pensó que no tenía sentido andarse por las ramas. Su visita a la hacienda del conde tenía un propósito definido.

—Han secuestrado a Blanca.

Rodrigo parpadeó asombrado.

—¿He oído bien? —el conde no podía creer las palabras del yerno.

—Blanca viajaba a Sevilla para concretar detalles sobre sus esponsales con el heredero de Marinaleda.

Rodrigo no estaba del todo de acuerdo con ese compromiso, pero mantenía silencio al respecto.

—¿Quién la ha secuestrado?

—Piratas portugueses.

Ahora estaba más asombrado todavía.

—¿Quién? —pero no hacía falta que el duque dijera nada porque Rodrigo conocía perfectamente la enemistad que mantenían Da Silva y Alonso de Lara—. ¿Qué piensas hacer?

—Ir en su busca —respondió el duque.

—¿Cuántos días lleva de ventaja? —Rodrigo se refería al pirata.

—Seis días.

Rodrigo se mesó el cabello preocupado. Seis días era demasiado tiempo para darles alcance por mar.

—¿Cómo te has enterado?

—Por el padre de Blanca.

Rodrigo miró a su yerno de forma atenta.

—¿Lord Beresford se encuentra aquí?

Alonso se tomó un respiro con la llegada del mayordomo que sirvió el jerez en dos copas. Cuando ambos nobles se quedaron de nuevo a solas, Alonso miró a Rodrigo con un brillo indescriptible en sus ojos.

—He venido a pedir tu ayuda.

Rodrigo se quedó pensativo.

—La tienes —respondió franco.

—Creo que no sabes qué tipo de ayuda pretendo de ti.

El tono del yerno puso al suegro a la defensiva.

—Puedes disponer de mis hombres y de mis reales —le dijo sincero.

Rodrigo dejó la copa sobre la bandeja y se levantó. Caminó varios pasos por la estancia en clara muestra de que se sentía inquieto. De pronto se paró, se giró, y miró fijamente al padre de su esposa.

—Deseo que capitanees el Santa Rosa.

Rodrigo se quedó estupefacto al escucharlo.

CAPÍTULO 6

—Tienes el Santa Rosa a tu disposición —repitió Alonso, porque con el silencio del conde supuso que no lo había escuchado.

—¿El Santa Rosa? —preguntó el conde muy sorprendido.

Alonso le había puesto ese nombre al barco en honor a su hermana.

—Sí.

—Indudablemente te has vuelto loco.

Alonso masculló por la respuesta recibida, aunque era la esperada. Sin embargo, había tenido la pequeña esperanza de convencerlo.

—Eres el mejor marino del reino, el mejor hombre de mar que conozco.

Rodrigo respiró profundamente. Esas palabras eran todo un halago viniendo del hombre más importante para la corona.

—Hace muchos años que dejé de navegar.

Era cierto. Rodrigo de Velasco y Duero había sido el más preparado y mejor marino del reino. Desde muy joven había capitaneado la fragata Armonía, la joya de la corona por su rapidez y manejo en las aguas bravas del Caribe. La principal misión de la nave había consistido en proteger el tráfico mercante de ultramar, siendo muy importante su participación en la lucha contra la piratería por la velocidad que alcanzaba. El conde Ayllón se había forjado una reputación intachable y merecida porque había atacado y combatido el tráfico marítimo ilegal, también porque había acudido en auxilio de los navíos de línea en innumerables ocasiones.

—Si alguien puede capitanear el Santa Rosa —Alonso hizo una pausa larga—, eres tú.

El duque había puesto en el tono admiración y respeto.

—Seis días de ventaja en tierra es superable, pero no en el mar —dijo de pronto sin apartar la mirada de Alonso—. Además, no conoces el lugar de destino del Despiadado.

Alonso inspiró fuerte y profundo.

—A mi sobrina Blanca la llevan a Nueva Providencia.

El conde lo miró perplejo.

—¿Por qué a Nueva Providencia? —preguntó—. El caribe está lleno de guaridas de piratas y criminales.

—Por su situación estratégica, y porque es un auténtico laberinto insular. ¡Es lo que yo haría! —exclamó el duque.

Rodrigo se quedó pensativo.

—La Commonwealth de las Bahamas pertenecen al imperio británico.

Esa misma respuesta se la había ofrecido su cuñado Andrew.

—Escondites y nidos de piratas, bucaneros, y filibusteros, especialmente portugueses —contestó el duque.

—Todo el caribe ha sido cueva de salteadores y piratas.

—¿Dónde se sentiría más seguro un pirata portugués? —le preguntó el duque al conde que seguía pensativo—. Además, en Nueva Providencia se paga muy bien por las esclavas de piel blanca y ojos claros.

Esas palabras detuvieron los pensamientos del conde. Después de unos momentos de silencio, giró el rostro hacia Alonso, y lo miró atentamente.

—Conozco un hombre preparado... —comenzó.

Alonso lo cortó.

—Eres el mejor marino del reino —insistió.

—Ni tengo la edad apropiada ni las fuerzas que se necesitan para realizar con éxito esta misión —se defendió el otro.

Alonso de Lara sabía lo difícil y duro que iba a resultar persuadir al conde de Ayllón para que aceptara la misión, pero él tenía el mejor argumento para convencerlo.

—Se lo debes a Rosa —le soltó a bocajarro.

El conde contuvo una exclamación.

—Cuida tus palabras —le aconsejó muy serio—, no sea que te arrepientas de pronunciarlas.

Alonso había cruzado una línea, pero no se arrepentía.

—El mejor marino del reino tiene la obligación y el deber de rescatar a su nieta.

Ese había sido un golpe bajo.

—Hace varios años mantuvimos una larga conversación —le recordó el conde con mirada acerada—. ¿Necesitas que te recuerde tus propias palabras? ¿O eran amenazas?

No, no hacía falta. Alonso le había asegurado que lo mataría si alguna vez le revelaba la verdad a Rosa.

—Esta situación es excepcional.

—Siempre te has opuesto a que tu hermana conozca la verdad, que soy su padre.

Conde y duque habían mantenido esa misma conversación en contadas ocasiones, y siempre con la misma respuesta por parte de Alonso: silencio.

—Que desees que encuentres a mi sobrina nada tiene que ver con la conversación que mantuvimos hace años —afirmó el duque.

Rodrigo soltó un suspiro exasperado porque la actitud de su yerno no había variado ni un ápice en todo ese tiempo. Alonso de Lara le había confesado, en una de las numerosas broncas que habían mantenido en el pasado, que él era el padre de su hermana Rosa. Y lo había dejado desarmado, sin capacidad de reacción, y, unos segundos después de la confesión, lo había amenazado. Su hermana Rosa era una Lara, y él mataría a cualquiera que osara decir lo contrario.

Tras aquella revelación, entre ambos nobles se suscitó una tregua, pero a la vista estaba de que Alonso hacía y deshacía a su antojo para mantenerla o no.

—Me prohíbes que le revele a tu hermana que soy su padre, y ahora me exiges ayuda.

Alonso sabía que su actitud podía parecer confusa y poco clara, pero estaba decidido a conseguir la ayuda del mejor marino del reino, y ese era el padre de su esposa.

—Blanca es tu nieta.

La mirada del conde se endureció.

—Decirlo no cambiará nada —Rodrigo lo dijo como una advertencia.

Era cierto, se dijo Alonso. Que el conde de Ayllón ayudara o no a rescatar a Blanca Beresford no cambiaría ni una línea del lugar que debía ocupar, a pesar de la sangre que Rosa y Blanca compartían con él.

—Mientras discutimos aquí tu renuncia a partir, Da Silva pone más distancia entre Blanca y nosotros.

Rodrigo terminó mascullando. Alonso de Lara era único cargando la culpa sobre los demás.

—Ya no tengo aptitudes para capitanear un barco.

Alonso entrecerró los ojos.

—No voy a aceptar una negativa.

Rodrigo sintió deseos de golpearlo. Alonso era obtuso, terco, taimado, y un montón de descalificativos más.

—Necesitas un hombre diestro y ágil —le aconsejó el conde—. Tan imprudente y temerario como tú.

Y por primera vez, Alonso se fijó en su suegro. Era un noble que provocaba respeto sólo con la mirada. Seguía siendo gallardo e incisivo, y en sus hombros se podía apreciar el peso de las batallas libradas.

—No conozco mejor marino que tú —insistió el duque.

Pero Rodrigo no escuchaba a su yerno porque tenía la mente puesta en otro lugar. Él, sí conocía a un agente de la corona que era tan ducho en el mar como él, y que tenía la juventud y la fuerza que Rodrigo ya no poseía. Además, había intentado convencer al hombre en cuestión de que saliera del escondite donde se mantenía ya demasiados años. Y el duque le había servido en bandeja una razón para que lo hiciera.

—Puedo ponerte en contacto con un hombre preparado que...

Alonso lo cortó.

—No hay mejor marino que tú —volvió a insistir.

Rodrigo dejó de mirarlo, y caminó hacia su escritorio. Tomó una hoja de papel en blanco, mojó en tinta la pluma, y rubricó un mensaje escueto de apenas tres líneas. Alonso lo miraba con mucha atención.

—¿Qué haces? —inquirió con disgusto porque le parecía asombroso que Rodrigo no quisiera asumir su responsabilidad en el rescate de su nieta.

—Necesitamos a un hombre con amplios conocimientos en el manejo de un barco tan grande y complicado como el Santa Rosa, y con el carácter templado y decidido para tratar con filibusteros.

Alonso seguía atento los movimientos de Rodrigo. Cuando el conde terminó de escribir sobre la hoja, dejó la pluma en el tintero, e hizo sonar la campanilla. Escuchó que le daba instrucciones al mayordomo, y que segundos después de entregarle el mensaje, se giraba de nuevo hacia él.

—Tendremos su respuesta en cuestión de horas.

Rodrigo conocía el lugar de residencia del hombre en cuestión.

—¿A quién va dirigido el mensaje? —le preguntó Alonso con voz ronca.

El duque creía que había desperdiciado un tiempo valioso yendo en busca del conde de Ayllón.

—He decidido ir tras la búsqueda de Blanca —aceptó Rodrigo, y el rostro del duque reflejó el inmenso alivio que sentía—. Pero no puedo hacerlo sólo pues he pasado demasiados años sin dirigir una nave, y menos en una misión tan delicada.

—¿A quién va dirigido el mensaje? —volvió a insistir el duque.

Rodrigo optó por tomar de nuevo asiento, cruzó una pierna sobre la otra, y clavó la mirada en el duque de Alcázar.

—A un hombre que me debe el favor de su vida —respondió el conde sin un parpadeo—. Y al que debes conocer de una vez —esa respuesta lo dejó todavía más confundido.

—¿Quién es ese el hombre? ¿Y por qué motivo debo conocerlo?

Rodrigo le mostró a su yerno un amago de sonrisa.

—El hombre se apellida Valiente Caballero.

Alonso parpadeó creyendo que el conde se burlaba.

—¿Estás de broma... no?

—¿Por qué diantres crees que bromeo?

Alonso alzó la barbilla.

—Porque te gusta desquiciarme —contestó soberbio.

Rodrigo soltó un suspiro largo, y le hizo un gesto con los ojos para que tomara asiento frente a él.

—Te aseguro que te interesará conocerlo...

CAPÍTULO 7

En ese momento de soledad, Blanca recordó todo lo acontecido después de la explosión en la bodega. Tras el sonido, todo estalló por los aires, y la bodega se llenó de agua demasiado deprisa. Por un segundo, la histeria se había apoderado de ella, e inmediatamente fue reemplazada por una pena profunda. Una bala de cañón había perforado el casco en la línea de flotación, y la bodega se llenó de agua a gran velocidad. Había entrado en pánico porque ella y su criada estaban encerradas tras los barrotes, y no tenían modo de escapar de ese lugar donde encontrarían la muerte. Con el estallido, fue lanzada por los aires, y su espalda chocó contra el banco de madera al mismo tiempo que su cabeza se contorsionó de forma precaria provocándole un dolor intenso en el cuello. Martha, su doncella, seguía tumbada, y no se movió ni cuando el agua la cubrió por completo. Ella trató de reincorporarla, de que tomara conciencia del peligro, pero no lo consiguió.

Un segundo cañonazo logró que la nave comenzara a escorarse peligrosamente hacia estribor, y todos los toneles y cajas volaron en derredor suyo. En cuestión de segundos, el agua la cubrió por completo y la arrastró en su recorrido, pero Blanca no era tan frágil, y la decisión de sobrevivir ardía con fuerza en su mente, y le dio el coraje que necesitaba para luchar por agarrarse a algo. El pesado vestido, una vez mojado, se había convertido en una armadura de hierro. Las cintas que lo cerraban se cerraron en torno a su estómago aprisionándolo, y logró que el poco aire que retenía se escapara de sus pulmones. Ante la falta de oxígeno sus bronquios comenzaron a trabajar con agua salada que ella introducía en su cuerpo en cada bocanada, pero no lo hacía de forma consciente.

Blanca sintió que algo le golpeaba la cabeza, y el vacío se cernió sobre ella, pero la providencia estaba de su parte porque despertó a la vida con un movimiento brusco sobre su cuerpo. Cuando Blanca abrió los ojos, los fijó en el hombre que le masajeaba el estómago al mismo tiempo que le insuflaba aire en la boca, un segundo después le giró el rostro para que vomitara, y, cuando regurgitó agua, sintió como si le hubieran apuñalado los pulmones.

La animó a que la escupiera toda.

Blanca no estaba muerta, pero casi deseó estarlo porque se sentía terriblemente mal. El dolor de estómago era insufrible porque el hombre seguía practicándole los movimientos de reanimación. Ella le había pedido que parara, y lo hizo con un hilo ronco de voz. Él, siguió insistiendo, tenía que expulsar toda el agua de su interior, pero salvo dolor de pulmones, de estómago y de cuello, no era consciente de nada más. Cuando intentó reincorporarse, el mareo le pudo. La instó a que se calmara. Blanca sentía sobre su espalda la tierra firme, y, cuando le preguntó por el barco, el hombre que la había salvado hizo un gesto negativo.

El hombre era el capitán del Caronte, y le mostró una mirada muy triste. Le informó que la mayoría de su tripulación había sido capturada, y que habían perecido demasiados. Lo escuchó soltar un suspiro largo. Blanca pensó en Martha, y soltó un sollozo.

El capitán la ayudó a reincorporarse. Blanca lo hizo con un quejido, y un momento después lo culpó por encerrarlas en la bodega de la pólvora. El hombre le explicó que la había salvado a ella gracias a que no había alcanzado las escaleras cuando dispararon el primer cañón, y se lo dijo muy serio.

No había podido subir a cubierta, y por eso pudo rescatarla, pero no a su doncella porque el agua lo cubría todo.

¡Martha estaba muerta! ¡La tripulación capturada!

Blanca se había llevado la mano al cuello porque le dolía, e insistió en que había sido un desacierto mantenerlas encerradas. Y ahí fue cuando se percató de que no llevaba puesto su pesado vestido. Tampoco tenía zapatos en los pies. Iba vestida únicamente con la enagua y el corpiño. Él, había interpretado perfectamente su mirada porque le informó que, si no se hubiera deshecho de su vestido, los habría hundido hacia el fondo del mar, por eso motivo cortó la tela con el puñal que llevaba al cinto, y se lo quitó.

Blanca no era estúpida, y sabía que estaba viva de milagro, pero se sintió responsable por Martha, desolada por el resto de tripulantes, y desnuda bajo la mirada atenta de él, por eso cruzó los brazos al pecho, como si tratara de protegerse de su mirada inquisidora. La pena le pudo y hablo por ella, por eso le susurró angustiada que en ese momento preferiría estar muerta, como los que habían fallecido durante el abordaje.

El capitán la miró atónito, salvo que ella no pudo verlo porque no lo miraba a él, sino al vasto mar frente a sus ojos. Tras ellos había una pared escarpada e imposible de escalar. La distancia ente las rocas y el agua era de dos brazos. ¿Cómo iban a sobrevivir? Cuando Blanca se giró hacia el hombre que la había encerrado, rescatado y salvado, se sorprendió por la forma de mirarla, y la poca prudencia que tenía acabó por disiparse. Lo culpó de toda su desgracia, por eso, cuando lo vio extender la mano hacia ella, rechazó el gesto con un ademán de desagrado. Él, hizo como si no se hubiera dado cuenta de su desaire, y cuando trató de decirle su nombre, ella se lo impidió. Si no lo conocía, no le importaría lo que fuera de él, porque Blanca estaba convencida de que terminaría ahorcado por Inglaterra, o por la corona de España.

Le dijo, con el más profundo desprecio que podía sentir, que no le importaba su nombre, ni quién era, que sólo debía saber una cosa: que iba a asegurarse de que lo ahorcaran. Lo vio parpadear asombrado y preguntarle si lo iban a ahocar por salvarla. Ella optó por no ofrecerle una respuesta.

Blanca miró en derredor suyo, y entonces vio tierra al otro lado. Era una isla mucho más grande que la que ocupaban, pero la distancia entre ambas formaciones rocosas le pareció que estaba a demasiada distancia, dudaba que pudiese alcanzarla a nado. Soltó un profundo suspiro, y lo miró de nuevo acusadora. Lo culpaba no sólo de la muerte de Martha, también de los hombres que habían confiado en él. El capitán volvió a recordarle que le había salvado la vida dos veces.

Blanca se dijo que era cierto, la había salvado la primera vez de los piratas, y la segunda vez del mar, pero había algo en ese hombre que le desagradaba profundamente, aunque ignoraba el motivo, quizás era la forma de mirarla, quizás su arrogancia, por eso volvió a increparle, dura e intransigente que, al salvarla de la primera amenaza, la había puesto en peligro de la segunda. Y le advirtió que no tenía por costumbre olvidar los atentados sobre su persona.

Roderick Clayton Penword no podía creerse lo ridícula y taimada que se mostraba la muchacha. Cuando la rescató de los piratas, había estado a punto de confesarle el parentesco que compartían, pero algo lo detuvo. Ahora, al salvarla por segunda vez, había sentido ese mismo impulso, pero las palabras de ella lo detuvieron. ¿De verdad le importaba tan poco el nombre de la persona que la había salvado dos veces? Pero ella siguió en su acoso y derribo sin pararse a pensar un instante que su vida dependía de él, por eso, cuando le dijo tan soberbia como estúpida que no confiaba en que se comportara como un caballero, porque definitivamente no lo era, se sintió insultado, además, la muy ilusa le ordenó que guardara las distancias y también las formas. Roderick la miró estupefacto, un segundo después estalló en carcajadas ausentes de humor. El Caronte se había hundido, la mayoría de su tripulación había muerto, otros habían sido apresados. ¿Tan estúpida se mostraba ella para pensar en guardar las formas?

Estaban solos en Roque del Infierno y con la supervivencia de ambos pendientes de un hilo, y la muy ilusa, la muy tonta... sintió ganas de zarandearla para hacerle entrar en razón. Así que a la princesita repelente quería que mantuviera las distancias, como poco iba a darle una gran lección. Hizo un giro con la mano, le mostró el peñasco aislado e inaccesible, y, con una sonrisa sarcástica, le dijo que era todo para ella. Caminó varios pasos hasta una zona más elevada, se preparó, y se lanzó al agua. Blanca lo vio nadar con soltura y precisión.

La había dejado sola.

Siguió con la mirada las largas brazadas y los movimientos de sus pies. Ahora se percataba de que el hombre tampoco llevaba zapatos. El capitán tardó lo suyo en llegar a la otra orilla, y ella supo que no podría alcanzarla tan fácilmente como él porque no tenía su destreza nadando ni su aguante físico. Un poco angustiada, giró en derredor suyo para mirar la formación rocosa donde se encontraba. Frente a sí tenía una pared de roca infranqueable, tras su espalda un océano insalvable a nado, al menos para ella.

Cuando quiso fijarse en la figura del capitán, se percató de que ya no estaba visible a sus ojos, y se preguntó qué diantres iba a hacer cuando subiera la marea. Y durante las siguientes horas, el ánimo de Blanca barrió la escasa arena del peñasco. Las piedras se le clavaron en la planta de los pies cuando trató de rodear el muro de piedra. Escalarlo iba a resultar imposible, así que la única opción que tenía era lanzarse al mar y nadar la distancia que la separaba de la otra isla, pero no podía hacerlo porque la noche había caído por completo, y, para más inri, había luna menguante, y todo era oscuridad a su alrededor. ¿Cómo iba a nadar hacia tierra si no la veía? Y en ese momento lamentó las cosas que le había dicho a su salvador, aunque de tenerlo frente a frente no las retiraría.

Le parecía horrible la muerte de Martha. Si no hubieran estado encerradas en la bodega de la pólvora, ahora posiblemente estaría viva. Y durante horas, Blanca siguió cavilando y caminando entre piedras que le laceraban los pies. Sobre las cuatro de la madrugada, se sentó con la espalda apoyada en el muro de piedra y cerró los ojos. Igual tenía suerte, y le mordía un cangrejo venenoso…

CAPÍTULO 8

Abrió los ojos y vio un rostro que la observaba, pero ya sin la simpatía del principio. El hombre tenía el cabello mojado, y la mirada ardiente.

—¿Tienes sed? ¿O deseas seguir bebiendo de tu propio jugo de pesimismo? —ella parpadeó al escucharlo—. Bebe…

El hombre le tendía una cantimplora. Blanca bebió con fruición. Era el mejor sorbo de agua que había tomado en su vida. Cuando sacio su sed, casi había agotado el contenido.

—¡Me ha dejado sola! —le recriminó dolida.

Había pasado la primera noche como náufraga sola y asustada. Por regla general, Blanca era una mujer ecuánime que pensaba las palabras antes de decirlas, y que tomaba cada decisión cuando había evaluado bien todos los pros y contras, pero ese hombre la provocaba. Era la primera vez en su vida que alguien del sexo opuesto le causaba tal animadversión.

—Me ordenaste que guardara las distancias —le recordó él.

Blanca se dijo que se lo merecía.

—Tengo hambre —afirmó para cambiar de tema.

No quería que la dejará de nuevo sola en ese risco yermo.

—Si quieres comer tendrás que nadar conmigo —Blanca exhaló un suspiro largo y caliente—. Y tendrás que quitarte esa coraza de hierro.

Claramente se refería a su corpiño.

—No puedo hacer tal cosa.

El capitán, al que sus hombres llamaban Bumblebee, hizo un encogimiento de hombros y se giró sobre sí mismo. Alcanzó de nuevo la zona elevada e hizo amago de saltar al agua como la vez anterior.

—¡Espere! —lo detuvo ella—. No quiero quedarme sola.

—Te va a faltar el aire —respondió en un tono que le sonó burlón.

Otra vez se refería a la coraza que llevaba ella en torno a su pecho.

—No voy a quitarme el corpiño y quedarme desnuda —replicó sin mirarlo porque se había sonrojado.

El hombre resopló con cierta impaciencia, aunque parecía divertido.

—Sigues teniendo la enagua...

Ella lo cortó.

—No es suficiente para una dama.

El capitán cruzó los brazos al pecho.

—Aquí no hay una dama sino una náufraga que puede morir de hambre o de sed —le explicó con paciencia—. En el otro lado hay provisiones.

—¿Provisiones? —preguntó.

—No es la primera vez que estoy en Roque del Infierno —respondió casi sin paciencia—. Pero el trecho hasta alcanzar la otra orilla es bastante largo y con corrientes peligrosas —le explicó él—. Vas a necesitar toda la capacidad de tus pulmones para poder cruzarlo. —Ella sabía que tenía razón, pero se resistía—. Al otro lado te espera comida y una fogata.

Al escucharlo, Blanca entrecerró los ojos, parecía que el pirata conocía bien el lugar.

—Desataré los lazos, pero no me lo quitaré.

El hombre sonrió de una forma que la inquietó: como si la considerara tonta.

—Me apuesto lo que quieras a que el corpiño termina ahogándote.

—¿Apostamos lo que quiera? —le preguntó medio sonriendo.

Los ojos dorados la miraron de arriba abajo.

—¿Cómo puede una enagua llevar tantos volantes traseros?

Blanca había comenzado a desatar los lazos de su grueso y rígido corpiño.

—Es para darle volumen al vestido —respondió sin pensar.

—No me extraña que te hundieras hacia el fondo con tanto tejido.

Blanca miró la bonita prenda bordada en plata. Sin la sujeción del corpiño, sus pechos quedaban libres. El capitán le tendió la mano, ella caminó hacia la roca.

—Te ayudaré cuando lo necesites —la muchacha terminó por dejar el bonito y pesado corpiño en una roca—. Comenzaré a nadar después de ti.

Blanca no lo pensó más. Con un estilo elegante y cuidado, juntó las manos al frente, hizo un perfecto arco, y saltó al agua. Sorpresivamente no estaba helada. Comenzó a dar brazadas largas y medidas, unos segundos después el capitán nadaba al lado de ella, cuando llevaban más de treinta minutos nadando, comenzó a cansarse porque le fallaba la respiración. Sus pulmones no se habían recuperado del shock que le produjo tragar tanta agua. Para recobrar el resuello, se quedó flotando boca arriba, y, después de unos momentos, comenzó a nadar de nuevo. Ahora se daba cuenta de que la distancia era mucho mayor de lo que había pensado. De repente, sufrió una rampa en el gemelo derecho que le paralizó la pierna, se hundió hacia abajo y manoteó para salir a la superficie. Volvió a tragar agua, y el dolor le resultó insoportable. Comenzó a escupir, pero no paraba de manotear, toser, y bracear de forma caótica.

—Está bien, yo te ayudo.

El brazo del hombre la sujetó por debajo de las axilas.

—No puedo mover la pierna —el dolor de la rampa se extendía hasta su ingle—. Estoy más cansada de lo que creía —le contestó—. Me pesan los brazos, y me duele cada bocanada de aire.

—Eso es porque tragaste demasiada agua —respondió el capitán.

Blanca se sujetó al brazo del hombre, y, sin pretenderlo, lo hundió con ella.

—¡Nos vas a ahogar a los dos! —protestó él.

—Lo lamento —se disculpó.

Blanca cerró los ojos y se dejó llevar. De vez en cuando giraba la cabeza para que no le entrara agua por la nariz, y cuando se recuperó lo suficiente, le pidió que parara.

—Creo que puedo continuar un rato más.

Los dos estaban parados en medio del mar mirándose el uno al otro. Como el cabello de Blanca estaba libre de sujeción, flotaba alrededor de ella como una nube negra.

—Ya nos queda poco —la alentó él.

Esas fueron las palabras más falaces que había escuchado Blanca en su vida, porque llegar hasta la otra orilla le supuso un mundo de esfuerzo y dolor. Cada bocanada de aire se convertía en un puñal afilado que le traspasaba la garganta. Le dolían los brazos, le pesaban las piernas. Daba una brazada y otra dándose ánimo, al menos el capitán Bumblebee iba a la par que ella, y cuando creyó que ya no lo resistiría más, lo vio ponerse de pie y sujetarla por la cintura.

—Ya hemos llegado.

Blanca dejó de nadar, y trató de afianzar con cuidado los pies en las rocas porque los tenía al rojo vivo. Para sorpresa suya sus dedos tocaron arena fina. Se quedó sentada y con el agua cubriéndole hasta el pecho.

—Nunca en mi vida me he sentido tan endeble.

La voz le salía entrecortada, y necesitó varios minutos para que el corazón le latiera a un ritmo más lento. Entonces alzó el rostro y miró al hombre que la observaba atentamente.

—¿Lista? —preguntó al mismo tiempo que le tendía la mano para ayudarla a reincorporarse.

Blanca la aceptó, y al levantarse, las piernas le fallaron.

—Llevas demasiado tiempo sin comer.

Cuando Blanca quedó frente a él, Roderick sintió deseos de girar el rostro pues se sentía turbado. Su enagua blanca mojada era demasiado transparente, veía a través de ella la aureola de sus pezones y el triángulo oscuro entre sus piernas. Tragó con fuerza, y carraspeó.

—Sígueme —le indicó.

Si Blanca hubiera bajado la mirada y se hubiera visto, habría ardido por la vergüenza, pero se sentía demasiado débil y le dolía el interior del pecho por el enorme esfuerzo que había realizado.

—¿Ha estado muchas veces aquí? —inquirió al mismo tiempo que lo seguía.

Habían llegado a una pequeña cala de fina arena gris. La isla parecía un volcán.

—Algunas.

Blanca no era una muchacha estúpida.

—Ningún barco puede sortear estos arrecifes sin sufrir graves daños al respecto —contestó ella.

Roderick se giró de pronto y la miró con atención.

—¿Entiendes de navegación?

La muchacha soltó un suspiro suave.

—Mi abuelo es un marino increíble.

Los dos se miraban fijamente, y Blanca creyó ver en los ojos dorados de su salvador un brillo de lo más extraño.

—Yo detestaba navegar…

Pero el hombre ya no dijo nada más, y Blanca se quedó cavilando, si realmente detestaba navegar, ¿cómo había llegado a ser capitán de un barco? Igual era la primera vez que navegaba, pero cuando la rescató del barco pirata ella misma vio lo diestro que era en el manejo de aperos, entonces, ¿por qué había admitido que no le gustaba la navegación? De pronto el capitán se paró y ella no se percató: había estado tan ensimismada en sus pensamientos que no se había dado cuenta de que se había detenido.

—Lo lamento —se disculpó ella—. Caminaba pensativa.

Habían dejado la playa de arena gris, y estaban protegidos por el saliente de una roca que a ella le pareció la entrada de una cueva, pero no lo era. De pronto, el olor de pescado asado le llenó las fosas nasales. El estómago de Blanca rugió con fuerza. Dejó de mirar a su alrededor para clavar los ojos en la parrilla improvisada sobre un hoyo profundo que todavía tenía algunas ascuas ardientes.

—Confío que no se haya quemado nuestro desayuno —le escuchó decir con voz despreocupada—. Tardamos más de lo esperado en superar la distancia hasta aquí.

La muchacha estaba demasiado pendiente del pescado. Estaba claro que los había dejado asar muy lentamente.

Roderick se sentía muy incómodo porque la enagua de ella seguía húmeda y se le pegaba a la piel. Afortunadamente la muchacha no se percataba de ello.

—Ponte cómoda —le sugirió.

Alrededor del hoyo había tres piedras altas pero lisas. Blanca se preguntó si ya estarían allí o si el capitán las habría colocado. Tomó asiento en la más pequeña, y esperó, aunque sentía deseos de abalanzarse sobre la comida.

—Estoy famélica —confesó casi relamiéndose.

Roderick soltó una de las varillas de madera con el pescado insertado, lo miró con atención, y se la tendió. Blanca la tomó con cuidado y sujetó la varilla por los extremos, acercó el pescado con meticulosidad y lo olió. Un segundo después cerró los ojos y le dio el primer bocado de forma tan delicada, que Roderick se sorprendió al verla. Sabía que estaba hambrienta pues llevaba dos días de ayuno, todo lo contrario de él que se había alimentado de fruta escarchada la noche anterior, pero parecía que la muchacha estaba sentada en el comedor del palacio de Buckingham, y comiendo frente al monarca. En ningún momento tocó el pescado con los dedos, ni se manchó al comerlo. Le daba pequeños bocados que sólo tocaban sus labios. Si fuera a la inversa, él llevaría grasa de pescado hasta en las pestañas.

—Delicioso —murmuró la mujer sin mirarlo.

Roderick se encontró alzando una ceja. La comida era un simple jurel, de los que abundaban en la isla.

—Gracias.

—¿Puedo repetir? —le preguntó como si estuviera sentada en el mejor restaurante de Londres y él fuera el camarero.

—Puedes comerte todos los que quieras.

Blanca no lo miraba a él sino a la improvisada parrilla. Sobre ella había un total de cinco pescados insertados, y de pronto cayó en la cuenta, ¿de dónde habría sacado las barras de metal para hacer la parrilla? ¿Y las varillas de madera con la que había insertado los pescados?

—Un par de veces el Caronte fondeó muy cerca de Roque de Infierno.

Ella no le había preguntado, pero él le había respondido, como si le hubiera leído el pensamiento.

—¿Conoce muy bien estas aguas? —le preguntó.

—Es un lugar desconocido para la mayoría —respondió él—. Las corrientes marinas y los bajíos han provocado ya varios naufragios.

—Salvo el Caronte...

El capitán hizo un gesto de indiferencia con la cabeza.

—Solía venir en barca mientras el Caronte fondeaba en aguas seguras y a poca distancia.

Roderick omitió que, en su último viaje hacia Inglaterra, había hecho un alto para dejar agua potable, pescado seco, y fruta escarchada a buen resguardo en ese lugar, pues utilizaba ese escondite bastante a menudo, sobre todo cuando avistaba barcos piratas en su trayectoria.

—Este saliente nos puede proteger de lluvia —susurró ella, como si conversara consigo misma—, pero no de ventiscas.

—Hay una cueva...

Ella lo interrumpió.

—¿Cueva?

—En la cima de este islote.

La muchacha lo miraba expectante.

—¿Islote? —le preguntó.

—En realidad son dos —comenzó a explicarle—. Cuando el Caronte fue hundido, no navegábamos lejos de aquí —continuó—. Logré llevarte al islote más pequeño, pero es aquí donde podremos sobrevivir.

Ella se quedó pensativa unos momentos.

—¿Cuánto tiempo podremos hacerlo? —Blanca miró en derredor suyo, y todo le parecía inhóspito—. Imagino que este islote no tiene agua dulce.

—No te preocupes, tenemos agua para subsistir un tiempo.

Blanca se sentía cada vez más desesperanzada.

—Si son aguas peligrosas para los navíos, ¿cómo nos rescatarán?

Roderick se quedó callado. A él no le preocupaba en absoluto ese detalle. En sus años de reyertas con los piratas había logrado hacer de Roque del Infierno su refugio particular, no sólo por su cercanía con el reino de España, sino porque era la travesía elegida por piratas portugueses para llegar hasta Cabo Verde.

—Lo harán…

CAPÍTULO 9

Finalmente, el duque de Alcázar no había llegado a conocer al capitán recomendado por el conde, porque en Silencios se había desatado una pequeña emergencia. En el palacio se había recibido un mensaje desde Escocia dirigido a su heredero. Ian Malcon había sufrido un accidente, y su apoderado solicitaba la asistencia de Rodrigo de Lara y Velasco. El duque decidió partir de inmediato porque suponía que su primogénito embarcaría en el primer navío con rumbo a las Islas Británicas desoyendo los consejos de su madre, y sin esperar su regreso a Sevilla.

Alonso dejó el rescate de su sobrina Blanca en manos del conde Ayllón, también en las manos del hombre desconocido, pero del que su suegro confiaba. Y le había recalcado que no importaban los reales ni las fuerzas que fueran necesarias para lograr la recuperación de Blanca.

Rodrigo mantuvo silencio, y Alonso finalmente se marchó de la hacienda de Guadaiza con rumbo a Silencios. Algo en su interior lo prevenía, pues intuía que habían comenzado para él tiempos difíciles.

Rodrigo de Velasco y Duero, conde de Ayllón, miró al invitado con ojos entrecerrados: frente así tenía a un hombre que era una copia casi exacta de Alonso de Lara. Ambos hombres compartían la misma estatura y complexión. Los dos poseían marcados rasgos aristocráticos, pero Martín tenía los ojos de su madre Eulalia, grandes e inquisidores, también tenía el cabello negro muy grueso y rizado.

—Conde… —lo saludó el invitado.
—Martín… —correspondió Rodrigo.

—Ya sabes que detesto los mensajes precipitados, y las horas tardías para recibirlos —su voz era grave y rebosaba seguridad.

Rodrigo lo invitó a tomar asiento.

—Puedo ofrecerte un café.

El invitado rechazó el ofrecimiento.

—No dispongo de todo el día.

Rodrigo sintió deseos de soltar un improperio. Martín no había cambiado en absoluto. Seguía mostrándose insolente y pendenciero.

—Necesito un capitán —le dijo el conde.

Martín optó por guardar silencio durante unos segundos.

—El reino no está en guerra —se aventuró a decir.

—Necesito un capitán de navío.

Ahora miró al conde perplejo.

—¿Un capitán necesitado de otro capitán? —estaba claro que Martín no lo comprendía.

—Desgraciadamente hace muchos años que no navego —admitió él.

—¿Y para qué necesita el conde Ayllón un segundo capitán?

—Para rescatar a la sobrina del duque de Alcázar.

Martín cruzó una pierna sobre la otra con calma.

—¿Necesita ser rescatada de su tío el duque? —preguntó con sorna.

Rodrigo apretó los labios con cierto enojo porque durante años había intentado que Martín saliera de su anonimato y le revelara la verdad a su madre: que no estaba muerto, pero no lo había logrado.

En tozudez podía competir con su hermanastro Alonso.

—El duque de Alcázar pone bajo mi mando el Santa Rosa.

Martín silbó. El Santa Rosa era uno de los mejores navíos de línea que se habían construido en el Ferrol.

—El duque es ducho en manejo de aperos —el tono de Martín era de auténtico sarcasmo.

—Como duque, su patina es insuperable —admitió el conde—, pero como marino, su pericia deja mucho que desear.

Por primera vez en presencia del conde, Martín sonrío de oreja a oreja, y durante la siguiente hora, el invitado comenzó a demandar información sobre el secuestro de la sobrina de Alonso. Rodrigo no se guardó nada, le reveló todo cuanto sabía.

—Los secuestradores llevan demasiada ventaja —afirmó el invitado tras unos instantes de silencio.

Rodrigo se dijo que era cierto.

—Alonso lo ha dispuesto todo para que podamos partir cuanto antes a Nueva Providencia, ha ordenado al Santa Rosa que nos espere en el puerto de Málaga para no tener que desplazarnos hasta Sevilla. De ese modo ahorramos un tiempo valioso.

—Hay que dar a la muchacha por perdida —afirmó el otro rotundo.

El conde parpadeó con asombro al escucharlo.

—No pienso aceptar tal falacia —respondió severo.

Martín era un hombre de guerra, curtido en innumerables batallas, además era espía de la corona. Sabía muy bien lo que hacían los piratas con las mujeres que capturaban. Como poco la muchacha debía de estar ya muerta.

—Sabes que me asiste la razón.

Rodrigo apretó los labios hasta reducirlos a una línea fina.

—Es una heredera muy valiosa —reveló sin un parpadeo—. Da Silva lo sabe, no pondrá su seguridad en peligro —eso era al menos lo que quería creer el conde.

Al escuchar el nombre del pirata, Martín cambió de postura. La corona llevaba mucho tiempo intentando capturarlo, pero sin éxito.

—Nueva Providencia es un nido de piratas y asesinos —continuó el invitado—, y cabe la posibilidad de que Da Silva ignore la valía de la mujer que ha capturado.

Rodrigo optó por levantarse y comenzó a caminar con las manos entrelazadas a la espalda. Llegar hasta Nueva Providencia les iba a llevar como mínimo tres semanas de viaje.

—Debo hacerlo —murmuró el conde pensativo—. No tengo más opción.

Martín no perdía de vista su ir y venir. La apariencia del conde Ayllón siempre lo había impresionado, pero en ese momento lo veía algo nervioso, también preocupado.

—Me temo que piensas como yo —le dijo en voz baja—. Sabes que es prácticamente imposible que la muchacha esté viva, y que puedas localizarla.

Rodrigo tensó la espalda y cuadró los hombros.

—Nada importa lo que pensemos, iré a buscarla, y lo haré con o sin tu ayuda.

Respondió el conde con la mirada brillante y el tono duro, pero Martín no se molestó. La sobrina del duque no sería la primera mujer noble que era vejada hasta la muerte, e incluso en el mejor de los casos vendida como esclava al mejor postor. Allí donde la llevaran no importaría su nacimiento ni su nombre.

—¿Está seguro el duque de Alcázar de que es Da Silva quién ha capturado a su sobrina? —era una pregunta lógica ante la escasa información que tenían.

—En realidad me da igual el pirata que haya apresado a Blanca porque pienso buscarla hasta el último confín —confesó el conde—. Pero soy consciente de que posees información privilegiada sobre los refugios que mantiene Da Silva al otro lado del océano, y por eso me he tomado la libertad de pedir tu ayuda.

—Tengo nuevas órdenes de la corona —admitió Martín.

Rodrigo lo miró expectante.

—¿En el reino?

El hombre hizo un gesto negativo con la cabeza.

—Marruecos —respondió el hombre.

Rodrigo se quedó pensativo.

—¿Es grave? —Se atrevió a preguntar.

—Desde hace un lustro Ceuta y Melilla están sufriendo constantes incursiones, principalmente de la región del Rif.

—¿Y qué ha decidido la corona?

—Cada ataque es inmediatamente contestado por nuestro ejército, pero cuando se internan en territorio marroquí, nos emboscan. La situación se repite de forma habitual.

—No has respondido a mi pregunta.

—Leopoldo O'Donnell ha exigido al sultán un castigo ejemplar para los agresores, pero el sultán no lo ha cumplido.

Rodrigo mostró en la mirada la sorpresa que la revelación le provocaba.

—¿Me estás diciendo que tu misión consistirá en invadir el sultanato?

—No, en un principio —respondió cauto.

—¿Y eso qué quiere decir?

—Mi misión consiste en reforzar los fortines de Ceuta, y revisar la construcción de otros.

Rodrigo meditó en silencio durante unos minutos.

—¿Cuándo tienes previsto partir? —le preguntó el conde con apremio.

—La preparación del viaje llevará un total de seis semanas, ocho como mucho.

Rodrigo respiró aliviado.

—Entonces puedes acompañarme en el Santa Rosa.

Martín negó con un gesto.

—Llegar hasta Nueva Providencia nos llevaría un mínimo de tres semanas —respondió pensativo—. El Santa Rosa es un barco impresionante, pero demasiado pesado.

Rodrigo lo miró sin un parpadeó.

—Con tu destreza pueden ser diecisiete días.

Martin se dijo que eso no era viable.

—Es posible, pero olvidas que tengo una misión que cumplir —le recordó.

No, Rodrigo era consciente, pero Martín conocía mejor que ningún otro oficial o espía del reino la rutina de los piratas, sobre todo portugueses.

—Podrías estar de vuelta en el reino en siete semanas.

Martín entrecerró los ojos.

—¿Y si no encuentras a la heredera? —le preguntó.

Rodrigo tomó aire y lo soltó muy lentamente.

—Entonces traerás el Santa Rosa de regreso a Sevilla.

Martin lo observó asombrado. Sus palabras querían decir que, si no encontraban a la muchacha, el conde se quedaría al otro lado del mundo.

—¿Estás seguro? —le preguntó, aunque no hacía falta que lo hiciera porque conocía la respuesta del conde.

—Partimos a última hora de la tarde —le anunció el conde.

CAPÍTULO 10

El tiempo pasaba demasiado despacio cuanto no se tenían ocupaciones que realizar. En los primeros días de naufragio, la antipatía entre Blanca y Roderick se hizo cada vez más palpable. A él le molestaba lo puntillosa que era para todo, y lo susceptible que se mostraba a sus consejos.

Y lo volvía loco la escasa ropa que llevaba.

La voluminosa enagua llevaba ya varios jirones en el ruedo, y sin embargo, por su forma de caminar, sentarse, y arreglarla en torno a su esbelto cuerpo, parecía que la dama iba vestida con un vestido engalanado con seda y oro.

Nunca había conocido a una mujer menos vestida y más elegante.

El momento de las comidas lo sacaban de quicio: Blanca era la personificación de la corrección y mesura a la hora de ingerir alimentos. No se alteraba, no discutía, solía mirarlo por encima del hombro como si él fuera un mosquito molesto, y no el hombre que le había salvado la vida dos veces. Pero no se había quejado ni una sola vez de desayunar pescado, almorzar pescado, y cenar pescado que era lo único que podían obtener del mar.

Si Blanca se extrañó de que, en uno de los toneles, y bien resguardados de la humedad, hubiera fruta escarchada y pescado seco, no dijo nada.

Ella había insistido en recorrer la isla a pesar de que no podían salir de la pequeña cala porque estaba completamente aislada del resto de terreno. El litoral penetraba media legua tierra adentro entre dos paredes verticales que no se podían escalar. Frente a ellos tenían el ancho mar, tras su espalda un acantilado insalvable. En la zona más adentrada del saliente,

Roderick le había construido una cama con una base de arena, ramas, musgo, y le había colocado encima parte de la tela de una vela que la marea había vomitado en la playa la noche anterior. En ella solía dormir Blanca, él lo hacía en la playa bajo el cielo raso, y cada noche se preguntaba cuándo cruzaría las aguas de Roque del Infierno el Intrépido, el navío de su amigo Alexander Wesley. Ese lugar inhóspito y escondido era el refugio de ambos desde que comenzaron al unísono la captura de piratas tanto holandeses como portugueses. Los dos se encargaban de dejar en la pequeña cala toneles de agua que traían en sus respectivos barcos, además de cal viva para purificarla, también los enseres necesarios para la pesca, aperos para la supervivencia, y leña seca para prender un fuego estratégicamente situado por si alguno de los dos lo necesitaba en alguna ocasión. Alexander y él habían acordado que cada vez que cruzaran ese litoral harían señales con un farol desde el navío, y si la leña apilada ardía en tierra, el que lo viera sabría que el otro estaba en peligro.

Pero él no podía revelarle todo eso a Blanca.

En ese momento, sentado sobre una roca y tratando de pescar la cena, Roderick podía verla. Blanca nadaba con destreza a pesar de esa enagua incómoda ataviada con cientos de volantes traseros que no servían para nada salvo para entorpecer cada movimiento. Llevaba el cabello suelto y lo tenía tan largo que le llegaba hasta la mitad de las caderas, y era una cabellera espectacular, además, siendo sincero consigo mismo, tenía que admitir que toda ella era preciosa, y testaruda, contestona, insufrible, Roderick terminó sonriendo.

Tenía muchos adjetivos para ella, como el de princesita repelente, pero no el de cobarde. En los días que llevaban aislados, no la había escuchado quejarse ni una sola vez,

¿discutirle?, hasta cuando le daba los buenos días, pero era una muchacha valiente, comedida, e insoportablemente correcta. Muchas veces le recordaba así mismo años atrás, cuando su mundo había consistido en agradar a un padre demasiado intransigente.

El pensamiento lo llenó de humor negro, y su corazón sufrió un vuelco al pensar en sus hermanos. Era lo que peor llevaba de su marcha de Crimson Hill porque los quería, pero su padre lo había empujado a tomar la decisión más drástica de su existencia: marcharse lejos. Pensó en Serena, y sintió una sacudida en el vientre. Era la primera mujer a la que había amado, y la primera en partirle el corazón... Roderick rectificó, había sido la primera e iba a ser la última porque él no pensaba permitir que ninguna otra mujer le provocara un dolor parecido al sufrido años atrás. De repente, el agua salada le mojó el rostro, y regresó de sus pensamientos de forma abrupta.

Ella le tiraba gotas con la mano.

—¿Has tenido suerte con la cena? —la escuchó decir.

Blanca nadaba con soltura frente a él.

—Sería un milagro con tus chapoteos.

La voz de él había sonado demasiado severa, aunque no había sido intencionado. Cada vez que Roderick pensaba en su padre, su talante se resentía.

—Yo no chapoteo, nado...

Ella volvió a tirarle agua.

—Te mereces que te haga una ahogadilla —le replicó observándola atentamente—, o varias.

¿Desde cuándo tenía esos reflejos rojizos en el cabello? Indudablemente se debía a la puesta de sol tras su espalda. ¿Y por qué motivo su piel seguía tan blanca? Estaba claro que no se resentía a pesar de padecer los rigores del sol diario, y se dijo que eso debía de ser herencia materna porque el duque de Alcázar era un hombre de piel tostada.

—Al menos he podido perfeccionar el estilo —continuó ella.

Y lo hacía muy bien, se dijo Roderick.

—Si sigues nadando cerca del anzuelo, impedirás que pesque algo para la cena —ella se alejó un poco al escuchar su tono gruñón—. Podrías encender el fuego —la sugerencia había sonado como una orden.

—Lo haré cuando salga y me seque.

Cada vez que ella restallaba las piedras para obtener una chispa, a él se le removía el cuerpo. Lo poco que cubría esa enagua comenzaba a pasarle factura porque cada vez que salía del agua era como si lo hiciera desnuda. Y por cierto que no había recoveco de su piel que él no hubiera admirado subrepticiamente. Y como para darle validez a sus pensamientos, Blanca salió del agua justo en ese momento. Roderick se encontró desviando la vista porque estaba a punto de sufrir una erección.

¿Por qué motivo no se les había ocurrido a Alexander o a él dejar una muda de ropa en la isla junto con el agua y los aperos?

—Hace una tarde maravillosa —la escuchó decir mientras se escurría el agua del cabello.

Roderick cerró los ojos cuando la vio sentarse junto a él. Olía a mar, a sal, a libertad. ¿Por qué diantres había pensado en esa palabra? Porque la palabra libertad tenía un significado especial para él.

—¿Quieres que lo intente yo mientras tú enciendes el fuego? —le preguntó ella con una sonrisa, y el corazón se le desbocó.

Roderick maldijo interiormente: llevaba mucho tiempo en celibato, y la muchacha era demasiado hermosa. En los primeros días se había mostrado pudorosa, cohibida, pero ya se había acostumbrado a su presencia, *a él*, y Roderick lo estaba pasando realmente mal porque sencilla y llanamente eran un hombre y una mujer solos en una isla, ambos necesitados de compañía, de afecto. Si ella fuera una desconocida, terminaría por seducirla, pero no olvidaba que ambos eran primos segundos.

—Háblame sobre ti —lo animó la mujer.

Roderick se encontró soltando un suspiro. Estaba demasiado cerca de él, avivaba sus sentidos, y tuvo que carraspear incómodo. De improviso, le pasó la caña de pesar, y se levantó raudo.

—En vista de que te gusta mantenerte ociosa, yo encenderé el fuego.

Sin decir nada más se dirigió hacia el lugar donde estaba situado el improvisado fuego y la dejó sola. Blanca parpadeó confundida. ¿Estaba enojado? Ignoraba el motivo. Salvo nadar, pescar, comer, dormir y reñir, no podían hacer nada más en la isla. Al principio fue muy duro para ella porque vestida simplemente con la enagua se sentía prácticamente desnuda, pero él había actuado como si ella fuese invisible a sus ojos, y su actitud despreocupada la ayudó a superar su vergüenza. Le llevó un par de días aceptar que no podía hacer nada para cambiar su destino, y que le debía la vida a ese hombre que la trataba con corrección a pesar de las pullas que recibía por su parte. Ella no era una mujer voluble, pero el desconcierto y el temor la habían empujado a mostrarse irritante, también respondona porque él no le permitía hacer nada salvo bañarse en las aguas cristalinas. Al tercer día le permitió hacerse cargo del fuego porque por culpa de ella se había extinguido, y resultó una dura prueba. Tardó más de dos horas en producir chispas que encendieran los leños húmedos. Las manos se le habían puesto al rojo vivo por la fuerza y la decisión de lograr que la lumbre prendiera, pero finalmente lo había logrado.

Relajada y aburrida, miró el sedal que seguía inmóvil. Pescar algo en esa zona rocosa era poco menos que imposible. ¿Cómo lo lograba él? Escuchó el chisporroteo de la lumbre, y arrugó el ceño. El capitán lograba que todo pareciera fácil, pero ella sabía que no lo era.

—Por culpa de tu baño, has espantado los peces —le escuchó decir tras ella.

Blanca sujetó el sedal bajo una roca para que no se moviera, y se levantó.

—Es cuanto menos gratificante para un insolente poder echarle la culpa a otro de su propia torpeza.

Blanca lo había dicho en voz baja, pero Roderick la había escuchado.

—Tienes otras zonas donde nadar.

Ella lo miró extrañada. ¿Lo decía en serio?

—Sólo tengo una zona de paso para entrar en el agua y salir por mi propio pie —respondió con calma—. No tengo la culpa de que trates de pescar nuestra cena en esa zona de paso.

Roderick volvió a sujetar el sedal y lo lanzó más lejos.

—Ahora la culpa será mía de que te pases el día en remojo —respondió sin mirarla.

Blanca se acercó un paso hacia él. Estaba molesto, no la miraba, y se preguntó en qué momento lo habría ofendido porque no lo recordaba.

—No tengo nada mejor que hacer en este desierto lugar —respondió dolida—, salvo encender el fuego, dormir y nadar.

—Y discutir...

Ella lo cortó.

—Yo nunca discuto.

Él, resopló.

—¿Y qué estás haciendo en este momento?

—Mostrarte lo equivocado de tu comentario.

Roderick cometió el error de mirarla. La enagua seguía húmeda y pegada a la satinada piel. Tuvo una visión perfecta de sus senos. El pecho era para él la parte del cuerpo que más asociaba a la sensualidad, y el de ella estaba perfectamente en concordancia con el resto de su cuerpo: armonioso, de volumen no exagerado, pero tampoco pequeños.

Sin darse cuenta soltó un suspiro largo.

—Te mereces que no te de cenar.

Blanca lo miró asombrada, un segundo después con ira en sus ojos celestes.

—No te lo he pedido —contestó controlada.

Roderick estuvo a punto de lanzarle el sedal porque estaba claro que no iba a pescar nada, y ese detalle lo frustraba.

—¿Y cómo ibas a sobrevivir? Tendría que rescatarte por tercera vez.

Que se lo echara en cara por undécima vez avivó su genio normalmente bajo control.

—Y eso lo dice todo un caballero —respondió la muchacha en un tono que se advertía desabrido.

—Tú misma afirmaste que no lo era…

Blanca retuvo su ácida respuesta. Por algún motivo que ella desconocía él se sentía molesto. Lo veía en sus ademanes bruscos, en el tono de su voz, y en las veces que retiraba la mirada. Repasó mentalmente cada palabra que habían intercambiado a lo largo del día, valorando qué frase dicha sin intención debía de haberlo enojado pero, aunque se esforzaba, no la encontraba. Si estaba enfadado por algo que ella había dicho, ¿por qué motivo no se lo decía abiertamente? ¿Acaso creía que ella podría adivinarlo?

—¿Lo ves? Ya lo estás haciendo —soltó el hombre con voz grave.

—¿Qué estoy haciendo? —inquirió sin dejar de mirarlo.

—Analizando cada palabra que digo, cada gesto que hago. ¡Me desquicias! —Ella volvió a quedarse pensativa—. Me miras con esos enormes ojos azules y me descentras.

—¿Te descentro?

Estaba claro que no lo entendía.

—Cada vez que me hablas, que me miras...

Ella lo cortó.

—¿Pretendes que deje de hablarte? Te recuerdo que estamos solos en este lugar.

Roderick se había metido sólo en un problema al hablar de más. Estaba nervioso por otros motivos, pero no podía decírselo, ¿o sí?

—No me importa que nades todo el día si ese es tu deseo, pero lo haces muy cerca de mí, y tu enagua mojada se vuelve transparente, imagínate cada vez que sales del agua.

Blanca cometió el error de mirarse el cuerpo, un segundo después cruzó los brazos al pecho porque ella misma había visto la aureola de sus pezones. Sus mejillas se incendiaron, y sus ojos mostraron una mirada de espanto.

—No era consciente, no sabía... —no pudo continuar porque el nudo de la vergüenza en su garganta había alcanzado el tamaño de una nuez.

—Sé que no ha sido a propósito, pero no soy de piedra, princesita.

Ella se giró de golpe y le dio la espalda, se sentía tan sofocada que la piel le escocía.

—No volverá a ocurrir.

Roderick soltó un improperio. Ella no había provocado esa situación, pero él lo estaba pasando realmente mal. La llamó para disculparse, pero Blanca hizo oídos sordos. La vio tumbarse en el jergón qué le había preparado, y taparse hasta la cabeza con la tela de vela.

Podía imaginar el azoro que sentiría.

Volvió a maldecir porque presentía que decirle la verdad había cambiado la situación entre ambos, y en cierta forma lo lamentó: casi la prefería desinhibida que pudorosa.

Blanca no cenó. Se había aislado en sí misma, y no había respondido a ninguna de las preguntas que él le había formulado. Se acostó echa un ovillo y se levantó igual. A la mañana siguiente, y para estupefacción de Roderick, la vio enrollarse la tela de vela alrededor del cuerpo y caminar hasta el agua.

—No podrás nadar con eso puesto —Blanca ni le respondió, ni se giró para mirarlo.

El hombre hizo un gesto negativo con la cabeza, y se dispuso a avivar el fuego. Quedaban restos de pescado, y decidió calentarlo para que ella pudiera comerlo cuando regresara de su baño matutino. La escuchó chapotear, y giró la cabeza para mirarla.

—Lleva cuidado o te hundirás —fue terminar de decir las palabras, y la vio sumergirse hacia el fondo de forma brusca.

Roderick se alzó de su posición en cuclillas y miró atento hacia el mar. No veía la cabeza de ella, y entrecerró los ojos.

—No tiene gracia que te ahogues a esta hora de la mañana —le gritó.

Caminó varios pasos hasta situarse al borde del agua, y cuando la vio en el fondo manoteando con la gruesa y pesada tela de la vela que la envolvía, maldijo antes de lanzarse. Él mismo pensaba ahogarla por testaruda.

CAPÍTULO 11

Tras el incidente de la vela, el ánimo en Blanca había cambiado radicalmente. Al decidir bañarse arropada con el grueso lienzo para preservar su pudor, no había valorado que el peso podía arrastrarla hasta el fondo. Se la había atado en torno suyo con fuertes nudos, y se engañó así misma porque la tela de la vela parecía demasiado ligera estando seca, pero resultó todo lo contrario una vez que se mojó. A la vergüenza que sentía por la conversación mantenida con él, se sumó el bochorno por tener que ser rescatada una tercera vez.

Ella se llamó estúpida, él la llamó insensata. Los ojos de ella se llenaron de lágrimas, los de él recorrieron su cuerpo con un brillo extraño que la muchacha no llegó a valorar. Finalmente, Roderick se quitó su propia camisa y se la tendió.

—Cada vez que te bañes, úsala, es lo suficientemente larga para salvaguardar tu pudor, y el tejido no pesa tanto como el de la vela.

La visión del torso desnudo de él le provocó una fuerte conmoción. Estaba claro que le gustaba el ejercicio, sobre todo al aire libre porque la piel masculina era tan bronceada como algunas de las esculturas que tenía su abuelo en Whitam Hall. Blanca no podía despegar la mirada del recio pecho, de su estómago liso, y admiró los abdominales bien marcados. La cinturilla del pantalón le llegaba por debajo del ombligo, donde ya se advertía el comienzo de un vello claro.

—Creo que ya conoces lo que sentía yo al mirarte.

Su voz penetró en su cerebro muy lentamente porque su mente seguía abducida en admirar el esbelto cuerpo cincelado. Se escuchó un gemido, y ella no supo quien de los dos lo había exhalado.

—Blanca, ¿te encuentras bien? —Roderick tuvo el desatino de tocarla por el hombro, y el deseo prendió dentro de él con una fuerza arrolladora.

La mujer parpadeó varias veces, como si tratara de despejar la neblina espesa de su conciencia.

—Acabo de descubrir que me incomoda que andes desnudo —terminó de decir las palabras, y le retornó la camisa que él le había ofrecido galante un momento antes.

—No estoy desnudo —replicó con humor en la voz—, estoy medio vestido.

Roderick conocía muy bien el deseo, y lo acababa de ver por primera vez en los ojos de ella. Se sintió tan ufano por provocárselo, como pesimista al sentirlo en sus propias carnes, porque la estancia de ambos en esa escondida cala hasta que los rescatara Alexander, podía convertirse en un verdadero tormento.

—No es correcto… —Blanca no pudo continuar.

Roderick veía la debacle emocional de ella, y decidió ofrecerle cierto consuelo con sus palabras.

—Podemos morir en este lugar, solos, abandonados —si pretendía aliviarla no lo consiguió—, y la princesita hablando de correcciones.

Roderick era un excelente marino, pero un pésimo conversador con las mujeres, sobre todo con aquellas que no debía seducir. Y a Blanca le molestaba la dichosa palabra princesita cuando se refería a ella. Lo que pensaba debió de reflejarse en su rostro porque cambió el tono al hablar.

—Quiero decir que no importa que nos afanemos por la corrección cuando podemos morir en cualquier momento, ¿no piensas igual?

Ella necesitó un tiempo largo para procesar sus palabras. Sí, podían haber muerto en el naufragio, podían morir de hambre, o que los atacaran un tiburón mientras se bañaban en esas aguas desconocidas. ¿De qué servía la corrección en momentos tan críticos?

—Otra vez lo vuelves a hacer —el tono de él había cambiado de nuevo.

—¿Qué hago?

—Analizar cada palabra, cada movimiento por tu parte, cada situación en la que te encuentras, en realidad, todo.

Blanca terminó por apretar los labios.

—Eso no es malo.

Roderick sintió lástima por ella porque él había sido igual en el pasado, y sólo le había traído infortunio.

—Tienes que dejar de pensar —la animó.

Blanca sonrió, y fue como si el día se iluminara.

—¿Dejar de pensar cómo tú, y actuar *a salto de mata*?

Él había entendido perfectamente la última parte de la oración, aunque ella la había pronunciado en español.

—Me insultas, princesita —respondió tratando de que su voz pareciera ofendida, porque en cierta forma lo estaba—. Ni me escondo ni huyo…

Que era básicamente lo que quería dar a entender la frase actuar a salto de mata. Los ojos de Blanca brillaron con asombro.

—¿Entiendes español? —preguntó con interés.

Roderick se dijo que había llegado el momento perfecto para decirle la verdad: que el padre de ella, Andrew Beresford, era hermanastro de su madre, Aurora Penword, pero cuando abrió los labios para revelárselo, la voz de ella lo detuvo.

—Seguro que lo aprendiste en las colonias, quizás en La Florida, o California —como era una afirmación y no una pregunta, Roderick siguió en silencio—. No eres mestizo —siguió elucubrando ella.

«No, no lo soy», le dijo mentalmente. «Soy tan inglés como tú».

—En realidad soy... —comenzó él, pero ella lo cortó.

Iba a confesarle que era su primo segundo, pero un inesperado estallido les hizo dar un respingo a los dos. Blanca se quedó aturdida porque había sonado como la explosión de un volcán. Roderick reaccionó con la apostura de un hombre que se ha enfrentado en innumerables ocasiones al peligro.

—Hay que apagar el fuego.

Roderick sabía que el ruido que habían escuchado era de cañones. Blanca se quedó plantada mientras él echaba arena en las brasas para tapar el humo y que no ascendiera. Un segundo después la cogió del brazo y la arrastró consigo tras unas rocas: con un dedo en los labios le indicó silencio.

—¿Qué pasa, qué sucede? —susurró preocupada.

—¡Piratas!

La sola mención del nombre le provocó a ella un escalofrío. Agazapados miraron hacia el horizonte, efectivamente, un barco más pequeño huía de uno más grande que tenía las velas negras desplegadas y que había abierto fuego. Roderick se dijo que iban a hundir frente a sus ojos un navío más, otro de tantos. Ser testigos de la tragedia le supuso a ella un trauma, y a él una impotencia abrumadora.

Pero Blanca no desvió la mirada ni durante el crudo abordaje. La distancia entre los barcos y la pequeña cala donde ellos estaban resguardados, no era muy larga, y por eso podían escuchar los gritos y cruce de espadas entre los que atacaban, y los que se defendían. Vieron cómo prendían fuego a la embarcación una vez terminado el saqueó, y como pasaban a cuchillo a todo ser viviente.

Finalmente, la muchacha giró la cabeza porque el espectáculo era dantesco. Ellos podían haber muerto de la misma forma: ensartados en espadas, o hundidos en el fondo del mar.

—¿Son piratas portugueses? —preguntó Blanca en un susurro.

Roderick había visto la bandera, y conocía el barco. No, no eran piratas portugueses.

—Es el barco de Samuel Hall, conocido como Sam Lord —le explicó Roderick también en voz baja—. Es uno de los bucaneros más famosos de Barbados. —Ella lo miró con atención—. Me sorprende que navegue tan lejos de sus dominios.

Roderick se había quedado pensativo.

—¿Dominios? —inquirió ella.

—Posee un castillo en Barbados —continuó él—. Ha acumulado una gran riqueza gracias al saqueo directo de barcos varados cerca de su propiedad.

—¿Y qué hace en estas latitudes? —se interesó la mujer.

Pero él ya no contestó porque seguía ensimismado en sus propios pensamientos. Samuel Hall ya no se aventuraba a navegar fuera de Barbados, por ese motivo era tan difícil darle captura, y se preguntó qué diantres hacía frente a las costas de África abordando un barco con bandera holandesa.

Cuando el barco del pirata apodado Sam Lord viró para tomar rumbo sureste, Roderick caminó hacia la playa, segundos después, Blanca lo vio lanzarse al agua desde las rocas y nadar mar adentro. En un principio se quedó parada sin saber el motivo, pero tardó un instante en comprender que trataba de llegar hasta los restos por si encontraba algún superviviente. La distancia era demasiada, pero él era un nadador excelente.

Blanca pasó las horas más largas de su vida esperando su regreso plantada en la orilla de arena negra.

CAPÍTULO 12

John Beresford, marqués de Whitam Hall, embarcó en el Divino con rumbo a La Española. Había removido cielo y tierra buscando un barco rápido y un capitán osado. Lo primero resultó fácil, lo segundo una verdadera odisea porque los mejores marinos del reino seguían en activo surcando las aguas del océano de uno al otro confín. Sin embargo, John conocía al mejor: uno que había sido defenestrado, y que además era amigo suyo, por eso decidió pedirle el favor más grande de su vida.

John rememoró en esos instantes su larga amistad con él.

Jeffrey Hamilton no sólo había sido el mejor capitán del reino, también había ganado fama como experto explorador. Su infancia había transcurrido en Middlesex, y a la temprana edad de diecisiete años se incorporó a la Royal Navy. Se graduó el mismo día que alcanzo el rango de capitán, y sirvió con gran valentía en la guerra contra las trece colonias que buscaban la independencia de Inglaterra. Después de dejar la marina, navegó a bordo de algunos buques mercantes como primer oficial. La mayoría de sus viajes comenzaron en las Indias Orientales, y en uno de esos viajes fue donde Jeffrey se enfrentó al mayor desafío de su vida como marino. El barco que capitaneaba sufrió un motín, cinco de los treinta hombres que lideraba se rebelaron contra su mando, y, durante la revuelta, tres de ellos murieron. Jeffrey, junto a dos de sus antiguos suboficiales, fueron sometidos a un juicio ante el Tribunal del Almirantazgo.

John había ayudado a su amigo proporcionándole toda la ayuda que necesitaba para defenderse, y lo hizo contratando al mejor bufete de abogados de Londres. Finalmente fue absuelto, pero cayó en la ignominia al ser repudiado tanto por la corona como por la marina, por ese motivo Jeffrey no volvió a navegar, pero John lo necesitaba, y decidido alquiló la nave más rápida de todas, el Divino, para incitarlo a que lo hiciera de nuevo.

De pie y apoyado en la barandilla de estribor, miró las últimas islas que lo alejaban de Inglaterra: las islas Sorlingas en el condado de Cornualles. Ignoraba cuándo regresaría de nuevo a Inglaterra porque estaba decidido a gastar su vida en encontrar a su nieta. Sabía por su hijo Andrew que el tío español de la muchacha había contratado a un marino muy preparado que llevaría el Santa Rosa en busca de Blanca, pero él no podía quedarse de brazos cruzados. Cada día que pasaba, su nieta más querida se alejaba de él, y no podría vivir si se quedaba de brazos cruzados. Además, él conocía a varios marinos retirados que podrían prestarle una enorme ayuda en su búsqueda.

—No podía imaginar la velocidad que alcanzaría el Divino —John escuchó la voz de su amigo Jeffrey y dejó de mirar el mar.

El capitán se posicionó a su lado. El marqués lo miró antes de confiarle:

—Pensé que para este viaje sería más necesario un Balandro.

El Balandro era un velero muy apreciado por los piratas porque eran más ligeros y muy rápidos. Solían tener dos mástiles, algunos incluso tres, y la carga podía llegar hasta los setenta y cinco hombres, aunque no tenía muchos cañones, apenas catorce, pero John había antepuesto la velocidad en detrimento de la defensa.

—¿Por qué navegamos hacia La Española? Nuestro destino debería ser Nueva Providencia —el capitán había expresado su opinión.

John se tomó un tiempo en responder.

—Porque en La Española vive el mejor rastreador del Caribe que conozco —dijo pensativo—. Mi nieta lleva un tiempo desaparecida, y él es el único que puede dar con su paradero.

El capitán miró hacia proa, pero lo escuchaba atento.

—¿Conozco a ese rastreador?

—Es posible —contestó John—. Se llama Samuel Blantyre —Jeffrey no lo conocía—. Vive retirado en La Española.

—¿Vive allí porque también fue defenestrado por la corona de Inglaterra? —preguntó.

A Jeffrey le parecía cuanto menos interesante que un inglés viviera en territorio español por propia voluntad.

—Otro día te contaré su historia —le dijo John—, pero conoce mejor que nadie esos territorios, y sabe moverse entre piratas.

El capitán miró a su amigo, y pudo ver las huellas que la preocupación dejaban en su rostro, tenía profundas ojeras oscuras bajo la mirada azul que ya se veía empañada. No había conocido a un hombre más íntegro que el marqués de Whitam, ni más justo.

—John, eres consciente que siempre he sido sincero contigo —el marqués lo miró atentamente—, pero cabe la posibilidad de que no la encuentres y...

John lo interrumpió de forma brusca.

—¡La encontraré! —Afirmó sin un asomo de duda—. No pienso perder a mi nieta.

—Aquella zona es un hervidero de piratas, saqueadores, asesinos, y esclavistas.

John lo sabía, pero iba a encontrar a su nieta Blanca sin importar el tiempo ni el esfuerzo que le llevase lograrlo.

—La voy a encontrar, Jeffrey, lo haré.

El capitán observó la mirada del marqués que se había oscurecido por unos instantes.

—Es indudable que la quieres.

John hizo un gesto leve afirmativo.

—Amo a todos y cada uno de mis nietos —confesó el marqués en un tono sincero—, pero Blanca, Blanca es especial —se le había enronquecido la voz al hablar de la muchacha—. Es tan inteligente, tan madura y cuidadosa, y no sólo en el habla, sino en los gestos. Nunca dice una palabra equivocada o fuera de lugar. Nunca ofende a propósito... —calló un momento antes de continuar—. De todos mis nietos es la que siempre tiene una palabra amable conmigo. La que me anima con largas y fructíferas conversaciones, logra que me sienta útil todavía.

—Puedo ver que es alguien muy especial para ti.

John miró al capitán con una media sonrisa.

—Lo es —de pronto los ojos del marqués refulgieron de ira—. No voy a permitir que nadie me la arrebate de mi lado.

—¿Y su padre? —estaba claro que al capitán Jeffrey le parecía cuanto menos sorprendente que fuera el abuelo y no el padre quien embarcara en la búsqueda de la muchacha.

—Mi hijo Andrew decidió buscar la ayuda del tío de Blanca, Alonso de Lara.

—¿El duque de Alcázar? —preguntó el marino.

John no se sorprendió de que lo conociera. Cada marino de Su Majestad conocía las agallas y poderío de la casa noble más importante del reino de España.

—Andrew está convencido que el tío de la muchacha puede ayudarlo a encontrarla, pero nosotros lo haremos antes.

Lo había dicho tan convencido, que Jeffrey no tuvo ninguna duda al respecto. Era cierto que el duque de Alcázar poseía poder e influencia para emprender cualquier incentiva, pero el marqués de Whitam poseía una red de amigos con habilidades tan necesarias como la de explorador, y rastreo, por eso se dirigían hacia La Española.

—Acompáñame —casi le ordenó el capitán al marqués—, vamos a divertirnos haciendo virar la nave y comprobando la velocidad máxima que alcanza…

CAPÍTULO 13

Los minutos que estuvo Blanca esperando su regreso, fueron lo más tensos de su vida. Desde la distancia, apenas veía su cabeza emerger de las profundidades hacia la superficie, pero tras un tiempo que le pareció tan largo como frustrante, lo vio nadar hacia la orilla de la cala, y lo hizo despacio porque cargaba algo.

Con una impaciencia inusual en ella, se metió hasta las caderas en el agua para ayudarlo cuando alcanzara la playa. A medida que lo veía acercarse, se percató de que llevaba bajo el brazo un cuerpo. No debía de ser muy grande, aunque sólo veía cabello. Unas brazadas más, y Roderick alcanzó las piedras de la orilla, se puso de pie y tiró con ambos brazos el cuerpo inerte hasta dejarlo sobre la arena oscura. Blanca fijó los ojos en él, y se percató de que era un niño.

—¿Respira? —preguntó angustiada.

Pero el capitán no respondió porque estaba ocupado en otros menesteres más importantes. Blanca se arrodilló frente a él mientras observaba sus maniobras de reanimación. Le insuflaba aire por la boca y le hacía flexiones fuertes sobre el pecho. Y lo hizo varias veces de forma enérgica hasta que los dos escucharon el crujido, pero sólo él sabía que le había fracturado una costilla en el intento de reanimarlo.

—Tiene que expulsar el agua —no paraba de hacerle masajes y de insuflarle aire.

—¿Quieres que lo intente yo? —se atrevió a preguntar ella.

Roderick no se dio por vencido.

—Tiene que expulsar el agua —insistió.

Tras varios intentos, le ladeó la cabeza, y el muchacho expulsó agua del interior, pero no regresó de la inconsciencia.

—Llegué demasiado tarde —se lamentó el capitán.

Blanca observaba sus movimientos con suma atención. El chico no debía de tener más de diez o doce años. Miró sus cabellos rubios, su piel pálida. Por sus ropajes dedujo que debía pertenecer a una familia acomodada porque el tejido era de buena calidad y estaba bien cortado.

—Despierta, ¡vamos! —le gritó Roderick.

Blanca tragó con fuerza. Los labios del chico estaban azules, y sus ojos abiertos se veían opacos.

—Está muerto —susurró ella sin moverse.

—¡No! ¡No!

Gritó Roderick que no se daba por vencido. Continuó haciéndole el masaje cardiaco con más energía todavía. Cuando de los labios del chico salió sangre, Blanca detuvo el movimiento de Roderick. Fue sentir la mano de ella sobre la suya, y detener la reanimación. La miró confuso, sin saber por qué motivo lo había detenido.

—Se fue —la oyó decir.

Y fue como si la luz hubiera penetrado en la mente de Roderick en ese momento porque se fijó en los labios azules que rezumaban sangre.

—No he podido salvar a nadie —se lamentó él.

Blanca no podía imaginarse que, tratando de salvar al grumete, era como si pudiera salvar a su propia tripulación: aquella que había muerto en el Caronte.

—Creí que podría salvarlo —en los ojos dorados se podía ver la derrota.

Blanca pensó que el chico ya estaba ahogado cuando lo rescató.

—Lo lamento —se condolió ella.

En momentos así sobraban las palabras.

Roderick quería salvarlo, lo necesitaba, porque desde el hundimiento del Caronte, se sentía terriblemente culpable. Él tenía que estar en cubierta, sobre todo porque los seguía un barco pirata, pero la inesperada situación de Blanca en el barco le había hecho variar sus preferencias. Había bajado un momento al pañol de pólvora para decirle que la mantendría a salvo, iba a perder sólo un minuto, pero fue suficiente para que el otro barco los alcanzara con los disparos de sus cañones. Que él hubiera bajado un momento había supuesto la salvación de Blanca, y también la pérdida de su tripulación.

—Has hecho todo lo que has podido —la escuchó decir.

Y Roderick la miró como si fuera la culpable de todo. Y esa mirada le provocó a ella un profundo escalofrío que la recorrió por entero de la cabeza a los pies. Vio en los ojos de él remordimiento, cólera, y una profunda desolación.

—Te salvé a ti, y a cambio perdí a los mejores hombres.

Esa acusación era injusta, pero Blanca no se lo reprochó. Ella había salvado la vida gracias a que él había estado cerca, de lo contrario, seguiría encerrada en el vientre del Caronte, y la nave hundida en el fondo del mar.

—Y me faltarán días para agradecértelo.

En los ojos de él brilló una ira extraña.

—¡No quiero tu gratitud!

Para Blanca estaba claro que el capitán estaba demasiado afectado. Fue pensarlo, y él dio veracidad a sus pensamientos. Lo vio levantarse deprisa, caminar hasta el agua, y lanzarse de nuevo a ellas sin mirar atrás. Observó sus brazadas largas, sus pies que apenas salían del agua al nadar. Indudablemente se dirigía de nuevo hacia los restos. ¿Pensaba que quedaría alguien con vida? Ella lo dudaba seriamente.

Blanca soltó un suspiro largo, miró al joven ahogado, y sintió ganas de llorar. Era tan joven... y el capitán la había dejado sola en la playa con el muerto. Estuvo arrodillada pensando qué hacer porque no podía dejarlo ahí tirado hasta que el otro regresara.

—Tendrás cristiana sepultura —le dijo al fallecido como si pudiera escucharla.

Y la muchacha se pasó las siguientes horas cavando un hoyo lo bastante profundo para que cupiera el cuerpo. Buscó un lugar apropiado y el más alejado del lugar donde dormían. Cavó con un trozo de madera dura, era un resto que había pertenecido a algún barco y que el mar había vomitado. Se ayudó con las manos que terminaron sangrándole, pero lo logró. El problema vino cuando tuvo que arrastrar el cuerpo porque apenas le quedaban fuerzas, aunque hizo acopio de valor, y tiró de él con esmero. Lo empujó con cuidado hacia el interior del improvisado foso, y lo tapó con la tierra que había escarbado. Hizo un montículo con ella, y la aprisionó con las manos para endurecerla. Blanca sudaba de forma copiosa por el esfuerzo. Y cuando terminó, buscó otro trozo de madera más pequeño para unirlo al que le había servido de pala, cuando lo encontró, formó una cruz con los dos. Ahora debía buscar algo para atarlo. Como no tenía nada al alcance de su mano, miró su enagua, rasgó uno de los volantes, y enrolló la tela a las dos maderas y las ató con un nudo. Clavó la improvisada cruz en la tumba, cerró los ojos, juntó las manos, y lanzó una oración sentida y emocionada, no sólo por la muerte del muchacho, sino por todas las de aquellos que habían muerto en el barco de su abuelo y en el Caronte.

Tiempo después, Blanca se metió en el mar para nadar y limpiarse el sudor. Y lo hizo llena de una congoja que le llenó los ojos de lágrimas. Viendo que no podía contenerlas,

las dejó caer por sus mejillas. Nadar y llorar le supuso un esfuerzo extra, que sumado al entierro del grumete, la dejaron exhausta. Mientras nadaba se preguntó qué sería del capitán porque faltaba ya demasiadas horas. Blanca ignoraba que Roderick había decidido buscar más supervivientes, y que, al no encontrarlos, había nadado hacia uno de los riscos porque necesitaba soledad. Tenía que controlar no sólo la cólera que le provocaba el ataque por parte de piratas a los diferentes barcos con los que se encontraban. También debía canalizar la impotencia que le provocaba estar recluido en una pequeña cala sin salida hacia ningún lugar, además de lidiar con la desesperación de tener que proteger a Blanca. Si algo le ocurriera a ella, la familia no se lo perdonaría, y él tampoco.

Cuando regresó a media noche a la cala, Roderick vio la tumba, la cruz, y a Blanca encogida sobres sí misma en el jergón que él le había preparado. Por un instante sintió pesar por haberla dejado sola, pero su necesidad de soledad había superado su toma de decisiones. Para nada había esperado que ella se ocupara del cuerpo, que lo hubiera enterrado por sí misma. Blanca acababa de darle un motivo más para admirarla.

—Bumblebee —la escuchó llamarlo con el sobrenombre que le habían puesto sus hombres—. ¿Va todo bien?

Roderick caminó directamente hacia ella que se reincorporó del precario lecho y se quedó sentada.

Sus bonitos ojos de largas pestañas lo miraban sin un parpadeo. Era de noche, apenas los iluminaba las llamaradas del fuego, pero él conocía muy bien el brillo de sus ojos, y lo que veía ahora era preocupación.

—Necesitaba pensar —respondió.

Esas palabras se las tomó ella como una disculpa. Blanca sentía alivio de que hubiera regresado. Por un momento, mientras rezaba junto al cuerpo sin vida del grumete, pensó que la había abandonado a su suerte. Y sintió miedo de verdad.

—Me alegro de que hayas vuelto.

Sus palabras tuvieron la capacidad de emocionarlo. No le recriminaba nada, en su voz no percibía ni una sola crítica a su actitud. ¿De verdad había pensado que la abandonaría? Roderick se sentó al lado de ella, y fue entonces cuando reparó en sus manos: estaban llenas de cortes y raspones que todavía no habían cicatrizado, y supo que había sido por escarbar la tierra. Siempre lograba sorprenderlo.

—Lamento haberte dejado sola.

Por primera vez, Blanca se acercó al cuerpo caliente del capitán, y descansó la cabeza sobre su hombro. Pudo escuchar y casi sentir los latidos de su corazón, y se alegró enormemente de que los dos estuvieran vivos. Blanca nunca había estado tan cerca de la muerte, ni había participado activamente en dar cristiana sepultura, por eso necesitaba la compañía del único hombre que podía ofrecerle consuelo.

—No deseo volver a repetirlo —confesó con la voz muy baja, pero Roderick la había escuchado.

—Te pido de nuevo que me disculpes, fue imperdonable por mi parte dejarte aquí sola con el cuerpo.

Cuando él hizo amago de levantarse, ella lo detuvo.

—¡No! No te vayas. —Le imploró.

Blanca se hizo hacia un lado y tocó una parte del jergón vegetal con la mano.

—No me dejes sola de nuevo —suplicó.

Roderick podía entenderla. A escasos metros de distancia estaba la tumba del cuerpo sin vida de un muchacho. Ella lo había enterrado sola, comprendía su necesidad.

—Me quedaré a tu lado —aceptó con voz solemne.

—Aquí, por favor.

Roderick medio sonrió porque ella pretendía que se interpusiera entre ella y el muerto. Rodó sobre el cuerpo femenino y se posicionó tras su espalda. Blanca se encogió de tal forma que la coronilla de su cabeza quedó perfectamente encajada en su garganta. Subió los pies, Roderick arqueó los suyos hasta posicionar sus rodillas en las corvas de ellas. La mano de Blanca buscó la suya, y, cuando la encontró, la llevó hasta su cintura.

—Prométeme que no te irás.

Roderick se encontró enarcando las cejas.

—¿Tienes miedo? —le preguntó.

Ella soltó un suspiro tenso.

—Nunca he dormido tan cerca de un muerto.

Ahora entendía la necesidad de ella de mantenerse pegada a él.

—Yo te protegeré —le prometió—. Ya lo he hecho otras veces.

Pero ella ya no respondió. Roderick escuchó segundos después su respiración acompasada. Por la rapidez con la que se había dormido, supo que estaba agotada tanto física como mentalmente. Acerco los labios a la coronilla de ella, le dio un beso tan leve, que Blanca no lo notó.

Había sido un impulso, y se había dejado llevar, menos mal que ella estaba dormida, de lo contrario, se encontraría en un grave aprieto para responder por su acción. ¿Cómo se le explicaba a una muchacha la necesidad que sentía un hombre como él de tocarla y besarla? Roderick se dijo que tendría que llevar mucho cuidado en el futuro porque Blanca estaba haciéndose un hueco en un sentimiento muy concreto.

Debía de ser el clima cálido, que los dos estuvieran solo luchando por sobrevivir, que ella fuera tan hermosa e inteligente, Roderick ignoraba lo que era, pero Blanca le estaba haciendo una marca muy profunda en el corazón.

—Nunca he conocido a una mujer como tú, princesita, ni creo que la conozca jamás…

CAPÍTULO 14

Dormir juntos esa noche tras el naufragio del barco holandés, marcó un antes y un después en la relación de Roderick y Blanca. Ahora reían juntos, y ella le gastaba bromas que el capitán le devolvía. Los roces entre ambos eran tan habituales como necesarios para ella, porque Blanca necesitaba su cercanía, sobre todo cuando por la noche tenía que dormir tan cerca de la tumba del muchacho. Era una situación a la que no podía acostumbrarse. Él le había propuesto trasladarla más lejos, pero Blanca desechó la sugerencia de forma contundente, alegó que una tumba no debía profanarse, y por eso la segunda noche, aunque ella no le pidió que durmiera a su lado, no hizo falta. Roderick se posicionó tras su espalda en silencio, y la abrazó fuerte pegándola a su propio cuerpo. Sólo así Blanca se sentía protegida y podía dejarse vencer por el sueño.

En ese momento de la mañana, quería enseñarle a destripar uno de los peces que había capturado con el precario sedal, pero ella no se acercaba lo suficiente como para escuchar las instrucciones que le daba.

—Vamos, princesita, no va a morderte.

Ella seguía clavada a la arena, y a una buena distancia de él. Lo veía rajar al animal por la tripa, arrancárselas, y tirarlas a un hoyo que previamente había cavado. Le había dicho el primer día que no se tiraban al mar, y que, enterrándolas, se evitaba que acudieran los bichos.

—Es demasiado desagradable —respondió sin dejar de mirar al pobre pez destripado—. ¿Por qué me llamas princesita cuando te burlas? —le preguntó.

Sobre la roca quedaban otros dos, y Roderick pretendía que ella los limpiara, a lo que se oponía de forma rotunda. Lo había hecho una primera vez, y el olor de las vísceras le había durado demasiado tiempo en las manos.

—Porque te comportas como una princesita cuando hay que realizar tareas desagradables.

«Por que parecías una princesita repelente de niña», le dijo con el pensamiento.

—El olor de las tripas me provoca arcadas —le confesó muy seria.

Roderick la miró con las cejas alzadas.

—Pues no te escucho quejarte mientras das buena cuenta de ellos cuando te lo comes —contestó sarcástico.

—No es lo mismo —afirmó con un parpadeo.

—Si no te acercas no puedo enseñarte.

—Es que no tengo ninguna necesidad de aprender esa tarea tan desagradable.

Él ya había cogido el segundo pescado que era más grande que el anterior.

—Tienes que cortar por aquí —ella seguía sin acercarse lo suficiente para verlo—. No te imaginaba tan escrupulosa —le soltó para incitarla a caminar hacia donde se encontraba.

—Puedes insultarme todo lo que quieras, pero no pienso destripar ninguno por mucho que insistas.

Roderick ya había sacado las vísceras del interior, y, tras escucharla, levantó la cabeza asombrado.

—¿Y si te castigo sin almorzar por no ayudarme a limpiarlos?

Ella se mordió ligeramente el labio inferior.

—No serías tan cruel, ¿verdad? Te aseguro que es superior a mi.

—¿Y si no estuviera aquí contigo? ¿Cómo sobrevivirías?

Blanca se dijo que entonces estaría en un grave aprieto.

—Es que no quiero destriparlo —insistió—. No soporto el olor.

Roderick no debió pensar muy bien lo que hizo a continuación, porque tras la undécima negativa de ella, se encontró lanzándole con fuerza las tripas que tenía en la mano. El amasijo le dio de lleno en la mejilla derecha. La pella pegajosa le recorrió la parte inferior del rostro hasta llegar alcanzar la barbilla, le bajó después por el cuello, y fue deslizándose por su enagua blanca hasta quedar colgadas del tejido. Tras ver la cara de repugnancia de ella, Roderick estalló en carcajadas. Ella tomó aire y lo retuvo dentro de sus pulmones durante un par de segundos antes de expulsarlo. Bajó los ojos y miró el rastro sucio que las tripas habían dejado en la tela de su enagua. No quería pensar en el rastro que habían dejado en su rostro porque podría vomitar. Y no podía sentirse más asombrada por la acción de Bumblebee, por eso dio un paso hacia atrás completamente espantada. Un instante después, los hombros femeninos comenzaron a temblar.

Roderick vio que los ojos se le llenaban de lágrimas. ¿Ese juego infantil le provocaba llanto? Estaba atónito.

—No irás a llorar —le dijo al ver su cara atribulada—. Son sólo tripas.

Pero ella no contestó porque estaba paralizada sin atreverse a despegar del tejido las vísceras que seguían colgando de la tela de su enagua.

—No he visto en mi vida una señoritinga tan remilgada como tú, lo juro.

Roderick caminó hacia ella, y se detuvo a centímetros del cuerpo tembloroso, sujetó con sus propios dedos las tripas colgantes de la tela de ella para mostrárselas.

—Son sólo tripas —reiteró burlón—, y no muerden —con una sonrisa de oreja a oreja se las acercó muy cerca de los labios que ella mantenía entreabiertos.

Blanca no podía creerse la estupidez de él. ¿Acaso no veía el enorme asco que le provocaban? Ahora tendría el rastro negro y el olor nauseabundo en el tejido de la enagua durante tiempo indefinido, sobre todo porque no disponía de jabón para lavarlo, sólo agua de mar. ¿Cómo había sido tan necio de lanzárselas? Alzo el rostro, y clavó los ojos en los de él que mostraban una actitud cómica. Indudablemente se estaba divirtiendo de lo lindo porque tenía la boca abierta en una amplia sonrisa, y, sin pensarlo dos veces, le pegó un manotazo a la mano abierta donde sujetaba las tripas, y las empujó hacia la boca de él. Roderick no llegó a tiempo de cerrarla. Ella las aplastó con la propia mano en su interior.

El enfado había superado a su aversión.

—¡Sólo son tripas! —le espetó colérica.

Roderick escupió sobre la tierra las vísceras que ella le había introducido en la boca con el manotazo. En ese momento, Blanca se limpiaba la mano en la camisa de él que percibió claramente el calor que desprendían sus dedos. Se le encendió la sangre, y deseó besarla como castigo, así las dos bocas tendrían el mismo sabor. Fue pensarlo y hacerlo. La sujetó por los hombros, inclinó la cabeza y la beso. Unos segundos después se apartó porque ella estuvo a punto de escupirle en la propia boca.

—¡Desgraciado! —lo insultó al mismo tiempo que se la limpiaba con el dorso de la mano con una aversión palpable.

Su expresión de puro asco le divirtió como nada en la vida, y los pescados destripados quedaron olvidados en las rocas porque Roderick sólo tenía ojos que devoraban el hermoso rostro encendido.

—Te mereces una buena azotaina por ese manotazo —le dijo él.

Blanca entrecerró los ojos porque le ardían. Se sentía humillada hasta el mismo tuétano. Si él había pretendido castigarla metiéndole en la boca las propias tripas que ella le había restregado segundos antes, lo había logrado con creces, y al mismo tiempo había despertado una furia incontenible, peligrosa, y que Blanca desconocía que poseyera. Ya no tenían tripas que lanzarse ni restregarse, y fue precisamente la ira la que la impulsó a borrarle la sonrisa del rostro de una bofetada.

—Vuelve a lanzarme tripas, y no respondo de mis actos –se giró con ímpetu, y se dirigió hacia el mar con las intenciones claras.

Las cejas de Roderick se arquearon con más humor todavía.

—Y yo que pensaba que la bofetada había sido por el beso.

La vio detener sus pasos, y girar el rostro hacia él.

—Vuelve a hacerlo, y serán tus tripas las que degustes.

Roderick estalló en carcajadas porque ella lo había dicho muy seria, y él se sentía muy guasón. Decidió ir tras ella, pero no había juzgado muy bien el carácter femenino porque sólo recibió bufidos por su parte. Blanca se lanzó al agua de un impulso, y emergió poco después. Durante varios segundos estuvo lavándose el cabello y la cara con el agua del mar. Después hizo algo osado y que lo dejó temblando en la orilla. La muchacha se había quitado la enagua con verdadero esfuerzo, y comenzó a restregar con fuerza la parte del tejido que él había manchado con las vísceras. Roderick sufrió una conmoción al verla sólo con las finas bragas porque el agua transparente no dejaba nada a la imaginación. Tragó con fuerza, y se giró sobre sí mismo para que evitar que ella viera su incomodidad.

Le había salido el tiro por la culata, porque ahora se sentía bastante más perjudicado emocionalmente que ella.

Tiempo después, cuando Blanca se plantó frente al fuego para que se secara su enagua y su largo cabello, él decidió ofrecerle la disculpa que se merecía, pero la enagua transparente echaba a perder su intención porque no podía hacer nada más salvo comérsela con los ojos. La tela se adhería a cada curva de su perfecto cuerpo, y su cabello brillaba como una cortina negra alrededor de sus hombros.

—Mi comportamiento ha sido imperdonable —comenzó él.

Ella evitó mirarlo, y le ofreció silencio. Un mutismo merecido, y que a él le provocó pesar.

—Lamento que mi sentido del humor te haya provocado enojo.

Ahora sí giró el rostro hacia él. Blanca trataba de hacerse una trenza con el largo cabello.

—¿A ese acto macabro lo llamas sentido del humor?

—No pensé que te afectaría tanto. ¿Macabro?

La pregunta había sonado tan burlona como toda la conversación anterior que habían mantenido. Si con su disculpa había pretendido apaciguar su enojo, con su última risa había logrado justo lo contrario.

—¿Sueles tirarle vísceras a las damas que están bajo tu protección?

Dicho así lo hacía parecer un canalla, se dijo Roderick.

—Sólo pretendía que te distrajeras un rato. Andas siempre tan seria, tan comedida que pensé que no te lo tomarías tan mal.

Ella parpadeó incrédula.

—¿Pretendías entretenerme lanzándome tripas de pescado?

Roderick se percató que cada vez que abría la boca, lo empeoraba todo. Y entonces ella se quedó pensativa. Giró el rostro un tercio, clavó la mirada en un punto del fuego. Él estaba convencido de que no las veía. La observó cómo examinaba cada gesto que había tenido él en las horas anteriores, y la respuesta de ella a sus acciones. Estaba convencido de que evaluaba cada palabra dicha, cada ademán realizado, y con esa capacidad de análisis que lo exasperaba. Si hubiera tenido más tripas de pescado, se las habría lanzado de nuevo, aunque le sacara los ojos después.

Lo que hacía el aburrimiento extremo, se dijo Roderick.

—No debí ser tan tajante al negarme —admitió de pronto la muchacha en voz baja.

—No, no debiste —contestó él envarado más por el deseo que le provocaba, sobre todo caminando tan ligera de ropa, que por sus palabras.

Había sido sólo un juego. Él había pretendido divertirla, que se olvidara por un momento de lo solos que estaban en ese lugar, de lo precario de la situación de ambos, porque él esperaba un barco que no llegaba, y ella un rescate que no sucedía.

—Es injusto que tengas que limpiar cada día nuestra comida —aceptó al fin.

Roderick se dijo que, si ella seguía en ese camino de análisis, iba a zarandearla hasta separarle el cerebro del cráneo.

—No me importa hacerlo.

Ella seguía ensimismada. Puso las manos en sus caderas, y comenzó a dar pasos cortos alrededor de la fogata.

—El trabajo debería ser compartido.

—¡Hooola! —exclamó él—. ¿Alguien me escucha? —se guaseó irónico.

Ella se paró de pronto, y se giró hacia él. Clavó sus ojos celestes en el rostro masculino, y tomó aire antes de comunicarle su decisión.

—Mañana limpiaré el pescado.

Roderick tuvo que parpadear tras escucharla. No podía decirlo en serio

—Tú misma has admitido que te provoca aversión.

Era cierto, se dijo Blanca. Pero ambos estaban en una situación singular, de extraordinaria necesidad, y de nada servían los escrúpulos cuando se trataba de conservar la vida.

—Tuve una reacción exagerada —siguió recitando casi en un susurro.

Él tenía que meter el dedo en la llaga.

—La tuviste.

Blanca se quedó plantada frente a él. Afortunadamente el fuego había quitado la humedad de la poca ropa que vestía ella, y su desnudez era menos visible a sus ojos.

—Mantendré el control la próxima vez —afirmó decidida.

Roderick sintió deseos de reír porque lo creía improbable.

—¿Esto quiere decir que has perdonado mi travesura?

Blanca apretó los labios rosados. ¿Se atrevía a llamarlo travesura? Le parecía inaudito.

—Mi generosidad no llega hasta ese punto —le dijo sin apartar la mirada del rostro varonil—. Nunca voy a perdonarte el beso de pescado que me obligaste a tolerar. Si no fuera por el cariño que te tengo, te habría sacado los ojos.

En esa acusación, Roderick no podía ofrecerle una disculpa porque no la tenía. ¿Le tenía cariño? Se preguntó, y un segundo después el estómago se le encogió, y el corazón le subió a la garganta. ¿Qué diablos le provocaban sus palabras?

—Mi comportamiento ha sido desafortunado —confesó sincero.

Blanca soltó un suspiro suave.

—Lo ha sido —aceptó ella—. Pero soy capaz de comprender que tratabas de enseñarme una técnica que puede salvarme la vida en un futuro.

Ella siempre buscando una solución práctica a todo, se dijo él.

—Entonces tienes que estarme agradecida.

Ella lo miró de frente, y con una intensidad que lo hacía arder de la cabeza a los pies.

—Era mi primer beso, capitán Bumblebee, y nunca podré perdonarte que un recuerdo que tendría que ser entrañable y bonito, ira acompañado toda mi vida del sabor de las vísceras de pescado...

Para esa conclusión, él no tenía defensa.

—Entonces permite que te borre con un beso de verdad ese maldito recuerdo.

¿Cómo diantre le había dicho eso? Roderick parpadeó porque su mente era un caos total. No tenía control sobre sus pensamientos ni sobre su lengua. Blanca tardó unos segundos en asimilar su sugerencia, un instante después soltó una carcajada de auténtico humor.

—Ahhh, capitán Bumblebee, tu acción llevará aparejada siempre en mi memoria el olor y la textura de las tripas de pescado —le dijo ella—. No podré mirar tu boca sin sentir una arcada —las palabras de ella lo zarandearon en lo más profundo de su orgullo masculino—. Si alguna vez siento la necesidad de vomitar y no pueda, te pediré un beso...

En esa ocasión fue Roderick quién giró el rostro y desvió la mirada. Se merecía sus palabras, vaya si se las merecía.

CAPÍTULO 15

Blanca había dejado de bromear con él. El siguiente día lo había pasado en un mutismo que a él le pareció ofensivo porque había tratado de darle conversación, y ella lo había ignorado. Cumpliendo su palabra, Blanca destripó el pescado que Roderick había capturado, la vio contener la respiración mientras lo limpiaba, y girar el rostro con una expresión de asco que le resultó conmovedor, pero resistió su aversión y limpió los dos pescados sin una sola protesta.

Él no sabía si enfadarse o reírse ante su solemnidad.

—¿Cuál era tu destino cuando te capturaron? —le preguntó cuando ella estaba limpiando de ceniza el fuego.

Roderick estaba reclinado sobre su costado izquierdo, y la observaba atentamente.

—El Black Devil, el velero de mi abuelo, navegaba con rumbo al reino de España —al fin ella respondía a su conversación.

—¿Un viaje de placer? —se interesó él.

Blanca hizo un gesto negativo con la cabeza.

—Un viaje para asistir a las amonestaciones nupciales.

Por el tono de ella, Roderick dedujo que ese compromiso le provocaba casi tanta animadversión como limpiar pescado.

—¿Amonestaciones nupciales por tu boda? —preguntó interesado.

—Mi boda —respondió concisa.

—Háblame sobre él —le pidió de pronto—. Háblame sobre tu prometido.

Blanca giró el rostro para mirarlo. ¿Qué le hablara de Hidalgo? Se preguntó por qué motivo le pedía algo así.

—Es un asunto privado —respondió finalmente.

Roderick no pensaba darse por vencido porque la expresión de ella había despertado su curiosidad.

—Para tu información te recuerdo que no soy nadie para ti, y quizás no vuelvas a verme nunca cuando abandonemos esta isla —le mintió—. Puedes decirme lo que piensas, lo que sientes, y quedarte tan tranquila.

La muchacha se quedó pensativa durante unos instantes. Seguía todavía muy enfadada por el beso de pescado que el capitán le había dado, según él, jugando. Pero había algo en su persona que la incitaba a contarle cosas sobre ella. ¿Por qué había dicho que él no era nadie para ella? Blanca sentía un lazo emocional hacia él, aunque no sabía concretar si era por agradecimiento, por afecto, o porque la sacaba de sus casillas con esa actitud despreocupada hacia todo.

En ocasiones, a ella le gustaría mostrarse como él, libre y desentendida.

—¿Cómo si fueras un confesor? —preguntó de forma irónica.

—Como un amigo —para nada esperaba esa respuesta por parte de él.

—¿Somos amigos? —inquirió muy interesada.

«Somos familia Blanca, aunque no te acuerdes de mí», quiso decirle, pero se contuvo. Al haber omitido el parentesco lejano que compartían desde el principio, ahora no podía retractarse porque ella no iba a perdonárselo. Si fuera a la inversa, él tampoco lo haría, por eso mantenía silencio al respecto porque entendía que había metido la pata hasta el corvejón.

—Es agradable tener un amigo —admitió pensativa.

—¿No tienes amigos? —le preguntó atónito.

Blanca no los tenía. Toda su vida había transcurrido viendo jugar a sus primos ingleses, que a su vez jugaban con amigos. Ella se había dedicado a observarlos sin participar. Sus primos mayores tampoco la habían invitado a participar en sus juegos, y ella había crecido observándolos conforme.

—Tengo primos, pero no es lo mismo que amigos —confesó en un susurro quedo.

—Pues los amigos son muy necesarios, sobre todo en circunstancias adversas—respondió él.

Sí, en esas circunstancias excepcionales era muy importante tener un amigo con quien hablar, se dijo ella. Por un momento se imaginó sola en ese lugar, y sufrió un escalofrío. El capitán Bumblebee no sólo le había salvado la vida física, también la emocional, porque si ella hubiera naufragado sola, se habría vuelto loca.

—Mi prometido pertenece a una de las familias más importantes de Andalucía —comenzó de pronto, aunque omitiendo el nombre y apellido de tan ilustre casa.

—No creo que seas de esas mujeres a las que les importa el dinero.

Blanca desvió la mirada al escucharlo. No, a ella no le importaba el dinero sino la palabra entregada.

—¿Por qué piensas que no me importa? —inquirió de pronto.

Roderick se encontró entrecerrando los ojos.

—Eres una dama de la cabeza a los pies —reveló al fin—. Incluso puedo afirmar que posees más libras que él...

Claramente Roderick hablaba desde la ventaja de información que tenía sobre ella.

—Durante mucho tiempo tuve la esperanza de que la familia de él diera por anulado el compromiso. —Era la mayor revelación que le había hecho Blanca hasta la fecha—

. Porque sé que la madre no aprueba para esposa de su hijo a una extranjera.

—¿Aunque esa extranjera sea la sobrina del duque de Alcázar?

—Ese es el principal motivo para el enlace, ser la sobrina de Alonso de Lara.

—¿No te sientes feliz del compromiso con una casa tan importante? Además, como esposa del heredero de Marinaleda, vivirás en España, muy cerca dela corte de Madrid si lo deseas.

Blanca había inclinado el rostro de forma leve, y sus pupilas miraban intensamente las brasas del fuego. ¿Cómo sabía él todo eso? Ella no había mencionado la casa, pero un segundo después se dijo que a la vista estaba de que su tío Alonso reunía más fama fuera de la corona de la que ella creía.

—Hay algo en él que me desagrada —confesó con la voz muy baja.

Roderick la miraba absorto. Se tomó un tiempo en formularle la pregunta que creyó necesaria.

—¿Qué es lo que te desagrada?

Blanca meditó en la pregunta, aunque tardó en ofrecerle una respuesta.

—La crueldad que observo en sus ojos —reveló por fin.

—¿Lo has visto cometer alguna impiedad?

Esa era la parte más difícil para Blanca, porque su prometido, a pesar de lo pomposo y estirado que se mostraba en su presencia, jamás había mostrado ese atisbo de crueldad que ella le atribuía. En las contadas ocasiones en las que habían estado juntos, había sido muy correcto, incluso rayando el desaire, pero sus gestos y acciones no habían sido otras salvo las de complacerla según palabras de su tío.

—Percibo que no es una buena persona —contestó con la mirada perdida—, es un sentimiento que tengo aquí dentro.

Blanca se señaló el lugar del corazón.

—Entonces no te cases con él —le aconsejó Roderick.

Blanca hizo una mueca de fastidio. Ella podía tener sus dudas, pero no podía romper un compromiso sin hechos demostrados de que sus sospechas tenían fundamento.

—Soy una mujer de honor —afirmó sin dudar.

—¿Y sacrificarías tu felicidad?

Sí, Blanca cumpliría con su obligación por lealtad a su tío, a su madre...

—Como careces de honor —lo acusó ella—. No puedes valorar la importancia de su significado.

A Roderick no le molestó el insulto porque lo consideró cierto. Hacía mucho tiempo que el honor para él había perdido todo concepto.

—Yo creo en la libertad de cada persona —la contradijo él—. Las promesas de honor son grilletes en nuestra vida que nos esclavizan.

A ella le encantaría pensar como él, porque eso significaría tomarse la vida de una forma mucho más libre, pero no podía. Roderick la vio sonreír, y se preguntó el motivo.

—¿Te has sentido esclavo alguna vez? —preguntó ella acorde a las palabras de él dichas un momento antes.

Roderick estuvo a punto de negar con la cabeza, y entonces se dio cuenta de que Blanca había sido sincera, y él no podía pagarle con una mentira.

—Hasta los dieciocho años fui un hijo modelo.

—Por tu respuesta deduzco que estás enfadado con tus progenitores.

Sí, lo estaba, sobre todo con su padre que se había portado con él de forma cruel y déspota. Blanca se fijó en los ojos dorados, en el brillo candente que asomaba por ellos, y entendió muchas cosas. Ella no necesitaba palabras, sólo observar, y entonces podía ver en lo más profundo de los sentimientos humanos.

—Has sufrido mucho —afirmó de forma muy suave.

—¿Por qué dices eso? —preguntó un poco nervioso de la perspicacia de ella.

—Sólo lo intuyo —contestó tras unos segundos de silencio.

Ahora fue Roderick el que suspiro.

—Mi padre y yo tuvimos algunas diferencias sobre las libertades, las decisiones, y la responsabilidad.

—Tu padre, ¿vive en Estados Unidos? —quiso saber.

—En realidad no importan dónde estén mis padres porque decidí hace muchos años vivir mi propia vida lejos de ellos.

—¡Qué cruel! —exclamó ella sin dejar de mirarlo—. ¡No se le da la espalda a la familia!

Eso era precisamente lo que había hecho él, y no se arrepentía.

—Jamás obligaría a una hija mía a casarse contra de su voluntad porque ninguna herencia vale un corazón destrozado —contraatacó serio.

Esas palabras las sintió ella como una bofetada en el rostro, porque eso era precisamente lo que sus padres y tíos habían hecho con ella: prometerla desde la niñez a un completo desconocido.

—Esa es la diferencia entre plebe y nobleza —susurró bajito.

Él la había escuchado perfectamente.

—Noble o no, no es justo que los hijos deban pagar las deudas de honor contraídas por los padres —insistió él.
—Los compromisos no son deudas.
Roderick resopló al escucharla.
—Deudas de honor, Blanca.
—Promesas de honor, capitán Bumblebee.
—Los padres están dispuestos a sacrificar la libertad y el futuro de sus hijos por mantener unas obligaciones que en nada les atañen a sus vástagos.
Ella no estaba de acuerdo con esa visión de la familia que tenía él.
—Es lo justo —añadió Blanca—. Hay que hacer honor a la palabra entregada por la familia, y porque de esa forma se protegen herencias y linaje.
Los ojos de Roderick se entrecerraron hasta reducirlos a una línea.
—Se le da demasiada importancia a la palabra entregada —replicó él.
—Es lo que nos define como personas.
Roderick chasqueó la lengua.
—Si pudieras elegir, Blanca, ¿qué compañero escogerías para vivir la vida a su lado?
Ella se quedó callada durante unos momentos largos. Los dos estaban en silencio, observándose el uno al otro.
—Un hombre honesto, leal, con una reputación intachable, y unos modales acordes a su rango que... —Roderick la cortó de forma brusca.
—Esas son las palabras que elegirían unos padres para describir al hombre apropiado para su hija —la mirada del capitán la sentía ardiendo sobre la piel del rostro.
—¿Qué escogerías tú, capitán Bumblebee?

Tras la pregunta, el silencio se intensificó entre ambos. Si la mirada de él era ardiente como las ascuas de la lumbre, la de ella era brillante como las estrellas del cielo.

—Una mujer que se bebiera la vida.

Ella no sabía cómo analizar esa respuesta.

—¿Qué consideras tú beberse la vida? —le preguntó unos segundos después.

Roderick tenía claro esa respuesta.

—Vivirla sin reglas, saborear la experiencia al máximo para llegar sin miedo a nuevas y ricas experiencias.

—Compruebo tras tus palabras que no pensamos igual.

—Estamos de acuerdo —apuntó él—. Pero nunca dejes de vivir tu vida por nadie, Blanca, ni siquiera por tus padres, y es el mejor consejo que puedo darte.

Blanca meditó en las palabras de él con esa meticulosidad que tanto la caracterizaba.

—Yo sería incapaz de darle la espalda a mis padres —admitió al fin.

—¿Sabes, Blanca? —continuó él—. La diferencia entre vivir la vida y beberse la vida se llama felicidad —insistió él.

—Ahora entiendo muchas cosas sobre ti —contestó queda.

Y esa respuesta no le gustó a él en absoluto.

—No conoces nada sobre mí —la corrigió.

La vio sonreír de forma trémula, y el estómago se le encogió como si le hubieran hecho un nudo.

—Ni te imaginas todo lo que dicen de ti tus palabras y acciones —siguió ella—. Eres como un libro abierto.

—Desde luego que sabes cómo halagar a un hombre —su tono sonaba molesto.

Esa respuesta sí que la dejó atónita.

—Y desde luego tú sí que sabes cómo besar a una mujer —por primera vez en su vida, Roderick se puso rojo como un tomate.

Era el colmo del descaro que le recordara algo que necesitaba olvidar sí o sí.

—Sólo pretendía distraerte un rato —dijo ella sin poder contener la sonrisa, y recordándole sus palabras del día anterior.

Roderick sólo pudo utilizar el sarcasmo para defenderse de esa mirada que le hacía hervir la sangre en el interior de las venas.

—Anda, pero si te gusta chancear además de incordiar.

Estaba claro que el capitán estaba enojado, sobre todo con ella.

—A diferencia de ti, sólo te lanzo palabras —otra vez sonreía.

Que le echara en cara ese acto infantil que ahora lo avergonzaba, era el colmo de la desfachatez.

—Yo que tú cuidaría esa lengua, no sea que mañana vuelvas a probar las tripas de pescado.

—Te toca a ti destriparlos —le recordó ella.

—Por eso mi advertencia —apuntó él.

—Tengo claro que no me acercaré a ti en toda la mañana.

Y ya no se dijeron nada más.

CAPÍTULO 16

Residencia de los Gobernadores, Santo Domingo de Guzmán

Rodrigo de Velasco iba acompañado de lord Beresford, juntos bajaron las escaleras del Palacio de los Capitanes que pertenecía a la Capitanía General, los dos iban rumbo a la casa de Dávila que estaba situada en la misma calle de las Damas, y a una distancia de no más de cuatrocientos metros de donde se encontraba el grueso del contingente militar de la fragata Esperanza. Había sido un golpe de suerte que el barco hubiera arribado a Santo Domingo de Guzmán antes de continuar su rumbo hacia La Habana, porque él había podido hablar no sólo con el capitán, también con varios oficiales. De ellos había obtenido la información de que no habían avistados barcos piratas durante la larga travesía.

—Alquilaremos un carruaje en la calle Las Mercedes —dijo el conde. Andrew no dijo nada, se limitó a hacer un gesto afirmativo con la cabeza.

Llevaban un par de días en la isla, y Rodrigo había podido contactar con antiguos marinos que sirvieron con él en la fragata Armonía cuando todavía era oficial del reino. Les quedaba un par de visitas que realizar antes de embarcar de nuevo en el Santa Rosa con rumbo a San Juan. Había hecho varias pesquisas por diferentes puertos, pero en ninguna de las islas se había avistado un barco pirata portugués.

—¿Nos llevará mucho tiempo llegar hasta Puerto Plata? —Rodrigo se esperaba la pregunta de Andrew.

Puerto Plata era el siguiente destino tras Santo Domingo de Guzmán.

—Antes deseo entrevistarme con monseñor Antúnez que es el mejor captador de noticias que recorren la isla, sin importar que sean viejas o nuevas. Si algo pasa en Santo Domingo o islas colindantes, él lo sabrá seguro.

Andrew Beresford estaba impaciente, y a la vez frustrado. El auge de la piratería había terminado hacía décadas, pero todavía existían piratas que saqueaban, robaban y esclavizaban en los viajes que realizaban de uno a otro confín. Pero la búsqueda de Blanca seguía siendo infructuosa, y él se desesperaba por momentos. Con cada día que pasaba, la esperanza de encontrarla ilesa se iba desvaneciendo poco a poco.

Cuando el duque de Alcázar le informó que no acompañaría al capitán del Santa Rosa en la búsqueda de Blanca, Andrew no le preguntó los motivos, pero le dejó claro que él sí tenía pensado acompañarlo. Alonso de Lara no se opuso, y Andrew se sorprendió mucho de que fuera el conde Ayllón quien capitaneara el Santa Rosa, sobre todo porque su cuñado español no le había dicho nada al respecto. Convencer al conde de acompañarlo en el largo viaje, no le resultó difícil, pero que siguiera la ruta que él había trazado, era harina de otro costal. Rodrigo tenía su propio plan de búsqueda, y se aferró al mismo antes de salir del puerto de Málaga.

Andrew había llegado a respetar al noble español, pero Blanca era su hija, y él tenía todo el derecho de decidir al respecto.

El viaje había resultado menos largo de los esperado porque el buen tiempo había acompañado, y él había cooperado en todo lo posible para que la travesía llegara a buen término. Se había guardado sus opiniones para debatirlas con el conde una vez estuvieron a solas, pero Andrew no logró convencerlo de que arribaran primero a las Bahamas, aunque el conde había respetado su opinión. Le había dejado claro que, si no obtenían información en Santo Domingo de Guzmán, embarcarían de nuevo, pero Rodrigo tenía el pálpito de que Antúnez sabía algo sobre la llegada de nuevos barcos, sobre todo si traían esclavos para vender.

Cuando el carruaje se detuvo en la Basílica Menor de Santa María de la Encarnación, Andrew no pudo sino sentirse admirado porque el edificio era muy característico.

—Puedes esperarme aquí —le sugirió el conde.

—No, te acompañaré —contestó el inglés.

Rodrigo lo miró fijamente.

—Prefiero que esperes en el carruaje.

De nuevo iba a negarse, pero el rostro adusto del conde detuvo sus movimientos de apearse del carruaje.

—¿Es necesario que me quede aquí? —seguía insistiendo Andrew.

—Monseñor Antúnez hablará con más diligencia si voy sólo.

Andrew supo leer entre líneas. El tal Antúnez además de religioso debía de ser espía de la corona de España, por eso la resistencia del conde Ayllón para que lo acompañara.

—Esta bien —concedió Andrew—. Esperaré en el carruaje.

Durante la siguiente hora, y dentro del oscuro habitáculo, Andrew tuvo una espera horrible. Se mesó el rubio cabello con impaciencia. Se removió inquieto porque no encontraba una postura cómoda. Pensó en su hija, y sintió una angustia atroz. Una incertidumbre malsana. Habían pasado semanas, y si no la encontraban pronto… no quería pesar en ello, no debía porque podría volverse loco.

Andrew decidió esperar al conde fuera del carruaje porque necesitaba respirar. El calor y la humedad lo agobiaban bastante, y decidió quitarse la chaqueta, el pañuelo del cuello, y el sombrero de la cabeza. Se enrolló las mangas de la camisa hasta el codo, y entonces salió hacia el exterior. De su apariencia de caballero sólo quedaba el chaleco de seda azul que lo seguía llevando abrochado hasta el último botón.

La mente de Andrew viajó hasta Inglaterra, a su bonito y confortable hogar donde esperaban su regreso tanto su esposa como y el resto de familia. La extrañaba demasiado. Rosa era la mujer más inteligente, leal, y amorosa del mundo. Pensó en el pequeño Adam, y lo que su llegada había significado para la madre. La salud de Rosa se resintió tras una neumonía sufrida el segundo invierno de su estancia en Inglaterra, y tras el parto del pequeño Adam, había empeorado considerablemente. La neumonía le había dejado secuelas respiratorias, y fatiga crónica, y la llegada del pequeño de la casa, una debilidad que no mejoraba. Rosa apenas salía de sus estancias privadas porque siempre se sentía cansada por su dificultad al respirar. Y mucho se temía Andrew que la desaparición de Blanca la iba a sumir en una depresión profunda que, sumada a su estado de salud, lo preocupaba enormemente.

«¿Dónde estás, hija mía?», se preguntó con un nudo cada vez más apretado al corazón. «Que los Santos te protejan, que no te suceda nada malo porque ni tu madre ni yo lo resistiríamos».

Andrew regresó sobre sus pasos hasta quedarse a línea con el cochero. El enjuto hombre lo miró de soslayo.

—¿Está muy lejos Puerto Plata de Santo Domingo de Guzmán? —le preguntó en un correcto español.

—Unas diecisiete leguas más o menos —respondió el hombre.

Andrew hizo cálculos mentales de lo que tardarían en bordear la costa desde Santo Domingo de Guzmán hasta Puerto Plata. Iba a decirle algo más al cochero cuando Rodrigo dobló la esquina. En su rostro se veía ansiedad, en el de Andrew alarma extrema.

—¿Has obtenido alguna información?

El conde negó con la cabeza. Abrió la puerta del carruaje y se la sostuvo a Andrew para que entrara.

—Pero tengo un lugar y un nombre donde suelen llevar esclavos para vender.

Andrew todavía tenía la esperanza de que su hija hubiera salvado la vida y la integridad lejos de los piratas, pero intuía que se engañaba.

—¿Dónde? ¿Qué lugar? —preguntó Andrew impaciente.

Rodrigo ordenó al cochero que pusiera rumbo al puerto. Una vez que ambos estuvieron sentados, miró al inglés con atención.

—Nuestro próximo destino es Port Royal —Andrew parpadeó con sorpresa—. Vamos a visitar una taberna.

—¿Una taberna? —preguntó Andrew.

—La taberna Penlyne en Hagley Blue —Andrew le hizo un gesto para que siguiera informando—. Hay un barco que partirá en dos días con destino a Las Floridas.

—¿Y...? —lo apremió el inglés.

—El Wildfire ha dejado cien esclavos en Port Royal, los otros trescientos cincuenta desembarcarán en Las Floridas.

En esa frase el conde Ayllón mostraba lo que pensaba sobre la esclavitud, y la implicación de Inglaterra y otros reinos europeos en fomentarla.

—Te recuerdo que con el Acta del Comercio de Esclavos que se promulgó el 25 de marzo de 1807 en el Parlamento de Inglaterra, se abolió el comercio de esclavos —le aclaró Andrew.

Rodrigo de Velasco intensificó la mirada sobre el rostro del inglés.

—La ley puso fin al comercio de esclavos en Gran Bretaña, cierto, pero no a la esclavitud, y son dos términos muy distintos.

Lord Beresford tensó los hombros y enderezó la espalda.

—Te informo, porque es posible que lo ignores, que la esclavitud en territorio inglés no es compatible con la ley inglesa —siguió sosteniendo Andrew con la mirada fija en el rostro del español—. Por ese emotivo la Royal Navy controla los mares del mundo desde principios de siglo, y desde el año 1808 ha establecido el Escuadrón de África Occidental para patrullar la costa oeste de África —Andrew tomó aire antes de continuar—, desde entonces ha confiscado más de mil navíos y ha liberado a más de cien mil africanos que estaban siendo transportados a bordo de ellos.

Las palabras de Andrew habían sonado duras, pues no le había gustado nada la acusación del español. Pero el conde mantuvo silencio el resto del camino.

CAPÍTULO 17

Wolburn Manon, condado de Hampshire.

Rosa Beresford miró a la inesperada visita, y los ojos se le llenaron de lágrimas. No había visto a su amiga desde el último cumpleaños de lady Aurora Penword, cuñada de ella. La distancia entre la casa de Isabel y Wolburn Manon no era mucha, pero a menudo ambas mujeres pasaban demasiado tiempo sin verse.

La extrañaba tanto, sobre todo a su hermana Aracena.

—Sed bienvenidos a Wolburn Manon —les dijo Rosa con una sonrisa doliente.

Isabel era consciente del sufrimiento de su amiga, y sus ojos se inquietaron.

—Tenía muchas ganas de verte —le dijo con tono sincero.

Las hijas de Isabel entraron como tromba en el salón siguiendo al mayordomo.

—Lizzy, Alex, ¡qué guapas estáis! —Rosa se fijó en Logan—. Y tú has crecido mucho desde la última vez que te vi.

La mayor traía en brazos al pequeño Adam de cinco años.

—Confiamos que nuestra vivista no te canse demasiado —le dijo Isabel mirándola fijamente.

A Rosa se le llenaron de nuevo los ojos de lágrimas. Maldecía una y otra vez la neumonía que había padecido años atrás porque la había dejado sin fuerzas, con una tos crónica, y con grandes dificultades para respirar, por ese motivo ya no se desplazaba de forma tan asidua a Londres, ni visitaba al resto de la familia en Crimson Hill.

—Espero que no te canses tú porque veo que llevas peso extra.

Isabel se acarició la barriga, y sonrió.

—Me siento demasiado mayor para ser de nuevo madre, pero es lo que Dios ha querido de nuevo para mí, y me siento afortunada.

Rosa entrecerró los ojos.

—¿Dios, o un esposo demasiado apasionado? —bromeó la mujer, y las mejillas de Isabel se incendiaron por el comentario—. Al menos tendrás una ayuda excelente con Lizzy y Alex.

Isabel suspiró suave.

—¿Cómo te encuentras, amiga mía? —tomó asiento al lado de Rosa, y la cogió de las manos de forma cariñosa.

—Muerta de miedo, desesperada —contestó la mujer.

Isabel podía imaginárselo.

—Rezamos todos los días por Blanca —dijo de pronto Lizzy, la hija mayor de Isabel y Jamie Penword.

Logan miraba a través de la ventana completamente abstraído.

Rosa miró a la joven, y soltó un suspiro suave. La muchacha era de verdad bonita, y estaba claro que le gustaban mucho los niños porque cada vez que visita Wolburn Manon, solía jugar con el pequeño Adam que la trataba siempre de forma cariñosa. Para el niño era su prima favorita.

—Yo sueño que está bien —reveló Alexandra, llamada por todos Alex.

Rosa no contestó a las palabras de las chicas. Se tomó un tiempo para que se serenase su espíritu.

—¿Está bien, lord Penword? —preguntó tras unos minutos de silencio—. Sé que es un hombre muy ocupado, como el mío.

Isabel sonrió de oreja a oreja. Tras un instante, miró a su hija mayor.

—Lizzy, ¿te llevarías al pequeño Adam y a tus hermanos al jardín mientras hablo con lady Beresford a solas?

La hija mayor hizo un gesto afirmativo. Volvió a tomar en brazos al pequeño, y se levantó.

—Vamos Alex, cortemos algunas flores para lady Beresford. Logan, ¿vienes? —el muchacho dejó de mirar el jardín a través de la ventana y siguió a sus hermanas mayores.

Cuando todos salieron del salón de Wolburn con el pequeño en brazos, Isabel se permitió la libertad de abrazar fuerte a Rosa, un segundo después estalló en llanto. Ambas mujeres estuvieron así durante un rato largo.

—No sé cómo lo resistes, Rosa —le dijo de pronto la amiga.

La otra tragó con fuerza.

—Rezo día y noche para que Andrew la encuentre, para que mi niña esté bien. Me moriré si algo malo le sucede.

Isabel volvió a abrazarla.

—El duque de Alcázar hará lo impensable para recuperar a su sobrina, puedes estar segura —la animó Isabel—. Y mi hermana Aracena está haciendo arreglos para venir a verte.

Esa era una buena noticia en medio de su angustia. Hacía muchos años que no veía a su amiga del alma.

—¿Viene a Inglaterra? ¿Sola?

Isabel hizo un gesto negativo con la cabeza.

—Con su hijo mayor, Rodrigo —le reveló—. Han surgido complicaciones en Escocia.

—¿Con Ian Malcon? —Rosa conocía toda la historia entre Aracena, su hermano Alonso, y el escocés.

—Sufrió una caída del caballo, y desde entonces su salud ha empeorado cada día —anunció Isabel—. Se teme por su vida. Llegó a Silencios una carta urgente para el joven Rodrigo donde se reclama su presencia en Escocia —Isabel calló un momento—. Yo también tengo pensado viajar.

—¿Irás hasta el norte? —Isabel asintió con la cabeza.

—Deseo acompañar a mi hermana en este viaje —Isabel calló un momento antes de continuar—. Llevo años sin ver a Aracena, por eso deseo pasar todo el tiempo que pueda con ella, y este viaje al norte ha llegado como una bendición.

—¿Dejarás aquí a Jamie y a tus hijas? —insistió la amiga.

—Me acompañara mi hija Lizzy que está deseando conocer las Tierras Altas.

—Se ha convertido en una hermosa mujer.

Isabel recibió el cumplido de su amiga con una sonrisa. Lizzy había crecido mucho pues era casi tan alta como su padre. Jamie sólo le sacaba a su primogénita media cabeza de altura. Padre e hija no compartían el color oscuro del cabello, ni los ojos violetas, pues Lizzy era rubia y tenía los ojos grises, como su tío el duque de Arun.

—Alex también es muy guapa —medió Isabel sobre su hija pequeña, bueno, ya no tan pequeña porque Alexandra iba a cumplir pronto los dieciséis años—. Tiene un color de ojos muy bonito.

—¿Son tan diferentes como parecen?

Isabel se quedó pensativa. Su hija menor era rubia y tenía unos dulces y almendrados ojos dorados, un rasgo distintivo de los Velasco. Alexandra no iba a ser tan alta como su hermana mayor, pero su estatura iba a estar en armonía con el resto de sus curvas femeninas.

—Lizzy es más impulsiva que Alex, pero las dos son muy obedientes, también tranquilas, y Logan es un torbellino —explicó Isabel—. Tiene una personalidad absorbente e inquieta.

—¡Y es igual que lord Penword! —exclamó Rosa.

Sí, el pequeño Logan tenía el cabello oscuro y los ojos como el padre.

—Te envidio, Isabel.

La mencionada la miró con sorpresa.

—¿Qué dices, Rosa?

La hermana de Alonso de Lara cerró los ojos con fuerza, y apretó los labios hasta reducirlos a una línea blanca.

—Que te envidio —reiteró segundos después.

—¡Calla, por Dios! Eso es pecado.

—Envidio la libertad de tus hijas —Isabel no comprendía sus palabras, ni que pretendía decirle con ellas—. Si Blanca no hubiera estado comprometida con la casa Marinaleda, ahora estaría aquí conmigo, y a salvo.

Rosa estalló de nuevo en llanto. Isabel volvió a abrazarla, pero en esta ocasión de forma más tierna.

—Jamie lo ha tenido claro desde el principio —comenzó a relatarle Isabel en un tono suave—. Cuando sostuvo a Lizzy entre sus brazos, juró que no iba a comprometer su futuro por un acuerdo familiar —Rosa la miraba atentamente mientras lanzaba suspiros suaves—. Tuvo varias discusiones con su padre el duque de Arun que tenía en mente a varias casas importantes de Inglaterra, pero Jamie se mantuvo firme. Sobre ninguna de sus dos hijas iba a pesar ningún acuerdo.

—Entonces, ¿tratas de decirme que Lizzy y Alex podrán elegir a sus futuros prometidos? —Isabel hizo un gesto leve, pero firme—. No es costumbre entre la nobleza, ya lo sabes.

—Es una promesa firme de Jamie, y que me hace muy feliz.

—Por eso te envidio —se reafirmó Rosa—. Porque Andrew no quiso el acuerdo ya pactado de mi hermano con la casa Marinaleda, y yo fui la que lo empujó a aceptarlo.

—No te atormentes más —la consoló la amiga—. Blanca es una heredera muy valiosa como sobrina del duque de Alcázar, es lógico que su tío haya mediado en su compromiso acorde a su rango y linaje.

—Pero ese acuerdo ha propiciado que apresaran a mi hija... —a Rosa se le quebró la voz—. Si pudiera volver atrás, Isabel —se lamentó la noble de verdad—. Recé durante mucho tiempo para que tu hermana Aracena alumbrara una hija, una niña que libraría a la mía del compromiso, pero el duque de Alcázar sólo tiene hijos varones.

Isabel se quedó pensativa. Sus dos preciosas niñas eran nietas de duque e hijas de conde, pero Jamie no era como el resto de nobles pues para él no existía nada más en el mundo que la felicidad de sus hijas, y por eso había decidido no inmiscuirse en la futura elección de ambas. Supervisaría que ningún crápula o libertino tratara de comprometerlas, pero tanto Lizzy como Alex podrían escoger a sus futuras parejas. Jamie las quería enamoradas y felices, por eso Isabel lo amaba con todo su corazón, porque su esposo era el hombre más bueno, inteligente, y amoroso del mundo.

—Dos barcos han zarpado en su busca —dijo de pronto Isabel—. Uno desde Inglaterra, otro desde España, estoy segura de que darán con ella, y que la traerán de vuelta.

Rosa ya no quería seguir hablando sobre ello, por eso cambió de tema.

—¿Qué tal va la inversión de la naviera? Andrew me comentó que Jamie tiene buen ojo para los negocios.

A Isabel no le apetecía hablar sobre las inversiones de su esposo, pero entendía el apremio de su amiga por cambiar de conversación.

—Va bien, pero llevo muy mal los viajes largos de Jamie.

El segundo hijo del duque de Arun había decidido invertir parte de su fortuna en la Bethlehem Steel Corporation, una empresa de Estados Unidos que se estaba convirtiendo en el segundo mayor productor de acero, y el mayor constructor naval de Pensilvania.

—Eso mismo me sucede cuando Andrew tiene que acompañar a la delegación diplomática inglesa fuera de Gran Bretaña.

—Creo que a ninguna esposa le gusta las ausencias de sus maridos.

Rosa se encontró sonriendo por esas palabras.

—Antes siempre disfrutaba de acompañar a Andrew en sus viajes diplomáticos, pero la enfermedad me venció.

A Isabel le entristecía mucho ver la derrota en los ojos de Rosa, y se encontró en la tesitura de no saber cómo animarla.

—¿Y si hacemos un viaje a Bath? —le ofreció Isabel para decidirla.

Rosa soltó un suspiro largo que a Isabel se le antojó pesado.

—Llevo tantos años sin pisar Andalucía, que Bath me parece una opción más que aceptable.

En su voz había una añoranza palpable.

—Cuando recuperes a Blanca, cuando todo esto haya acabado, pídele a Andrew que te lleve a España, pasad allí una larga temporada, ya sabes que el sol cura casi todos los males.

En los ojos de Rosa se advertía una melancolía preocupante.

—Andrew es un hombre muy ocupado, no creo que pueda pasar un largo periodo lejos de la corona de Inglaterra.

Isabel entrecerró los ojos para que Rosa no viera el brillo de enfado que asomó por ellos. Andrew Beresford era un hombre increíble que la adoraba. Que haría lo que fuese por ella, por su familia. Si Rosa se lo pedía, Andrew estaría dispuesto a dejar Inglaterra por ella y por Blanca.

—¿Cuándo es la presentación en sociedad de Lizzy?

Otra vez Rosa cambiaba de conversación.

—Sigue pospuesto —le confesó Isabel—. Creo que sigue esperando el regreso de su primo mayor.

—¿Aplazado? —preguntó la otra—. Ya tiene dieciocho años.

—Como te he comentado, desea esperar el regreso de su primo Roderick Penword.

—¡Pero es oficial de la marina del reino! —exclamó Rosa—. No está en su mano decidir cuando tomarse un permiso.

—Roderick le escribió una carta a Lizzy hace unos cinco meses. En ella le informó que llevaba tiempo licenciado, pero que había comenzado negocios en Nueva York que le estaban reportando grandes dividendos.

—¿Tan rápido ha pasado el tiempo? —preguntó Rosa con la mirada perdida en un punto de la estancia.

—Lizzy adora a su primo mayor Roderick —contestó Isabel sonriente—, pero se lleva muy bien con Devlin que es el que le trae sus pequeños tesoros —siguió informándole pensativa—, sin embargo, Roderick siempre ha sido especial para ella. Imagínate la sorpresa que recibí cuando descubrí que se carteaban.

Rosa meditaba en las palabras de su amiga.

—¿Roderick es especial en un sentido emocional? —se atrevió a preguntar.

Isabel negó apenas con un gesto.

—Especial de una forma fraternal —le aclaró—. Comparten el gusto por reunir antiguos y variados artículos.

—¿Sigue Lizzy coleccionando cachivaches antiguos?

Isabel puso los ojos en blanco.

—Lleva a su primo Devlin de uno a otro mercado de antigüedades, es su pasión —continuó Isabel—. Cada vez los visita más alejados, él último fue en la ciudad de Carlisle.

Rosa mostró espanto.

—Pero eso está cerca de la frontera con Escocia.

Isabel asintió.

—Su padre ya le ha explicado que es peligroso alejarse tanto, pero las monedas antiguas son su debilidad. En Carlisle consiguió una con el busto del emperador César Augusto.

Rosa se mostró en verdad sorprendida.

—¡No la dejes viajar tan lejos! —exclamó de pronto asustada.

Para Isabel estaba claro que pensaba en su hija Blanca que la habían capturado en un viaje.

—Nunca viaja sola —le informó Isabel—. En Carlisle la acompañaban también Hayden y Victor, además del primogénito de Christopher y Ágata, que también es primo de mi hija por parte de madre.

Isabel escuchó el suave suspiro de Rosa, pero ya no pudo responderle porque sus hijos acaban de entrar en el salón precedidas por al mayordomo. Lizzy traía al pequeño

Adam en los brazos, mientras Alex traía en los suyos un hermoso ramo de Rosas de variados colores. Habían estado muy ocupadas cortando las flores del jardín. El rostro de Logan se veía aburrido.

—Pediré un refrigerio —dijo Rosa.

De ese modo se aseguraba que la visita estuviera más tiempo en Wolburn Manon. Antes de la llegada de Isabel con sus hijos, apenas tenía ganas ni fuerzas para nada, pero tras la llegada de ellos se sentía con cierto ánimo para seguir conversando.

—Un té estará bien —aceptó Isabel.

CAPÍTULO 18

—Vamos a morir, ¿verdad?

Roderick no se esperaba esa pregunta. Blanca y él seguían acostados en el improvisado jergón de ramas y hierbas que él había apilado para ella tiempo atrás, y que después de la muerte del joven grumete compartían. Todavía no había amanecido, y la posición que mantenían allí acostados era muy íntima. Blanca estaba de espaldas a él, uno de los brazos de Roderick rodeaba su cuello al mismo tiempo que la sujetaba por el hombro, el otro brazo descansaba sobre la estrecha cintura. Ella sentía su torso pegado a la espalda, y mantenían las piernas arqueadas en perfecta armonía.

Blanca se había acostumbrado a los brazos del capitán. Entre ellos se sentía segura, también confiada.

—No vamos a morir —afirmó él sin que le temblara la voz.

Blanca soltó un suspiro suave. Roderick acercó la nariz hacia el cabello de ella e inhaló: olía a sal y musgo. Le costó una vida no mover la mano de la cintura ni el brazo de los hombros para estrecharla fuerte contra su pecho.

—El agua de los toneles se está terminando —la voz de ella apenas era un susurro—, también la fruta escarchada.

—No vamos a morir —reiteró él apretándole la cintura con los dedos.

No había nada en el mundo más placentero que mantenerla abrazada así mismo.

—Llevamos muchos días aquí aislados. Salvo el barco asaltado por los piratas, no ha vuelto a navegar entre estas aguas otro navío.

—Seremos rescatados —siguió afirmando.

Blanca se encogió sobre sí misma.

—¿Y si el próximo barco que avistemos también es pirata?

Sintió sobre su cabello la respiración profunda de él.

—Entonces seguiremos en esta isla.

—¿Sin agua?

—Puede llover.

Blanca giró la cabeza y la frente chocó contra su barbilla.

—¿Conoces alguna danza indígena para provocar las lluvias?

A él le quedó claro que Blanca conocía mucho sobre las costumbres indígenas de los Estados Unidos. Durante el confinamiento de ambos en la cala, habían conversado sobre literatura, política, sobre la familia, los ideales de cada uno. Roderick no había conocido nunca a una mujer tan preparada como ella. Casi podría afirmar que estaba, intelectualmente, más preparada que muchos hombres.

—Nunca se ha retrasado tanto.

A ella le llamó la atención esa afirmación.

—¿Quién se retrasa?

Roderick lamentó haber pensado en voz alta.

—Un capitán que suele surcar estas aguas.

—¿Conoces a ese capitán?

Roderick se tomó un tiempo en responder.

—Faenamos juntos y durante un tiempo en el mismo barco —esa explicación no le había dicho mucho—. Y fue el que me puso de sobrenombre Bumblebee.

—¿Por qué te puso ese apodo?

—Sabes que significa abejorro —le dijo él, un segundo después ella asintió con la cabeza—. Una vez me dijo que el color de mis ojos se parecía a las rayas amarillas de un abejorro.

Blanca volvió a girar la cabeza, pero como estaba incómoda, rodó sobre su cuerpo para quedar frente a él. La noche estaba oscura, pero ella podía apreciar la silueta de su cabeza y hombros.

—Tus ojos poseen el número áureo, ya sabes, el número de oro porque son dorados, como las monedas viejas.

—Me lo tomo como un cumplido —aceptó él.

Blanca hizo algo impulsivo e impensable. Con la mano le acarició la mejilla en un gesto tan tierno como comprensivo.

—Tienes el color de ojos más extraño que he visto nunca —le dijo ella con una sonrisa que él no pudo apreciar por la oscuridad—. Conozco a una persona que los tiene parecidos —ella hablaba pensativa—. Es un conde español pariente lejano de mi familia...

A él le hizo gracia esa explicación porque sabía perfectamente que se refería a su tío abuelo el conde Ayllón.

—Tú sí tienes los ojos más bonitos de mundo —la halagó él, y en su tono no se apreciaba ni rastro de burla.

—¿Piensas que mis ojos son bonitos? —la pregunta de ella parecía inocente, pero no lo era.

A Blanca le gustaban los halagos como a cualquier muchacha de su edad, pero una lindeza en los labios de él le parecía el paraíso.

—Tienes el color de tu padre.

Blanca se apoyó sobre el codo y lo miró con un interrogante.

—¿Conoces a mi padre? —le preguntó—. ¿Cómo sabes que tiene los ojos azules?

Roderick había pisado en falso, y no podía retractarse.

—Tranquila, sólo lo he supuesto.

La respuesta de él no la satisfizo en absoluto, y entonces la precaución hizo mella en ella.

—¿Tu padre tiene los ojos dorados? —quiso saber.

—Los tiene mi madre.

En el tono de él advirtió Blanca cariño, y por eso se olvidó del comentario suyo anterior sobre su padre.

—Háblame sobre ella —le pidió de pronto.

Pero Roderick no podía hablarle sobre su madre, no podía hacerlo porque la extrañaba demasiado. Era la persona inocente entre la abierta hostilidad entre su padre y él. El duque de Arun no estaba dispuesto a rectificar, y él no estaba dispuesto a transigir.

—Te entristece recordarla —afirmó Blanca.

La preciosa muchacha que ya no estaba entre sus brazos, era demasiado perspicaz.

—Hace mucho tiempo que no la veo —confesó en un tono de voz cargado de culpa.

—¿Qué te lo impide?

—Mi padre.

—Lo haces parecer un monstruo.

—Lo es.

—Tu madre no tiene la culpa.

—Lo sé.

—¿Y entonces?

—Tomé una decisión hace años, y pienso mantenerla.

Roderick sentía la suave respiración de ella sobre su garganta, y los vellos se le pusieron de punta. Toda ella era puro magnetismo sensual: cada movimiento, cada respiración, aunque no lo hacía a propósito, pero el deseo de besarla, de envolverla fuerte entre sus brazos e impedir que se alejara, era tan acuciante que cerró los ojos tratando de controlarse. Nunca Serena le había provocado tal cataclismo en sentimientos.

—¿La amas? —la escuchó decir en medio de su neblina confusa.

—Más que a nada en el mundo —respondió sincero.

—¿Y piensas que la actitud de tu padre, por muy monstruo que sea, justifica que la mantengas separada de ti?

Roderick se removió inquieto. Blanca acababa de agitar algo muy íntimo en su interior.

—Hace años me pareció lo adecuado.

Blanca resopló al escucharlo.

—Nada justifica un olvido premeditado.

—Por lo que oigo la familia es muy importante para ti —afirmó él, Roderick no esperaba su respuesta.

Pero ella no podía mantenerse callada.

—¿Qué pudo haberte hecho tu padre para que guíes tus pasos en ese camino de rencor que guardas hacia él? —le preguntó en voz baja.

Blanca tampoco pensó que le respondiera, pero lo hizo.

—Mi padre me obligó a ir contra mis principios aún sabiendo lo que me perjudicaban —Roderick omitió lo de Serena: la muchacha que lo había significado todo para él, y que también lo había traicionado.

—Hay algo más que no me dices —murmuró sobre la garganta masculina.

Roderick no era de piedra, y hacía mucho tiempo que ya no veía a Blanca como a un familiar a quien proteger. Se había convertido para él en lo prohibido que atrae, que seduce, y que lo ciega todo. Cada vez que sentía el impulso de quitar el freno a sus emociones, y de abalanzarse sin medida ni control sobre ella para atacar todos y cada uno de sus sentidos, la imagen de su madre se le aparecía muy claro en la mente, la veía sonreír, y entonces sus instintos primitivos se aplacaban, y volvían bajo su control de nuevo.

Blanca no podía ni imaginárselo, pero Roderick mantenía por ella una lucha de titanes consigo mismo.

—Todos tenemos secretos, Blanca —respondió muy quedo.

—Yo no tengo secretos —afirmó sin una duda.

—Secretamente no quieres casarte con ese pimpollo de prometido que tienes —la acicateó.

La escuchó reír, y su cuerpo se relajó al lado del suyo.

—Jamás se me habría ocurrido llamar pimpollo al heredero de Marinaleda.

—Pimpollo cruel y déspota —remató Roderick.

Blanca se quedó pensativa durante un momento largo, si no fuera por su respiración, él podría creer que se había dormido de nuevo.

—Pienso mucho en todo aquello que me dijiste sobre el honor, sobre beberse la vida —admitió franca—. Me diste mucho en lo que pensar.

Roderick volvió a suspirar.

—No fue mi atención provocarte desvelo.

—Eres muy malo mintiendo porque claramente era lo que pretendías.

Los labios masculinos se ampliaron en una sonrisa, salvo que ella no pudo verla.

—Aquí, en esta cala perdida, donde nuestra vida puede acabar más pronto que tarde, me replanteo muchas cosas sobre mi futuro, sobre mis aspiraciones —él, la escuchaba muy atento—. Es cierto que no deseo casarme con mi prometido, que me provoca un profundo rechazo, y pienso si debería sincerarme con mi tío y contarle todas mis dudas y preocupaciones.

—Yo lo haría —afirmó Roderick.

—Pero es que la sangre pesa mucho en las decisiones, y no me gustaría crearle a mi familia una vergüenza que no merecen por mi negativa a cumplir el acuerdo —Blanca calló un momento antes de continuar—. Mi madre está enferma, y mi deber es cuidarla, no deseo dejarla sola en Inglaterra —ella había tomado carrerilla con sus confesiones—. Pero luego está el honor de mi tío, el buen nombre de mi familia, y mis prioridades se tambalean.

—Estoy convencido de que tu madre no te desea lejos de ella.

Blanca lo creía también, pero su tío no aceptaría una postura diferente.

—Al duque de Alcázar no se le da una negativa —susurró ella más para sí misma que para que él la escuchara.

—Siempre te queda la opción de la sangre.

Esa declaración le llamó la atención.

—¿La opción de la sangre? —preguntó interesada.

—Ya me entiendes.

Blanca estaba perpleja.

—¿Hablas de asesinato? —Roderick se dijo que ella no podía ni hacerse una idea de lo cruel y difícil que era la vida cuando no se estaba al amparo de los seres queridos—. Eso es pecado –protestó ella.

—Sería la forma más directa de eliminarlo de tu vida.

Por su tono, Blanca dedujo que estaba hablando en broma, y soltó un suspiro de alivio.

—Cuando regrese a... —se le hizo un nudo en el estómago al recordar su hogar en Inglaterra. Lo sentía tan lejos—. Cuando regrese a Wolburn Manon hablaré con mis padres, y les expondré mis dudas.

—Harás lo correcto.

—¿Y qué harás tú cuando regreses allí de donde vienes?

Roderick se quedó pensando en la respuesta. Él había comprado una propiedad de extensas llanuras y cerca de un río. Tenía pensado contratar los servicios de un arquitecto para construir una propiedad. Incluso tenía pensado el nombre que quería ponerle: *Bumblebeeriver,* o quizás *Heavenblue* por el color de ojos de ella.

«¿Qué me estás haciendo, Blanca, que no puedo dejar de pensar en el color de tus ojos, en la suavidad de tus labios? Me estás volviendo loco», le dijo con el pensamiento. Por la respiración acompasada de ella, Roderick supo que se había dormido, justo cuando comenzaba a amanecer.

CAPÍTULO 19

Nueva Providencia, Archipiélago de las Lucayas.

El Divino, el barco que capitaneaba Jeffrey Hamilton, había atracado en el puerto de Nassau porque el mal tiempo los había desviado del rumbo. La intención de John era arribar a otra isla, pero lo harían cuando el barco se avituallara de alimentos y agua, y los hombres tuvieran un par de días de descanso porque lo necesitaban.

En ese momento, John se encontraba en el camarote de oficiales leyendo una carta naval, y un mapa con las diferentes islas que los rodeaban. Habían tardado más tiempo del esperado en avistar tierra porque el mal tiempo los había acompañado desde que alcanzaron las Bermudas, y no pudieron atracar para refugiarse de la peligrosidad de la tormenta porque podían terminar encallando o estrellados contra los arrecifes.

El capitán Jeffrey había decidido continuar hacia adelante a pesar de lo arriesgado de la decisión, y John confío tanto en su profesionalidad, como en su buen juicio. Finalmente arribaron a tierra, pero no en la isla que John había escogido para comenzar la búsqueda de su nieta.

—No recordaba tanta energía y movimiento —dijo el capitán que traía una botella de ron y dos vasos de cristal.

—Aquí todo funciona a un ritmo completamente diferente al de Inglaterra.

Jeffrey ya servía sendas rondas de ron. El dorado líquido olía a caña de azúcar. Antes de llevárselo a la boca, el capitán alzó el vaso en un brindis que John correspondió.

Se bebió de un trago el contenido, y lanzó una exclamación de placer.

—Había olvidado lo bueno que está.

John se lo tomó más despacio, como si lo saboreara.

—Tenemos que hacernos con un cargamento de esto —apuntó el marqués mientras giraba el líquido en el interior del vaso.

—¿Cuál será nuestro siguiente paso? —preguntó el capitán.

John se terminó el ron de su vaso.

—Ya que estamos en Nueva Providencia, pienso hacer una visita al Fuerte Charlotte, después me entrevistaré con el gobernador.

—Te recuerdo que aquí los piratas se protegen los unos a los otros.

Era cierto, pero John sabía mover algunas ramas para que cayeran los frutos.

—Necesito saber los nombres de los barcos que han llegado recientemente.

—Hay demasiadas islas, y no menos naves —replicó el capitán.

John, ya contaba con ello, pero el barco del pirata Da Silva no pasaría desapercibido en ningún puerto, y él sabía que la corona de Inglaterra tenía espías en todas y cada una de las islas del Caribe, incluso las que no pertenecían a sus dominios.

Antes de embarcar en el Divino, John había mantenido varias conversaciones muy interesantes y secretas con un ministro del Parlamento, y con Scotlan Yard. Del primero había obtenido unos nombres, del segundo un posible lugar donde se vendían esclavos blancos.

Jeffrey le llenó el vaso de nuevo. John decidió tomar asiento a su lado.

—Aprovecharé para enviar una carta a mi casa. Mis hijos necesitan saber que he llegado ileso a mi destino.

Jeffrey medio sonrió cínico.

—Nueva Providencia no era el destino elegido —apuntó el otro.

John hizo un gesto negativo con la cabeza.

—No era el primero, pero te seguro que lo tenía en mente si antes no lograba encontrar a mi nieta.

El capitán se puso serio. Encontrar a la muchacha iba a ser muy difícil, porque en los registros de llegada solían cambiar el nombre y el destino de origen de los capturados para dificultar la búsqueda a posibles familiares en un futuro.

—Te noto casando, John —el marino escudriñaba de forma intensa el rostro del marqués.

Un segundo después de sus palabras, lo escuchó suspirar.

—Me cansa la angustia —aceptó con la mirada perdida—. Esta incertidumbre diaria me corroe los huesos, es normal que me sienta agotado.

—¿Por qué no contrataste a hombres capacitados para buscar a tu nieta?

John podía haberlo hecho, pero no habría tenido descanso ni de día ni de noche. Era el más apropiado para buscar a Blanca porque conocía a muchos personajes interesantes que seguían en aguas del Caribe. Es lo que tenían las guerras, que uno hacía amigos de lo más inesperados.

—Únicamente yo conozco los nombres de aquellos que pueden tener información valiosa y que necesitamos.

Jeffrey lo observó atento.

—Tu hijo Christopher podría haberse hecho cargo del asunto.

John negó con la cabeza al mismo tiempo que le tendía el vaso para que le pusiera más ron.

—Christopher no tiene los contactos que tengo yo.

—Podrías habérselos dado.

John se tomó las palabras de su amigo como una censura. Durante unos momentos guardó silencio, balanceaba la pierna derecha sobre la izquierda en un gesto de meditación que Jeffrey entendió muy bien. Él, no conocía a hombre más íntegro que el marqués de Whitam, pero la responsabilidad ya pesaba en sus hombros.

—Para este viaje, debo ser yo quien lleve las alforjas.

Con esas palabras, John admitía una responsabilidad titánica.

—Admiro tu determinación, pero conoces gente bien preparada para llevar a buen término este viaje.

—No vas a lograr con tus quejas que me arrepienta de haberlo emprendido.

Jeffrey se molestó en parte por su respuesta, pues él no le mostraba quejas sino una honda preocupación.

—Malinterpretas mis palabras —respondió serio.

John optó por tomarse el último trago de ron. Le bajaba rápido por la garganta y le calentaba el estómago. Era la tercera vez que visitaba el Caribe, pero estaba igual como recordaba.

—Disculpa si te parezco un poco susceptible —le ofreció el marqués con mirada solemne—. Pero es cierto que estoy cansado, mayor, casi sin fuerzas, pero decidido a encontrar a mi nieta.

—Vamos pues al Fuerte Charlotte, comprobaremos lo útiles que son esas construcciones.

CAPÍTULO 20

Roderick no había pegado ojo después de mantener una inusual charla con Blanca. Girada hacia él, dormía plácida: el cuerpo relajado, los labios entreabiertos. Fue mirarlos y arder en deseos de besarla. Optó por cerrar los ojos, pero no sirvió de nada porque la veía incluso en la oscuridad. Debió de moverse inquieto porque ella lo percibió, y entonces abrió los ojos para mirarlo. La sonrisa que le dedicó convirtió en gelatina todos y cada uno de sus huesos.

—Buenos días Bumblebee.

Acababa de descubrir que detestaba ese apodo en boca de ella. Desconocía el motivo, pero cada vez que lo pronunciaba, le chirriaba en los oídos.

«Eso es porque me gustaría escucharla pronunciar mi nombre», se dijo en silencio. «Y lo siguiente que escucharía serían mis tripas cayendo al suelo porque ella las habría desparramado al conocer que le he mentido».

Eso era lo peor que llevaba Roderick: la omisión de la verdad sobre el parentesco que compartían. Esa ocultación había adquirido el tamaño de una montaña. Decirle la verdad equivaldría a herirla profundamente. Roderick trató de consolarse diciéndose que no volverían a verse. Él tenía su destino en Estados Unidos, ella en el sur de España.

—Imagino que has pasado mala noche, y por eso veo en tus ojos rayos y centellas.

«La culpa es tuya», quiso decirle, pero se contuvo.

—Has estado de cháchara toda la maldita noche, princesita, ¿cómo iba a dormir?

La acusación se la tomó muy mal porque ella le había dado conversación porque estaba despierto como ella. Si hubiera sospechado por un momento que deseaba dormir, habría mantenido la boca cerrada.

—De un tiempo a esta parte, estás de muy mal talante —le reprochó.

«La culpa es tuya», le dijo mentalmente. «No me dejas pensar en nada más que en ti y en tu delicioso cuerpo». La vio desperezarse con gracia, cerrar los ojos, y sonreír al nuevo día.

Algo se removió en el interior del pecho de Roderick porque se inclinó hacia ella con la clara intención de besarla. Sólo un beso, uno tan leve que apenas se percatara. Ya había cerrado los ojos, ya casi la alcanzaba.

—¡Pero qué haces!

La fuerte exclamación le hizo abrir los párpados de golpe, y vio en el rostro de ella la misma repulsa que la del primer beso que recibió de él.

Blanca saltó del improvisado jergón como si el mismo estuviera lleno de espinos.

—Remoloneabas demasiado y me dije, verás que pronto se levanta…

Era la excusa más tonta que había ofrecido en su vida, pero ella se la tragó inocente.

—No ha tenido gracia —se quejó sin mirarlo porque estaba demasiado ocupada recomponiéndose la escasa ropa que llevaba puesta—. Me has revuelto el estómago.

—Eres demasiado sensiblera —contestó él tratando de mostrarse indiferente.

Blanca dejó de alisarse la tela de la enagua, y clavó su mirada azul en la dorada.

—Tengo buena memoria —le replicó—, y cada vez que te acercas, casi puedo oler y masticar las tripas de pescado.

Roderick resopló impaciente.

—Desde luego que sabes cómo despertar a un hombre —*hastiar* habría querido decir, pero era un caballero, bueno, en el pasado lo había sido.

Él, lo había dicho con sarcasmo, pero ella no lo había entendido. Los dos se miraban fijamente, una de pie y de espaldas al mar, el otro recostado y con el rostro enfurruñado. Ambos escucharon el sonido de unos remos, y tuvieron la misma reacción. Blanca se giró de golpe y Roderick se levantó de un brinco.

—¡Piratas! —exclamó Blanca con la voz ahogada.

Pero Roderick había reconocido el barco en la distancia, también al hombre que, de pie en el pequeño bote, daba instrucciones a dos marineros para que remaran con más brío. Fue tal el alivio que sintió, que casi se olvidó de las palabras de Blanca sobre los besos.

—Es Alexander...

Ella desvió la mirada del bote, pero sólo un poco para observarlo a él de soslayo.

—¿Es tu amigo? —le preguntó en un tono muy bajo, como si temiera que los del bote la escucharan.

Lo vio sonreír, y parte de la tensión que sentía, se esfumó de su cuerpo.

—Es como un hermano.

El pequeño bote tocó las piedras, y Alexander saltó de forma ágil.

—He estado a punto de pasar de largo porque no has encendido la fogata. —Era cierto. Tiempo atrás y en un promontorio elevado, habían amontonado una pila de leña que debería ser encendida cuando se avistara el barco de uno o del otro—. Si no hubiera mirado por el catalejo, no habría visto las brasas en la cala.

—Te esperaba en breve —respondió Roderick.

Pero Alexander estaba muy ocupado observando intensamente la beldad que estaba pegada a su amigo. Blanca también le hizo el mismo escrutinio que él a ella. El extraño caminó unos pasos sin dejar de mirarla, y cuando alcanzó la figura de Roderick, lo abrazó con fuerza.

—¿Has perdido tu nave? —el otro contestó afirmativo—. Lo lamento de veras —le dijo Alexander.

Entre ambo no hacía falta explicaciones. Si Roderick estaba en la isla con una beldad que parecía una sirena, era porque había perdido su barco.

—Luego te contaré todos mis avatares.

—Y esta belleza es... —Blanca se sintió incómoda por la minuciosa inspección que hacía el hombre sobre ella—. Juro que obtendremos unas buenas ganancias por su venta.

Blanca gimió con espanto al escucharlo. A Roderick se le presentó la oportunidad perfecta de presentarla como lo que era, un familiar, pero de nuevo hizo algo completamente fuera de la lógica o del sentido común, la presentó como una desconocida.

—Ella es lady Beresford.

«Mi prima», salvo que no pronunció las palabras en voz alta. Alexander lo miró atónito.

—¿Beresford? —preguntó.

Blanca entrecerró los ojos. ¿Conocía el pirata el apellido de su familia? Tras la espalda de ella, Roderick le hizo un gesto muy elocuente a Alexander para que guardara silencio, una complicidad que el otro entendió muy bien.

—Milady —sin previo aviso, el extraño la sujetó por la mano, se la llevó a los labios, y la besó con fruición.

—Es un placer señor... —Blanca no sabía cómo llamarlo.

—Alexander Wesley para las damas —la reverencia que le hizo fue tan profunda que resultó cómica. Blanca contuvo una risa—. Y para el resto de mortales, capitán Wasp.

¿Había dicho capitán Wasp? Se preguntó Blanca.

—Ya te acostumbrarás al extraño sentido el humor de Alex —le dijo Roderick mientras apagaba los restos de fuego que quedaban—. Apenas quedaba ya agua —le informó—. Tendremos que reponer los toneles.

—Ahora no, lo haremos cuando regresemos —contestó Alexander sin apartar los ojos de la figura femenina que no sabía dónde esconderse para escapar de su escrutinio.

Había pasado tantos días vestida sólo con una enagua, que ya le parecía hasta natural, pero no para el atractivo hombre que la miraba con un ardor mal disimulado.

—Si sigues mirándola así, tendré que meterme una bala de plomo entre los ojos —le advirtió Roderick.

Hizo un montón con todo lo que habían utilizado, había utilizado la tela de vela con la que se habían cubierto por las noches. Ató el bulto con un nudo marinero, y lo llevó hasta la hendidura para resguardarlo. Nunca sabían lo que podrían llegar a necesitar en un futuro.

—¿Vamos a perder todo el día? —se escuchó decir desde la barca.

Los dos marineros esperaban impacientes. Roderick regresó dando largas zancadas.

—Preciosidad, no puede subir así al barco —le dijo de pronto el capitán con una sonrisa insinuante—. Porque provocará un motín a bordo.

En ese momento Blanca se miró la enagua que ya no era blanca, y que tenía varios rotos. Alexander se desbrochó la chaqueta de seda negra que llevaba, y se la tendió.

—En el barco hay ropa apropiada para ti —le aseguró.

A ella le extrañó que la tuteara siendo una desconocida, pero aceptó la prenda porque además de agradecida era una muchacha inteligente: en un barco lleno de hombres, había que mantener las tentaciones apartadas.

—Gracias señor Wesley, es muy atento por su parte.

La casaca le llegaba por debajo de las caderas. Blanca tuvo el acierto de abrocharla. Se hizo una trenza con el cabello, y lo sujetó con un trozo de su propia enagua que se le había roto días atrás. Caminaron rápido hasta el bote, Roderick la sujetó por la cintura y la alzó apenas sin esfuerzo, luego saltó al interior de un impulso. Alexander se tomó más tiempo.

—¡Mataría por una taza de té bien caliente! —exclamó Blanca.

Se le hacía la boca agua pensando en una taza del dulce y humeante líquido. Cuando Alexander se acomodó en la barca, los dos marineros comenzaron a remar. Uno de ellos no pudo contener la curiosidad.

—¿Lleváis mucho tiempo aquí? —le preguntó a Roderick que le contestó franco unos segundos después.

Mientras los marineros remaban, él comenzó a explicarle todo. Alexander lo escuchaba atento, pero sin dejar de mirarla a ella.

—Era un barco muy bueno —expuso Alexander pensativo.

—Y muy caro —contestó Roderick—. Los perdí a todos, Alexander...

Pero el capitán ya no respondió porque acababan de alcanzar la parte estribor del barco. De ayudar a Blanca se ocupó Roderick que no permitió que su amigo le pusiera las manos encima. Subir por la escalera de cuerda, supuso un esfuerzo considerable, pero Blanca pudo apoyarse en Roderick cuando resbaló en dos ocasiones. Como el primero en subir fue el capitán, no le preguntó si necesitaba ayuda, directamente la sujetó por el torso y la alzó casi sin esfuerzo, un segundo después, los pies de Blanca tocaron la madera del suelo de la nave.

—Bienvenida al Intrépido.

Blanca soltó un suspiro largo porque el esfuerzo de subida la había dejado sin resuello. Tanto ella como Roderick se habían alimentado frugalmente, y en los movimientos de ambos se notaba la carencia sufrida de nutrientes.

Los marineros se agolpaban curiosos alrededor de ellos.

—¡Capitán Bumblebee!

Exclamaron varios al unísono.

—Chicos, me alegro de veros —correspondió el mencionado.

Blanca se dijo que de chicos los marineros tenían poco, pues el de menos edad debía rondar los cincuenta años.

—¡No puedo creer que haya perdido el Caronte! —gritó uno de los marineros más alejados.

Roderick no contestó. La pérdida el barco no le importaba tanto como la vida de las personas que habían perecido por culpa de los piratas.

—¿Todavía quiere esa taza de té, milady? —el cuerpo de Blanca se aflojó de pronto porque nada le apetecía más—. Acompáñeme entonces…

CAPÍTULO 21

Algunos de los marineros más viejos protestaron por llevar en el barco una mujer a bordo, pero Alexander controló las réplicas de una forma severa, y arrancó las quejas de cuajo. Él no era un capitán supersticioso, y en su barco no había cabida para el fatalismo, además, ¿pensaban los marineros que podrían dejarla sola en la cala? ¿Qué sobreviviría?

Blanca recibió ropa de un grumete que le quedaba bastante bien. Enfundada en pantalones de cuero negro, vestida con una camisa clara con chorreras, un chaleco de terciopelo rojo, y un fajín negro en la cintura, parecía una auténtica bucanera.

Si vestida con la enagua Roderick perdía el sueño, ataviada de esa forma le provocaba un deseo abrasador que no calmaba los baños de agua fría que se daba a menudo. No había en el barco un marino más malhumorado que él, y, para más inri, Alexander se pasaba el día adulándola y colmándola de halagos tan empalagosos, que Roderick iba a terminar aborreciendo la miel y al azúcar.

A Blanca le habían asignado el camarote más alejado del resto de la tripulación y contiguo al de Roderick, aunque no era muy amplio estaba limpio y tenía lo necesario para que la travesía resultara lo más cómoda posible. Tanto él como Alexander le habían advertido que no paseara sola por la cubierta. Ella, que era una muchacha muy perspicaz y sensata, se mantuvo alejada del resto de la tripulación todo lo que pudo. Nunca paseaba sola, siempre lo hacia en compañía de Alexander o del grumete más pequeño que no debía de tener los doce años todavía.

—Dime el motivo para ir a George Town en primer lugar.

En el camarote de oficiales se encontraba Alexander y Roderick a solas observando cartas de navegación y mapas de rutas marítimas.

—No puedo revelarte mis órdenes —contestó el capitán franco, y en un tono que Roderick conocía muy bien—. Pero llevo despachos confidenciales que debo entregar al gobernador.

Roderick lo había supuesto.

—Por ese motivo no te he pedido que variaras el rumbo, aunque me he sentido tentado.

Alexander lo miró franco.

—No lo habría hecho.

Conocía las misiones secretas que cumplía Alexander como agente espía de Washington.

—Me hubiese gustado dejar a Blanca con su tío en Sevilla —dijo el noble pensativo.

—La dama parece muy feliz en el Intrépido.

Sí, se dijo Roderick, Blanca se había adaptado muy bien a la rutina del barco, incluso había hecho buenas migas con los dos jóvenes grumetes.

—Su familia debe de estar desesperada —dijo Roderick en voz baja.

El capitán entrecerró los ojos.

—La familia de ambos, querrás decir —lo corrigió Alexander—. Y me sigue provocando curiosidad conocer los motivos para que le hayas ocultado de forma intencionada el parentesco que compartís.

Roderick no tenía excusa para su comportamiento, aún así trató de explicarse.

—Al principio lo hice sin pensar, y, cuando quise rectificar, todo se complicó.

—¿Tratas de decirme que no piensas revelárselo? —le preguntó incrédulo—. ¿Qué la seguirás manteniendo en la ignorancia?

—Cuando logre enviarla de regreso con su familia, yo embarcaré en un destino contrario al suyo —Roderick se refería a la propiedad que había comprado en Estados Unidos—. No creo que vuelva a verla.

Alexander entrecerró los ojos evaluando la postura de su amigo. Su declaración de intenciones lo puso alerta, aunque no se explicó el motivo.

—Es tan guapa que podría carme de espaldas cada vez que sus bonitos ojos se clavan en los míos —afirmó el capitán.

A Roderick no le hizo gracia esa afirmación.

—Está prometida —le reveló impulsivo.

El otro alzó las cejas en un gesto cómico.

—¿Y desde cuándo eso ha sido un impedimento?

—Desde que tienes conocimiento del parentesco que me une a ella.

—He olvidado esa consanguinidad de forma tan despreocupada como tú —le dijo para provocarlo.

—Es mi prima —reiteró Roderick—. No necesitas más advertencia.

—Prima segunda —le replicó el otro.

—Así que te acuerdas.

Alexander estaba muy bien informado sobre su familia porque en los largos años de travesías marítimas que habían compartido, Roderick había encontrado consuelo hablándole sobre sus padres, hermanos, tíos y primos. No había nada de su vida que el capitán del Intrépido no conociera.

—Cuando lleguemos a George Town enviaré un mensaje urgente a sus padres —anunció Roderick—, después a su tío.

—¿Cómo regresaréis a España? —le preguntó Alexander—. El Intrépido navegará siguiendo nuevas órdenes, y dudo que sea de vuelta a Estados Unidos.

Algo así se temía Roderick.

—Hay barcos de línea que parten desde Santo Domingo de Guzmán con rumbo a Cádiz y Santander, lograré un pasaje para ella.

—Suelen partir cada ocho semanas —respondió el amigo—. ¿La enviarás de vuelta sola?

Roderick hizo un gesto negativo.

—Contrataré para ella una doncella y un guardaespaldas.

—¿Y qué haréis mientras esperáis? —le preguntó con un brillo malicioso en los ojos.

—Disfrutar del Caribe...

***

No había mucha fruta en el barco, sólo manzanas y peras, pero el cocinero era bastante bueno porque las comidas que preparaba solían ser copiosas y variadas. Al tercer día de ser rescatados, se encontraron con una tormenta de las que no se olvidan con facilidad. Las olas movieron el barco de tal forma que muchos enseres y toneles de cubierta terminaron en el mar embravecido. Para algunos resultó una prueba dura, también para ella a pesar de que estaba acostumbrada al mal tiempo pues había cruzado varias veces el Golfo de Vizcaya, y era de sobra conocido su mala reputación, sobre todo cuando mostraba su lado más feroz, pues en sus aguas se desataban enormes temporales. El Golfo no era de grandes dimensiones, pero podía ofrecer un aspecto terrible ya que en él se encrespaban en muchas ocasiones las aguas provenientes de los temporales del

Atlántico Norte. Desde las costas inglesas hasta las rías gallegas la distancia no era muy grande, pero no había refugio alguno ya que, aunque los barcos se acercaran a Las Landas francesas, la costa no ofrecía apenas protección. Pero el temporal pasó, y todo volvió a la normalidad, salvo algunos marineros de edad avanzada que la miraban acusadores si tropezaban con ella en las dependencias de los oficiales.

Blanca vio a Roderick de lejos. No había coincidido con él salvo en los almuerzos y cenas, y como siempre estaban acompañados por el capitán del Intrépido y dos de sus oficiales, apenas habían conversado en los días que llevaban de navegación. En verdad extrañaba sus pullas, su forma canalla de sonreírle con superioridad, y, sobre todo, extrañaba el calor de sus brazos por las noches. Ahora ya no había una tumba tras su espalda, ni bichos que pudieran atacarla, pero Blanca añoraba todos esos momentos únicos que había pasado con él.

Viéndolo desenvolverse en el barco, no le quedó ninguna duda de lo buen marino que era, y recordó sus palabras sobre que detestaba navegar. ¿Cómo era posible con lo diestro que parecía? Y se asombró del respeto que los marineros le profesaban, por eso supo que su pericia debía de ser mayor que la de Alexander.

—Lady Beresford.

Se giró hacia la voz. El capitán Wasp, que así lo llamaban todos, caminaba directo hacia ella.

—Capitán —lo saludó cortés.

—Tengo que expresarle una queja —dijo el hombre con una sonrisa que la incomodaba—. Demanda que aprovecharé para hacerle compañía pues presumo que la necesita.

Alexander era un hombre muy atractivo. De ademanes elegantes, y, aunque no era noble, él mismo lo había confesado en el transcurso de una cena, se notaba que procedía de buena familia, y se preguntó si acaso era un hijo díscolo que se negaba a obedecer las órdenes paternas.

—Las mujeres no dan mal fario en los barcos —volvió a decirle ella por enésima vez antes de que le dijera nada.

Alexander le mostró una sonrisa de oreja a oreja.

—Yo tampoco soy supersticioso en ese sentido.

—Y no salgo de las estancias de los oficiales salvo lo estrictamente necesario —le recordó de nuevo un poco tensa—. Y si algún marinero tropieza conmigo, es porque acude a su llamada para cumplir algunas de sus órdenes.

Era cierto, ella cumplía las órdenes de forma ejemplar, y sólo salía a cubierta por la noche cuando él la acompañaba.

—¿Y qué me dice de jugar a los dados con los grumetes?

Ahí la había pillado porque a ella le encantaba que los dos muchachos, Luca y Dev, le enseñaran tantas cosas diferentes y divertidas, como tirar los dados.

—No hay muchas cosas que hacer para una dama en un barco —se defendió ella usando la protesta.

—Podría tratar de entretener al capitán Bumblebee para que deje de capitanear mi barco —en las palabras del hombre advirtió una reclamación.

Blanca sonrió de oreja a oreja, y Alexander se llevó la mano al corazón. Si seria era la más bonitas de todas las mujeres, sonriendo era completa y absolutamente una diosa.

—Si Bumblebee desea hacerse cargo del Intrépido —dijo ella sin que la sonrisa abandonara sus labios—. Nada podemos hacer el resto de la tripulación en la que me incluyo.

—Bumblebee se hace cargo de mi barco, porque le aterra hacerse cargo de usted —Blanca parpadeó al escucharlo—. Nunca lo había visto tan atraído por una mujer.

Esa declaración le desencajó las ideas. De pronto, un calor rápido le recorrió las venas hasta llegar al corazón donde eclosionó con una llamarada intensa, y que le coloreó las mejillas de un rosa intenso. Tuvo que girar el rostro para que el capitán no viera lo afectada que la había dejado su revelación.

—¿A... atraído por... por mí? —logró balbucear incapaz de alcanzar la serenidad—. A la vista está de que me evita todo lo que puede.

—¡Ah! ¿Pero no se había dado cuenta del verdadero motivo para eludirla? —ahora enrojeció todavía más.

Alexander encontraba el rubor de ella demasiado significativo.

—Eso suena a acusación —se exculpó por si acaso el capitán pretendía lo contrario.

—¿Por qué otro motivo iba a trabajar tanto en el intrépido haciendo labores de simple marinero? No hay en estas aguas mejor capitán que Bumblebee, y a la vista está que se agota laborando para no pensar en cierta dama que se pasea por cubierta cual poderosa Calipso.

De nuevo Blanca retomó el control de sus sentimientos.

—O quizás ha encontrado demasiado desorden en esta nave y ha decidido poner remedio.

Alexander soltó una carcajada a escucharla.

—*¡Touché!* Lady Beresford —respondió con chanza—. Pero le agradecería, en mi nombre y en el de mi tripulación, que se haga cargo del capitán Bumblebee para que yo pueda hacerme cargo de mi barco —ella no supo cómo tomarse esas palabras—. La de juegos que podría enseñarle...

Dejó la frase en suspenso para martirio de ella.

—De modo que el capitán Bumblebee es el mejor marino de estas aguas.

Sin pretenderlo, Alexander había despertado la curiosidad de ella por Roderick y su vida como capitán, y durante el resto de la tarde, se encontró escuchando cada aventura y hazaña que ambos habían vivido y realizado.

A lo lejos, en el castillo de proa, Roderick lanzaba llamaradas por los ojos viendo cómo Alexander coqueteaba con ella, incluso se tomaba ciertas libertades que lo pusieron de un humor pésimo, si eso fuera posible. La escucho reír, y mirar de vez en cuando hacia donde se encontraba él. Y todos los demonios convergieron en su interior hasta el punto que maldijo abiertamente llamando la atención de dos oficiales.

—¡Le voy a arrancar la lengua al cabrón de Wasp! Y a ella... a ella... le voy a llenar la boca de tripas de pescado.

CAPÍTULO 22

Blanca estaba aprendiendo mucho sobre navegación. Por las noches, cuando la mayoría de marineros descansaban en sus jergones, ella subía a cubierta con uno de los grumetes. Al muchacho le encantaba enseñarle, a una dama tan fina y elegante como ella, todo lo que había aprendido, aunque fuera vestida con sus ropajes, que contrariamente a lo esperado, la hacían parecer muy femenina para divertimento de Wasp y tormento de Bumblebee.

El capitán de la nave no se encontraba junto al timón esa noche sino Roderick, que no la perdía de vista mientras el joven le iba enseñando aparejos. Los vio detenerse en una de las cuerdas, en ese momento le enseñaba a hacer uno de los nudos marineros: el ballestrinque, y le sorprendió la destreza de ella para realizarlo apenas sin esfuerzo. Sabía que Blanca sólo subía a cubierta por la noche, también alguna tarde si Alexander la acompañaba. Era obediente, prudente, y no discutía ninguna orden. Él guardaba las distancias con Blanca porque se sentía enojado con Alexander, con ella, consigo mismo porque no lograba quitársela de la cabeza. De repente, ella giró el rostro, y clavó su mirada celeste en él que se la sostuvo.

Mientras se miraban, el tiempo quedó suspendido.

—Tome el mando —le ordenó a un suboficial—. Regreso enseguida.

Le costó muy poco llegar hasta donde estaban los dos conversando.

—Buenas noches —le dijo al grumete—. Yo acompañaré a lady Beresford hasta su retirada.

El muchacho de trece años hizo un gesto afirmativo con la cabeza, se giró sobre sí mismo, y se dirigió hacia la bodega.

—Buenas noches, capitán Bumblebee —lo saludó ella cordial.

—Buenas noches, Blanca.

—Qué sorpresa que decidas acompañarme en mi paseo nocturno.

Roderick asumía que era sumamente injusto para ella no poder pasear bajo la luz del sol, pero en un barco llenos de hombres, toda precaución resultaba en una medida de protección, y por ese motivo cuando paseaba, nunca lo hacía sola, siempre iba acompañada.

—Sentía deseos de conversar contigo —reveló de pronto.

A Blanca se le aceleró el corazón. El capitán Wasp era un hombre atractivo, pero no podía compararse al magnetismo arrollador de Bumblebee, que era más alto, más corpulento, más… de todo. La muchacha sintió de repente un calor sofocante pese al fresco de la noche, y tuvo que girar la cabeza porque se sintió abrumada de su propia reacción. Admitió para sí misma que le gustaba mucho. Que apenas pensaba en otra cosa que no fuera él, siempre él. El capitán había despertado en ella un sentimiento que no conocía. Descubrir lo atraída que se sentía por Bumblebee le supuso un maremoto emocional. Ahora admitía que siempre le había gustado. La atracción que sentía por él estaba ahí, brotando de su pecho, cocinándose a fuego lento en su corazón.

Exhaló un suspiro largo, y rezó para que él no lo escuchase.

—Nos dirigimos a George Town en las Islas Caimán.

A Blanca le costaba respirar, y por eso lo hacía con inhalaciones cortas. Le tomó un tiempo controlar los nervios de su estómago, y las palpitaciones en sus sienes.

—Ya me lo dijeron.

—¿El capitán Wasp? –preguntó Roderick con un brillo de lo más extraño en sus ojos.

A ella todavía le provocaba risa el apodo que se habían puesto el uno al otro: avispa, abejorro.

—Desde allí tomaremos un barco rumbo a Santo Domingo de Guzmán.

—¿Hay barcos de línea en George Town? —le preguntó interesada.

Blanca conocía que era un territorio de ultramar británico.

—Es guarida de piratas, pero también punto de encuentro para marinos.

—Sé que en el pasado fue guarida de Barbanegra —mencionó ella en voz baja.

Así se llamaba Edward Teach: el implacable lobo de mar que no llegó por casualidad a George Town. Las Caimán se habían convertido en la base preferida de bucaneros, colonos y filibusteros, en su mayoría ingleses y franceses. Su enclave estratégico les había permitido atacar a los galeones españoles. El establecimiento de colonias inglesas, francesas y holandesas, fue aprovechado por los piratas para crear centros de reparación y aprovisionamiento para sus barcos.

—El perfecto escondite pirata —afirmó él—, pero conozco a un buen marino que repara barcos —continuó explicándole.

—¿Reparó alguna vez tu barco?

—Más de una vez —contestó suave—. Podemos alquilar una de sus naves para que nos lleve a Santo Domingo de Guzmán. Son pequeñas pero muy veloces.

¿Había dicho alquilar una nave?

—No tenemos libras —Blanca lo dijo con un cierto asombro.

—Tengo mis recursos —repuso mirándola fijamente—. Una vez en Santo Domingo de Guzmán, podrás regresar de vuelta a España, y desde allí retornar a Inglaterra.

Bumblebee acababa de decirle que se separarían. Que cada uno dirigiría sus pasos en sentido contrario... Blanca necesitó unos momentos de reflexión ante la debacle que esa información le supuso. ¿Qué había esperado? ¿Qué él la acompañara hasta la misma puerta de Silencios o de Wolburn Manon?

Roderick se fijó en su rostro de ángel, parecía que no le había gustaba su decisión, y no supo dilucidar el motivo.

—¿Qué harás tú? —le preguntó ella después de un tiempo.

—Regresar a Estados Unidos y hacerme cargo de mi propiedad.

Blanca se encontró entrecerrando los ojos.

—¿No volverás a navegar?

Él, hizo un gesto negativo.

—Esta era mi última travesía.

Ninguno de los dos se percataba, pero ambos cuerpos estaban muy juntos pegados a la barandilla de estribor.

—Perdiste mucho dinero con el hundimiento del Caronte.

Roderick se dijo que ella no podía ni imaginarse la cuantía de su pérdida.

—Demasiado —aceptó en un tono enjuto—. Pero tengo inversiones que ya están dando sus frutos, y recuperaré las pérdidas en un lustro.

—Mi padre te compensará por ayudarme —le dijo ella de pronto.

A Roderick le causó gracia esa afirmación. Andrew Robert Beresford le cortaría la cabeza si llegaba a enterarse de la intimidad que habían compartido ambos durante su estancia en la cala.

—No necesito ninguna recompensa de tu familia —le soltó algo brusco.

Blanca se preguntó el motivo para ese cambio de actitud.

—Pero yo quiero agradecerte que me hayas salvado la vida.

—Tres veces —le recordó con humor.

—Si no quieres libras... —ella pensaba a toda velocidad—. ¿Cómo puedo recompensarte que me salvaras y cuidaras todo este tiempo?

«Con un beso», le dijo con el pensamiento. «Con un beso de verdad que te haga olvidar el rechazo que te hice sentir por los besos, y que me haga olvidar a mí la vergüenza que aquello me sigue provocando». Pero no se lo dijo. Roderick guardó silencio, uno tan largo que se tornó incómodo. Era de noche, no había luna, aunque sí algunos faroles hábilmente colocados para iluminar la zona tripulada de la nave, por eso Blanca no pudo leer en los ojos de él todo lo que le había dicho con el pensamiento.

—Quiero recompensarte —insistió ella.

Roderick se encontró entrecerrando los ojos.

—¿Aunque la recompensa fuera un beso y no libras?

El hombre no fue consciente de que había formulado la pregunta en voz alta, cuando se percató, el horror se dibujó en su rostro, afortunadamente ella no lo había visto. Tuvo que carraspear, y se llamó estúpido una docena de veces.

—Mi hiere que te tomes mis palabras a broma —contestó seria. Roderick agradeció que ella se lo hubiera tomado como una burla—. Porque no es caballeroso rechazar un ofrecimiento sincero.

—Olvídalo, Blanca —le aconsejó con buenas intenciones.

—No pienso hacerlo —replicó ofendida.

¿Cómo habían terminado discutiendo? A él le había apetecido acompañarla esa noche, hablar con ella, pero era obvio que la tensión emocional entre ambos convergía en discusiones absurdas, como la provocada instantes antes por la sugerencia de ella y la respuesta de él.

—Vas a lograr amargarme el momento —dijo sin pensar, lo que le valió una exclamación de ella.

—Aceptó tu precio —dijo de pronto severa.

Roderick terminó mirándola perplejo.

—Que era una broma —objetó incómodo.

—Yo no bromeo —siguió insistiendo—. Deseo recompensarte, y tú has decidido la forma.

—Te acompañaré a tu camarote.

Roderick daba por finalizado el paseo. A ella le molesto que la tratara como a una niña pequeña. Él, la sujeto del brazo para incitarla a dar el primer paso hacia la cubierta inferior.

—Bien es cierto que preferiría pagarte mil libras antes que aceptar recompensarte con un beso…

Con esas palabras Blanca había firmado su sentencia. Roderick era un caballero, criado en la mejor familia, pero ella había cruzado una línea muy peligrosa: la provocación. Tiró de su brazo, un segundo después coloco sus manos en los suaves hombros.

—Nunca te he tenido por una incitadora, todo lo contrario, siempre has sido prudente, discreta, callada —ella se preguntó por qué lo traía a cuenta en ese momento—. Pero has cruzado una línea.

—¿Qué línea?

—Esa línea donde con tu actitud, con tus acciones y palabras, has pretendido provocar mi ira... o mi deseo.

Roderick inclinó la cabeza hacia ella y capturó sus labios entreabiertos. Suave al principio, posesivo un segundo después. Comenzó tierno y con un primer contacto sólo de labios, pero donde incluso sus dientes tuvieron un protagonismo especial. La mordió lentamente el labio inferior, y después pasó al superior. Blanca comenzaba a marearse por la sensación que iba sintiendo. Roderick, al ser consciente de que ella se relajaba, le abrió la boca para tocar su lengua, sin prisa, de forma suave, y comenzó un ritmo acompasado mientras la cogía del cuello para acariciárselo. Subió lentamente en una pasada suave, y sujetó su nuca para atraerla todavía más hacia él.

Todos esos movimientos la excitaron mucho. Blanca tuvo que sujetarse al cuello de él para no caer al suelo porque las piernas se le habían convertido en gelatina. ¿Hacia dónde iba la otra mano que no la sujetaba por el hombro?

—¡Capitán Bumblebee! —lo llamaron desde popa.

A él le costó una eternidad procesar la llamada y responder. Blanca seguía teniendo los ojos cerrados cuando él concluyó él beso, además de estar apoyada sobre su pecho. Al sentir que la separaba, abrió los ojos y soltó un suspiro.

—Ya me siento suficientemente recompensado —añadió con voz ronca.

En otro momento, en otro lugar, se habría sentido enojada por esas palabras, pero Roderick había logrado lo impensable: que ella quisiera seguir besándose con él.

—¡Capitán Bumblebee! Barco a babor...

CAPÍTULO 23

Taberna de la Puntilla, Puerto Plata.

Andrew Robert Beresford, y Rodrigo de Velasco y Duero, llevaban ya una decena de tabernas visitadas. El conde Ayllón había recabado información sobre un barco que acababa de atracar en el muelle viejo. Era un barco llegado desde Sevilla, pero no pertenecía a la corona ni al ejército, y Rodrigo no creía que fuera una coincidencia que dos barcos con bandera del reino de España hubieran atracado casi al mismo tiempo en Puerto Plata.

Había mucho bullicio en el puerto. Los marineros se divertían como locos desesperados, pero era lógico. Tras semanas y meses buscando presas o huyendo dentro de las entrañas de un barco y en condiciones pésima, el sueño de ellos era llegar a tierra firme y divertirse. Estaba claro que ansiaban hacer todo aquello que no se podía hacer en un barco, que era en realidad casi todo. Si habían tenido la suerte de lograr un buen botín, únicamente pensaban en gastarlo rápidamente pues no tenían tiempo que perder, porque quizás en un futuro abordaje no sobrevivirían.

—Es increíble la cantidad de marinos extranjeros que hay en Puerto Plata siendo territorio de la corona de España —dijo Andrew mientras tomaba asiento en uno de los rincones más apartados del local.

—No todos son marinos. ¿No te parece cuento menos significativo que todos los piratas que vemos sean ingleses y franceses? —preguntó Rodrigo.

—Menos mal que ya no trasportáis oro desde Nueva España.

Andrew había querido restar tensión al momento con una broma.

—Afortunadamente los piratas ingleses no pudieron con el sistema de flota de nuestro reino porque funcionó muy buen durante mucho tiempo: una flota de navíos mercantes protegidos por enormes galeones de guerra que se cerraban en formación en combate cuando se aproximaba algún barco.

—No solamente han existido piratas ingleses —se defendió el otro creyendo que el conde lo atacaba.

—Sin importar de dónde, todos y cada uno buscaba apropiarse del oro español.

La corona de España había provisto de atalayas defensivas la mayoría de sus territorios para protegerse de los ataques, pero los corsarios tenían estrategias para pasar desapercibidos. La más frecuente era usar unos pequeños barcos, tipo fragatas, que sacaban en tierra y camuflaban bajo ramas para que fuese imposible divisarlas desde las galeras. Había sido extremadamente complicado hacerles frente, y, aunque la corona había sufrido ingentes pérdidas de oro y de barcos, habían podido hacerles frente.

Rodrigo continuó en sus acusaciones frente al lord inglés.

—Algunos de esos piratas, incluso estaban protegidos por reyes, nobles y empresarios poderosos que animaron y pagaron sus expediciones —el conde español tomó aire antes de continuar—. Todos, corsarios y piratas, gozaban de una libertad en alta mar que normalmente los situaba muy lejos de los ajustes de cuentas reivindicados por quienes sufrían sus ataques. Sobre todo, de la corona del reino de España.

Andrew tenía su opinión al respecto, pero no quería ofenderlo.

—Admito que el reino de España fue uno de los reinos más afectados por la piratería —le dijo Andrew para calmar la tensión entre ambos—, pero aquello fue, principalmente, debido al reparto del botín de tierras que no dejó satisfechos a los reinos europeos que no fueron incluidos, y por eso esos reinos dieron "*patente de corso*" a numerosos piratas para que se convirtieran en corsarios a su servicio y robaran en alta mar las riquezas que trasladaban los españoles desde el mundo recién descubierto.

Rodrigo lo miró severo.

—¿Y eso era una excusa para el saqueo voraz y el robo continuado?

Andrew era consciente de lo que había sufrido el conde de Ayllón en su vida por los ingleses, aunque no hizo mella en su ánimo la admisión del inglés sobre lo ocurrido en el pasado.

—En realidad no es excusa.

—Como he mencionado antes, mi reino pudo enfrentarse y defenderse de cualquier pirata, fuese inglés o no —arguyó Rodrigo—, y gracias a nuestra gesta, pocos han sido los piratas que han muerto de viejos en sus lechos.

Andrew no quería discutir sobre las rivalidades de tiempos pasados, y por eso cambió de tema de conversación.

—Están la mayoría borrachos —dijo Andrew con desagrado—. Sería imposible encontrar a uno sólo ebrio en este lugar.

—Y en cualquier otro —respondió Rodrigo que se quedó pensativo.

Beber era lo primero que hacían los corsarios cuando llegaban a tierra: buscar el alcohol con desesperación. Bebían todo aquello que llevara alcohol, sobre todo ron.

—Podríamos buscar en los burdeles si finalmente no encontramos nada aquí en la Puntilla.

—Este lugar es el más apropiado de todos los que hemos visitado hasta ahora —dijo de pronto el conde con los ojos entrecerrados—. Ron, mujeres y apuestas juntos —siguió Rodrigo con voz grave—. ¿Qué más se puede pedir?

Cuando los piratas llegaban a tierra con un botín, se jugaban hasta la camisa en apuestas, juegos, y mujeres.

En un segundo, el rostro de Andrew se ensombreció. Miraba hacia un punto de la taberna de forma intensa.

—Conozco a ese individuo.

Rodrigo se puso alerta, y giró el rostro en dirección a la mirada de Andrew. Ellos estaban en un rincón apartado y oscuro. Pasaban desapercibidos para el resto de clientes.

—Estuvo en Sevilla, trató de seducir a Mary…

La mirada de Rodrigo se intensificó. Había reconocido al hombre en cuestión.

—Es el capitán Lope Moreno —dijo en voz baja.

—¿Te parece su presencia aquí sospechosa?

—Es oficial del reino —respondió pensativo.

Rodrigo no perdía detalle de cada gesto y movimientos que hacía el español.

—¿Puede estar aquí cumpliendo una misión? —preguntó el inglés.

Rodrigo lo dudaba, pero no podía estar del todo seguro.

—¿Dices que trató de seducir a la hija de mi sobrina Aurora?

—Fue cuando Mary acompañó a mi hija Blanca a Sevilla para conocer en persona a su futuro esposo, el heredero de Marinaleda.

La mente de Rodrigo era un hervidero de especulaciones.

—Lope Moreno debía conocer el motivo de la llegada de ambas damas extranjeras al reino.

Rodrigo seguía pensativo porque algo no le cuadraba. ¿Qué motivaría a un oficial español a tratar de seducir a una noble extranjera que además estaba prometida? Sobre todo, a una muchacha bajo la protección del duque de Alcázar, su acérrimo enemigo.

—El capitán Lope Moreno cree que tiene una cuenta pendiente con Alonso de Lara —explicó al fin el conde sin dejar de mirar hacia el otro lado de la taberna.

—¿Una cuenta pendiente? —inquirió Andrew.

—Durante la guerra, Alonso de Lara apresó y dio muerte a su padre que luchaba en el bando carlista.

Andrew sintió deseos de silbar.

—Entonces tiene motivos para odiarlo —aseguró mirando al conde.

Rodrigo entrecerró los ojos para ocultar un brillo peligroso.

—Era un enemigo de la corona, fue justo lo que le sucedió.

Andrew comenzó a pensar a toda velocidad. ¿Por ese motivo se había acercado a Mary en Sevilla? ¿Para llegar hasta el duque? Pero no tenía sentido porque Mary no tenía ningún parentesco con Alonso de Lara, de repente, Andrew perdió el color del rostro. ¿Y si su objetivo no era Mary sino Blanca? ¿Podría tener alguna relación con los piratas que la habían apresado?

Rodrigo podía leer todas las cuestiones que se hacía lord Beresford en silencio porque él había pensado lo mismo. El acercamiento del oficial español a Mary tenía un objetivo, pero sus verdaderas intenciones quedarían ocultas a la vista de todos.

—Deberíamos interrogarle —dijo Andrew excitado porque al fin tenían un hilo donde tirar.

Rodrigo no estaba de acuerdo. Lope Moreno era un oficial entrenado con una reputación que le precedía. Si se acercaban, lo perderían.

—Vamos a seguir sus pasos —respondió el conde que giró el rostro y miró hacia otro lugar de la taberna—. Quiero descubrir qué lo trae a Puerto Plata…

CAPÍTULO 24

Tras el beso que le había dado Roderick, los sentimientos habían cambiado por completo para Blanca. La mayor parte del día sentía una angustia extrema, pero desaparecía en el momento que sus ojos lo divisaban, entonces, un nerviosismo incontrolado se adueñaba de ella hasta el punto de costarle respirar. Sufría escalofríos pese al calor, también una sensación de mareo a pesar de lo calmado que estaba el mar, el barco parecía detenido por la falta de viento, no así sus pensamientos que estaban desbocados.

—Lady Beresford —tras ella escuchó la voz del capitán Wasp.

Se giró despacio y lo miró atenta.

—¿Sucede algo?

El estadounidense la observó con ojos entrecerrados.

—Es un poco pronto para pasear por cubierta, y sin compañía.

Blanca era consciente, pero se ahogaba en el interior del camarote. La falta de brisa marina, y lo cerca que estaban de las latitudes caribeñas, habían convertido el tramo final de la travesía en un auténtico martirio para ella, acostumbrada como estaba al frío clima inglés.

—Necesitaba respirar un poco de aire —respondió avergonzada por haber desobedecido.

—Esta calma chicha va a retrasar nuestra llegada —valoró el capitán sin dejar de mirarla—. Y aplazará su reencuentro con su familia que estará deseosa de recibirla de nuevo.

Blanca meditó en las palabras del capitán, y pensó en la respuesta que iba a darle.

—Mi familia lleva años preparándose para mi marcha —dijo en un susurro apenas perceptible.

Alexander creyó ver tristeza en sus bonitos ojos.

—Tras su naufragio, es posible que ya no tenga que separarse de ellos.

Con esas palabras, el capitán había despertado su curiosidad.

—¿Por qué dice eso? ¿Qué tiene que ver el naufragio que he vivido?

Alexander supo que Roderick no le había advertido de las consecuencias de ser capturada.

—Tiene que valorar la posibilidad de que su prometido no desee continuar con el compromiso —los ojos de Blanca se abrieron de par en par al escucharlo—. Conozco varios casos de muchachas que perdieron su buen nombre tras ser apresadas por piratas.

—Cuando me capturaron no me mancillaron —respondió en tono grave.

—Pero tendrá que explicar que pasó bastante tiempo aislada en un lugar perdido y con la única compañía del capitán Bumblebee —ella se atragantó con su propia saliva—. Ninguna reputación resistiría tal realidad.

Blanca giró el rostro cuando sintió que ardía por la vergüenza. El capitán Wasp acababa de abrirle los ojos de forma brusca pero necesaria. Ella podría afirmar una y mil veces que no había sido mancillada por pirata alguno, pero el heredero de Marinaleda tenía la opción de no creerla. La muchacha no supo calibrar muy bien si esa información le provocaba alivio o angustia.

—¿Está insinuando que no creerían mi palabra? —no hizo falta que Alexander respondiera—. Mi familia no desconfiaría de mi relato.

—¿Y su prometido? —Blanca se dijo que ese tema era harina de otro costal—. Cuando existe un sentimiento sincero…

Blanca clavó los ojos en el capitán. Entre Hidalgo y ella no existía ningún sentimiento, ningún lazo de afecto. Ambos estaban obligados a cumplir un acuerdo, pero el rapto de ella lo había pospuesto.

—Soy una dama, y mi palabra es veraz —Blanca lo dijo como si necesitara reafirmarse—. Mi prometido tendrá que aceptarla.

El capitán hizo un gesto de indiferencia con los hombros.

—Buena suerte entonces.

Blanca sintió deseos de huir y esconderse porque la conversación mantenida con el capitán le había abierto los ojos a una realidad hasta ahora no contemplada por ella. Sería señalada por el rapto sufrido a manos de piratas sanguinarios, y, si su prometido terminaba rompiendo el compromiso entre ambos como había señalado Wasp, ella quedaría en la ignominia más absoluta y marcada para siempre.

—Siento ser yo quien le haya mostrado lo que es posible que suceda.

Alexander había visto en los ojos de ella la confusión y el caos que esa cuestión le suponía.

—¿Ha conocido a muchas damas apresadas por piratas? —terminó preguntándole.

Alexander se compadeció de ella.

—A lo largo de mi vida como marino, tres.

Ella pensaba a toda velocidad.

—¿Cómo fueron sus vidas tras ser rescatadas?

Él, no quería responderle, pero no tenía opción.

—Nunca se recuperaron del todo. Arrastraron el resto de su vida un baldón al que no pudieron hacer frente —se tomó un respiro antes de continuar su relato—. Una de ellas no soportó el juicio sumario que le hicieron, el rechazo de la sociedad fue absoluto, y por eso optó por quitarse la vida —Blanca contuvo un grito de espanto—. A diferencia de ti, lady Beresford —la tuteó por primera vez—, ellas no tuvieron la suerte de no ser violadas, golpeadas y vendidas —ahora sintió ganas de llorar—. Lamento mi brusquedad.

Ella hizo un gesto negativo con la cabeza.

—¿Las conocías? —Alexander asintió.

—Una de esas tres mujeres que he mencionado, era mi hermana Olivia.

Tras esa confesión, algo se quebró en el interior de Blanca. Miró a los ojos al capitán Wasp, y sintió deseos de consolarlo. No fue consciente de que alzaba la mano y que acariciaba el rostro varonil con el dorso de sus dedos. La Blanca del pasado jamás habría hecho algo así, pero la Blanca del presente ya no era la misma mujer. Había madurado, había crecido como persona, y por eso le parecía natural ofrecer una muestra de consuelo a quien sufría.

—Lo lamento mucho —se condolió sincera.

Alexander sujetó su mano y le sonrió. Esa muchacha podría hacerle perder el corazón si se lo proponía.

—Tienes que estar preparada para cuando regreses —le advirtió.

—Cuando regrese... —dijo cabizbaja—. Mi familia jamás dudará de mi palabra, y me importa muy poco la opinión de la sociedad.

Blanca acababa de decir una mentira, porque sí le importaba la opinión de su madre: la noble más recta, recatada y leal de todas. Rosa de Lara la había criado bajo una estricta vigilancia. La había enseñado a ser la hija obediente, la esposa perfecta, y la noble virtuosa que todos esperan.

—¿Sabes lo que haría yo en tu lugar? —las palabras de Alexander atraparon su atención.

Lo miró conmovida por su preocupación y agradecida por sus palabras.

—¿Qué harías en mi lugar? —preguntó, aunque no esperó su respuesta.

—¡Disfrutar del momento! ¡Carpe Diem!

Los ojos de Blanca se dirigieron hacia el lugar donde se encontraba Roderick trabajando hombro con hombro con dos marineros. Le brillaron los ojos sin ser consciente.

—Carpe Diem… —repitió ella bajito.

El corazón se le aceleró, la sangre se le calentó en las venas porque el deseo era algo nuevo para ella y que no controlaba.

—El capitán Bumblebee estará encantado de hacerte disfrutar de este viaje, hazlo y no te preocupes del resto del mundo. Luego, Dios dirá.

A Blanca le parecía que Alexander se había tornado en la serpiente tentadora del Edén porque no podía dejar de pensar en su sugerencia.

—Soy una buena hija –afirmó muy seria.

Alexander se permitió el lujo de soltar una carcajada.

—Y lo seguirás siendo aprovechando este momento de tu vida o no.

Blanca entrecerró los ojos pensativa.

—Me has dado mucho en lo que pensar —admitió sin mirarlo.

—A pesar de la reputación que me precede, yo también soy un buen hijo, salvo que mi padre se mantiene en desacuerdo.

Cuando más hablaba con el capitán Wasp, más interés le despertaba.

—¿Por qué motivo se muestra en desacuerdo? —había hecho una pregunta directa, y franco le contestó él.

—Por mi hermana Olivia...

Y Alexander le contó todo sobre su vida, sobre su familia. Blanca hizo lo propio, y durante los siguientes días, y entre confidencias mutuas, entre ambos se forjó un lazo de amistad y lealtad que incomodó todavía más a Roderick. Se lo llevaban los demonios cada vez que los veía juntos, y entones Alexander le hizo una proposición a Blanca que cambiaría por completo la postura de Roderick respecto a ella.

***

Roderick calculaba que faltaban apenas dos días para llegar a George Town. Los acompañaba el buen tiempo, y que el Intrépido era una fragata ligera y rápida. Terminó sus abluciones, y se colocó la camisa de forma descuidada sobre el cincelado torso, al hacerlo, sus brazos se tensaron. Le dolían todos y cada uno de los músculos del cuerpo. Trabajaba sin descanso y se castigaba hasta la extenuación para no pensar en ella. Incluso había desistido de llevar el timón por las noches para no encontrársela en cubierta, era un gran sacrificio porque era su momento preferido.

El beso entre ambos lo había cambiado todo.

Y se maldecía cada día y noche por no haber resistido el impulso de dárselo. Había querido silenciarla por sus palabras, castigarla por su ofrecimiento, y... se mentía así mismo. La había besado porque lo deseaba desde hacía mucho tiempo, mucho antes del incidente de las tripas de pescado. Sabía que el confinamiento al que habían estado sometidos por el naufragio, había creado entre los dos un vínculo importante. Allí donde fuera, ella iba a estar muy presente en sus pensamientos. «Y en mi corazón», se dijo afectado.

Con las manos se echó el alborotado pelo húmedo hacia atrás, vertió sobre el aguamanil un poco más de agua, y entonces escuchó unos golpes en la puerta de su camarote. Dejó la jarra en el suelo, y caminó hacia la puerta creyendo que era Alexander quien acudía a verlo. Su sorpresa fue mayúscula cuando se encontró de frente con Blanca. Llevaba su antigua enagua, y una casaca roja de Alexander. Ella, al ver la mirada de él, se ruborizó.

—He lavado la ropa que Dev me ha prestado —le explicó—. La mía está vieja, pero limpia.

Roderick seguía plantado en medio de la puerta sin permitirle entrar.

—¿Puedo? —le preguntó.

—No es buena idea —respondió de pronto.

—Hoy no podré caminar por cubierta vestida así —expresó un tanto molesta por la mirada de disgusto de él—. Y necesito compañía porque ya no resisto este encierro, y las elucubraciones que yo misma me hago porque terminaré loca.

El camarote de ella y el de él eran contiguos, de ahí los problemas de Roderick para conciliar el sueño y recuperar la serenidad.

—Seguro que Dev o Luca estarán encantados de hacerte compañía.

La vio apretar ligeramente los labios.

—Pero yo deseo tu compañía —la escuchó decir.

—¿A pesar del beso? —le dijo.

Un momento después maldijo. «¿Por qué no me he mordido la lengua antes de preguntar?», se dijo exasperado, pero la vio sonreír y pasar por debajo de su brazo hacia el interior del camarote.

—Es igual que el mío —afirmó dando una vuelta sobre sí misma para observarlo todo.

—Son camarotes de oficiales —respondió sin ganas—. Tú duermes en el camarote del segundo oficial del Intrépido.

—Lo sé —contestó ella—. Alexander me lo dijo.

Dos cosas quedaron claras para Roderick, primero, que ella llamaba al capitán por su nombre de pila con demasiada familiaridad, y segundo, que lo estaba poniendo sumamente nervioso con ese ir y venir por sus estancias privadas.

—Regresa a tu camarote —insistió serio.

Blanca soltó un suspiro largo.

—Antes tengo que pedirte un favor.

Roderick cruzó los brazos al pecho. Como no despegaba los ojos de ella, no se había dado cuenta que llevaba la camisa suelta. Blanca le lanzaba constantes miradas a su torso firme, concretamente al vello castaño que se veía debajo de su ombligo. Un ombligo ancho, cóncavo, hondo; perfecto en redondez. Y Blanca recordó un pasaje de Las Mil y una noches: "Su ombligo hubiera contenido una onza de ungüento de benjuí".

—¿Qué decías sobre un favor?

Blanca agradeció que él no se hubiera dado cuenta del escrutinio al que lo sometía. Se giró un tercio para que no advirtiera su azoro, sentía que las mejillas le ardían.

—Deseo pedirte que me acompañes a Wolburn Manon —Roderick la miró estupefacto—. Necesitaré tu apoyo en la explicación que tendré que ofrecerle a mi familia.

—¿Explicación?

Ella lo miró sin un titubeo.

—Sobre el tiempo que pasamos en la cala —tragó con cierta dificultad—. Sobre las noches que dormimos juntos.

Roderick volvió a mesarse el cabello. No, él no tenía ninguna intención de regresar a Inglaterra a darle explicaciones a nadie, mucho menos al padre y al tío de ella.

—Les bastará tu palabra —contestó serio.

—Alexander me habló de Olivia, y de otras mujeres como ella.

Esa declaración la sintió Roderick como un puñetazo directamente en su estómago porque conocía esa historia a la perfección.

—Eres una muchacha fuerte que... —ella lo interrumpió.

—¿Cómo lo sabes? ¿Cómo sabes que no me derrumbaré cuando todos me crean perdida?

Roderick soltó un suspiro largo.

—Lo sé porque te vi enterrar a un niño sola. Porque he visto cómo controlas tus miedos, cómo contienes la impulsividad —siguió—, y porque sigues siendo virtuosa —concluyó.

—Sé que mi familia no dudará de mi palabra.

—¿Y entonces?

—Todo será más fácil si tú me ayudas y corroboras mi explicación.

—No tienes que informarles de todo —la animó él.

Ella lo observó atónita. ¿Ocultar a sus padres, a su abuelo, a sus tíos y primos todo lo que le había vivido y pasado?

—No se le miente a la familia —declaró alarmada—, y yo no pienso hacerlo, pero me ayudarías mucho.

—No tengo intención de pisar Inglaterra —aseveró.

—Te recompensaría generosamente.

Roderick cerró los ojos y contó hasta tres.

—Cuidado, las palabras recompensa y beso las has entrelazado de tal forma que jamás volveré pensar en una sin la otra, ya lo sabes.

La vio ponerse roja hasta la raíz del cabello. Blanca se tomó unos segundos para serenarse porque él la ponía nerviosa, siempre le sucedía con él. Cada vez que estaban juntos, ella se descontrolaba.

—La recompensa podrías utilizarla de entrada para otro barco —ella se lo dijo muy sincera, él la miró con las cejas alzadas.

—¿Cómo conseguirías el dinero? —le preguntó para provocarla.

Deseaba que se quedara, deseaba que se fuera, quería seguir oyéndola, le gustaría volver a besarla. Roderick se enfadaba consigo mismo con el caos que le provocaba.

—Con mi dote —logró sorprenderlo todavía más—. No creo que la familia Hidalgo desee continuar el compromiso.

—¿Por qué lo supones? Eres una rica heredera, podrás demostrar que tu virtud no ha corrido peligro en esta aventura.

Y entonces Blanca pasó a explicarle la conversación tan interesante que había mantenido con el capitán Wasp sobre la estancia de ambos en una cala desconocida sin más compañía que la de ambos.

—Desde que hablé con Alexander, he meditado mucho en mi situación, he valorado los pros y contras de todo lo que me ha sucedido, y sé que estaré perdida para la sociedad, mucho más para la familia Hidalgo.

—No puedo ayudarte —reiteró de nuevo.

Ella lo miró exasperada.

—Sólo será un tiempo —trató de convencerlo—. Disfrutarás de la hospitalidad de mi casa, de mi familia, que te estarán muy agradecido por todo lo que has hecho para salvarme y cuidarme, después regresarás a Estados Unidos, a tu hogar, y mucho más rico de lo que embarcaste.

—Agradezco tu generosidad, pero no puedo acompañarte a Inglaterra.

Blanca se sujetó la falda de su enagua en un intento de controlar el nerviosismo de sus manos. Había creído que lo convencería, pero se había equivocado.

—Bueno, al menos lo he intentado —Blanca caminó deprisa hacia la puerta de salida—. Ahora sólo me resta aceptar la propuesta de Alexander.

Ella hablaba para sí misma, pero Roderick la había escuchado.

—¿Qué propuesta? —inquirió de pronto.

Blanca se quedó plantada en medio del estrecho pasillo, se giró hacia él, y soltó un suspiro.

—Su propuesta de matrimonio…

CAPÍTULO 25

—¡Explícate de inmediato! —la potente voz de Roderick logró sobresaltar a Alexander que trazaba una línea fina en un mapa.

—¡Joder, Bumblebee! Me has asustado.

—Otras intenciones traigo —contestó áspero.

—Ya veo que conoces la noticia.

Roderick caminó hacia él con paso amenazador. Alexander miró a su segundo al mando.

—Terminaremos más tarde de trazar la nueva ruta.

El marino recogió los planos y mapas de la mesa, y salió con paso firme del camarote de oficiales.

—Explícate —volvió a ordenarle.

—Es sencillo, le he declarado mi amor a lady Beresford, y me ha aceptado.

Roderick soltó el aire de forma abrupta.

—Como broma no tiene gracia.

—Sólo tú puedes pensar que bromeo —contestó el capitán.

Ahora entrecerró los ojos para ocultar un brillo peligroso.

—No voy a permitir que… —Alexander lo cortó, y se plantó frente a él con mirada muy seria.

—Sabes cómo va a terminar todo esto, ¿verdad, Bumblebee?

Sí, lo sabía, pero hasta ese preciso momento no había querido darse por enterado.

—Lady Beresford es una rica heredera.

Alexander le mostró una mirada triste.

—Eso ya no importará en los círculos aristocráticos —Roderick terminó mordiéndose el labio inferior de forma pensativa—. La única opción que tendrá tu prima serán los crápulas arruinados a los que no les importará su reputación sino su dinero. Eres consciente de que será el tema de conversación preferido de las cotillas y matronas que le negaran el saludo, y que le mostraran su absoluto desprecio. La vida social para ella se habrá terminado en el momento que ponga un pie en Inglaterra.

—¿Qué le has ofrecido? —terminó por preguntarle.

—Me molesta que me conozcas tan bien —replicó el otro.

—No has respondido a mi pregunta.

—Desembarcaremos en George Town como teníamos previsto, pero lo haremos unidos en matrimonio...

—¡Y una mierda!

Roderick tenía muy claro quién tendría el privilegio de casarlos antes de llegar a George Town.

—Nos presentaremos ante el gobernador, y le contaremos nuestra historia de...

Volvió a interrumpirlo.

—¿Qué historia?

—Que yo soy tú y tú eres yo en este desafortunado incidente —le explicó de forma confusa—. He decidido aceptar tu papel en esta historia, y ayudar a Blanca. Me presentaré a su familia como el hombre que la rescató, y que decidió salvarla de todas las formas posibles.

—Mentiras, y para colmo de males no perteneces a su misma clase social —le espetó con dureza.

Alexander le mostró en la mirada lo que esas palabras le habían provocado: profundo dolor.

—Le he ofrecido a tu prima un matrimonio honorable, y un divorcio amistoso —en la voz de Alexander se podía apreciar la decepción que sentía hacia él.

Era la primera vez que los dos amigos se miraban con desafecto.

—Blanca es católica, su familia materna jamás aceptará un divorcio.

Alexander termino por blasfemar.

—¡Joder! Le he ofrecido una salida honorable.

—¿Una salida honorable?

—Pareces un loro repitiendo todo lo que digo —protestó el amigo.

—Ella todavía no sabe si su prometido la repudiará.

—Lo hará —afirmó sin una duda—. Lady Beresford me ha explicado todo lo que sabe sobre él, y no necesito conocerlo en persona para saber que es un ser despreciable —Roderick tenía los labios apretados—. Conoces demasiadas historias como la de Blanca, y sabes cómo finalizan.

Sí, lo sabía, pero Blanca podría enfrentar el repudio de su prometido porque tendría a su familia para apoyarla.

—Con nuestro matrimonio se librará de un prometido que la humillará al rechazarla públicamente —volvió a recordarle—. Protegida por mi nombre podrá seguir teniendo la plácida vida que los malditos piratas le han arrebatado cuando hundieron el barco de su abuelo. —Para Roderick estaba claro que Blanca le había contado todo sobre ella—. Le ofrezco una vida de libertad. Como lady Wesley podrá decidir libremente vivir en Inglaterra junto a su madre. —En los ojos de Alexander, Roderick pudo leer que sabía detalles que él ignoraba—. Su madre está muy enferma, y tiene un hermano pequeño, ella no quiere alejarse de ellos —esa información lo dejó noqueado y sin saber qué decir—. De verdad que le tengo afecto —le confesó—. Y nuestra historia será creíble —continuó—. Les explicaré a su familia que, al estar todo ese tiempo aislados y solos en la cala, me decidió para reparar su reputación.

—¿Y qué obtienes tú a cambio?

—¡Serás mal pensado! —gruñó el otro—. ¿Tu eterna gratitud? No necesito el dinero de tu prima —le espetó dolido—. Sabes que he acumulado una pequeña fortuna, y ese conocimiento les bastará a sus padres para saber que mi intención de ayudarla es genuina.

Roderick pensaba en Blanca y Alexander compartiendo el lecho, y se le revolvía el estómago.

—Sigues siendo oficial de Estados Unidos —le recordó—. Pero no uno cualquiera, eres un espía, y le han puesto precio a tu cabeza.

Sí, se dijo Alexander, él guardaba muchos secretos, pero su intención de ayudar a Blanca era auténtica.

—A medida que iba conociéndola, sentí que este sería mi último viaje. Una mujer me empujó al mar, mi hermana Olivia, y otra me empuja hacia tierra, tu prima Blanca —Alexander calló un momento—. Tu prima puede regresar a Inglaterra bajo la protección de mi nombre.

Roderick pensaba a toda velocidad.

—No voy a consentir en esto, es un despropósito.

—Te recuerdo que te pidió ayuda, y se la negaste —le echó en cara.

A Roderick le molestó que Blanca le hubiera contado intimidades.

—¡No lo entiendes! ¡Me pide que regrese a Inglaterra! —confesó atormentado.

Alexander lo miró atento. Le había dicho tanto con esa frase.

—¿Es por Serena? ¿Todavía no la has olvidado?

El rostro de Roderick se demudó.

«¿Es por Serena?», se preguntó. «No, no es por ella», se dijo convencido porque hacía muchos años que Serena había quedado relegada a lo más profundo de su memoria. Además, el matrimonio de Serena jamás le había despertado semejante sentimiento en el corazón como la posibilidad de ver casada a Blanca con Alexander. La primera le había provocado aflicción, la segunda una desesperación auténtica.

—Eres el más indicado para ofrecerle ayuda a tu prima.

—He comenzado una nueva vida en otro lugar, y si regreso a Inglaterra, sé que no podré retornar.

Ese era el quid de la cuestión.

—Ha llegado el momento de que hables con tu padre —le aconsejó el amigo sin un titubeo.

Roderick masculló al escucharlo.

—Quítate que me tiznas le dijo la sartén al cazo —le reprochó con amargura—. Aplícate el cuento y habla tú con el tuyo.

Alexander se ofendió por sus palabras.

—Mi padre es un totalitario sin corazón.

Roderick tragó saliva. El suyo también era un tirano, y él había jurado que jamás regresaría a Crimson Hill. A pesar de su madre, de sus hermanos, de Serena, pero Blanca...

—No voy a permitirlo —afirmó dándose la vuelta, pero Alexander no había dicho la última palabra.

—Capitán Bumblebee —lo llamó con tono firme.

Roderick se giró y clavó la mirada en el rostro de su amigo.

—He sido muy claro —le recordó el noble.

Alexander reprimió una sonrisa porque le quedaba darle la estocada final.

—Tienes que oficiar una boda.

Lo vio entrecerrar los ojos, apretar los puños, y supo que lo había enfadado de verdad.

—No sigas por ahí —le advirtió—. Mi paciencia tiene un límite.

Pero Alexander estaba decidido a ayudar a Blanca Beresford, la muchacha más dulce, hermosa, y sincera de cuantas había conocido. Tenía muy claro que se le había metido en la sangre a su amigo, que Blanca significaba mucho para él, y tenía que mostrárselo.

—Sólo existe una forma de sacarme de su lecho y es metiéndote tú.

Alexander había cruzado la línea de su paciencia. Caminó hacia él y decidido le soltó un puñetazo en pleno rostro.

CAPÍTULO 26

George Town, Islas Caimán

John Beresford, marqués de Whitam, estaba a punto de rendirse. Había recorrido todas las islas del Caribe sin encontrar a su nieta. En todo el tiempo que llevaba buscándola, se había tropezado con personajes siniestros, almas perdidas, y auténticos verdugos. Había rastreado todos y cada uno de los barcos que habían llegado a los diferentes puertos, sobre todo aquellos que llevaban bandera portuguesa, pero su búsqueda había sido en vano.

John cerró los ojos, y trató de reprimir el desaliento que le provocaba el fracaso obtenido.

Habían pasado semanas desde la desaparición de Blanca. Ignoraba dónde podía estar, y lo más apremiante, si seguía viva. George Town se había convertido en el puerto de referencia en las diferentes rutas que había seguido. Era la cuarta vez que atracaban en la isla, pero John había decidido que sería la última. Aunque había dejado a su primogénito Christopher a cargo del marquesado, John no podía ausentarse por tiempo indefinido. Había empleado todos los recursos a su alcance para recuperar a su nieta, pero había errado de forma estrepitosa.

Sentado en una vieja silla, y frente a un vaso de licor, John sentía deseos de maldecir por la impotencia que sentía. La cantina de Little Boy era el lugar perfecto para despedirse del Caribe.

«¿Dónde te han llevado, Blanca?», se preguntó el marqués al mismo tiempo que sujetaba el vaso y se lo llevaba a la boca. Se lo tomó de un trago, y tuvo que carraspear porque el líquido le quemó la garganta. No era el licor más bueno que había probado, y se dijo que no sería el último.

—Ignoro cómo eres capaz de tomar ese veneno.

Jeffrey Hamilton acababa de tomar asiento a su lado. Colocó una botella oscura sobre la mesa, y miró de forma directa al marqués.

—Te informo que Mount Gay, es el mejor ron del Caribe.

John miró a Jeffrey con atención.

—Esa es una opinión discutida y discutible —replicó el marqués.

El capitán llenó ambos vasos con el oscuro líquido, y le dio uno de los vasos a John.

—Creo amigo, que en este asunto te llevo cierta ventaja.

John se tomó la mitad del trago de un golpe.

—Sí que está bueno —admitió sincero.

—No lo dudes nunca, en Barbados se encuentra el mejor ron, también el más antiguo.

—Confío que te hayas agenciado un par de cajas.

El capitán soltó un leve carcajada.

—He llenado la bodega del Divino.

Fue escuchar el nombre del barco, y a John se le empañó la mirada.

—Debemos regresar.

Eso mismo le había dicho Jeffrey infinidad de veces.

—Hay un barco más que inspeccionar —dijo el capitán de pronto.

A John se le desataron todas las alarmas en el interior de su cabeza.

—¿Acaba de llegar a puerto? —quiso saber.

Jeffrey hizo un gesto negativo con la cabeza.

—Llegó hace una semana —le explicó el marino—. Pero lleva bandera estadounidense, por ese motivo no le habíamos prestado atención.

John se quedó un momento en silencio valorando la información que acababa de recibir.

—¿Qué ha desatado tu atención sobre ese barco? —le preguntó el marqués con cierta ansiedad en la voz.

Jeffrey era un capitán avezado, y no había perdido sus instintos marinos.

—Una nave con dos capitanes gringos suele llamar mi completa atención —le informó sin un parpadeo—, además lleva poca tripulación.

—Es una fragata pequeña —respondió John pensativo—. La tripulación, ¿llevan uniforme del ejército?

Jeffrey hizo un gesto negativo. John acababa de visualizar la embarcación en su memoria.

—Los espías que dejaste apostados en el puerto me han informado que de la nave desembarcó una mujer de cabellos negros y ojos claros. Vestía ropas de grumete, pero su condición de mujer era inconfundible.

Fue escuchar a Jeffrey, y el vaso de ron se le escurrió de la mano a John. El corazón se le aceleró, y le palpitaron las sienes.

—¿La nave llegó hace una semana? —preguntó incrédulo—. ¿Cómo sigue todavía amarrado en el puerto?

Jeffrey se tomó otro trago de ron.

—He averiguado que uno de los dos gringos ha alquilado una propiedad cerca de Beach Bay —John lo escuchaba muy atento—. También, que ha comprado dos pasajes para Santo Domingo de Guzmán.

John pensaba a toda velocidad.

—El próximo barco de línea hacia Santo Domingo de Guzmán partirá en cuatro semanas —dijo John pensativo—. ¡Tiene que ser ella! —exclamó de pronto.

—Yo también confío que la mujer sea tu nieta.

John seguía muy pensativo.

—¿Te informaron los hombres de algo más?

Para Jeffrey estaba claro que al marqués le preocupaba la integridad física de lady Beresford.

—La mujer que bajó del intrépido se veía feliz —reveló el capitán.

El corazón de John se aceleró todavía más. ¿Qué podría significar eso? Se preguntó.

—Vayamos a Beach Bay —John ya se levantaba del asiento.

Jeffrey lo sujetó del brazo.

—Déjame que lo prepare todo por si tenemos que enfrentarnos a un rescate y partir de inmediato.

En los ojos de John se reflejó la duda.

—¿Piensas que puede estar retenida contra su voluntad?

—No quiero riesgos —contestó ecuánime—. Además, puede que la mujer no sea tu nieta...

Era tanta la impaciencia de John, que no había pensado en nada más que ir hasta Beach Bay tan rápido como le permitieran sus pies. Pero era un hombre prudente que sabía contener su impulso. Contratarían a hombres cualificados, lo tendrían todo preparado, y entonces irían a buscarla.

John volvió a tomar asiento. Jeffrey le llenó el vaso de nuevo.

***

El capitán Lope Moreno de Camacho era consciente de que caminaba por la cuerda floja. Ya tenía claro que lo seguían, y quién era el inductor de ese seguimiento. No había sido fácil, pero había logrado dar esquinazo al conde de Ayllón en Puerto Plata. Confundirlo y despistarlo le había supuesto atracar en varios puertos diferentes para poner la mayor distancia entre su nave y la del duque de Alcázar, su eterno enemigo.

Pero Lope le llevaba demasiada ventaja al conde, por eso había dejado a un hombre, su segundo al mando, con varios mercenarios que había contratado en la taberna Batey para que entorpecieran el incansable seguimiento del conde. Alquilar otro barco le supuso un gasto tremendo, pero al fin y al cabo era dinero de Hidalgo. Rodrigo de Velasco y Duero ignoraba que iba a ser perseguido y acosado por otra nave que no era la suya, pero tantos preparativos lo habían retrasado demasiado en su llegada a George Town, el único lugar hasta ese momento que no había peinado buscando a la heredera. Por un momento, Lope se preguntó si estaría muerta, y si todo ese esfuerzo merecería la pena. En isla Tortuga había pagado en reales una valiosa información del pirata Gonçalo Pessoa. El Despiadado había hundido una de las fragatas estadounidenses que abundaban en aguas caribeñas, y no había dejado supervivientes. También le había informado que Da Silva había acudido en ayuda de un barco hermano al que esa misma fragata remolcaba. Lope no tuvo que sumar mucho para intuir lo que había sucedido. Pessoa también le había dicho que El Despiadado llegaría en breve a George Town. Pagó gustoso por esa información, porque gracias a Pessoa, él estaría esperando a Da Silva.

CAPÍTULO 27

George Town, una semana antes

Blanca bajó por la planchada de madera con una sonrisa de oreja a oreja. Justo cuando llegó a la mitad del descenso, giró el rostro para mirar hacia atrás, quería asegurarse que Roderick la seguía de cerca. Estaba muy feliz porque él había aceptado acompañarla, y no sólo a Santo Domingo de Guzmán, también a Wolburn Manon, su hogar en el condado de Hampshire. Ella ignoraba cómo lo había convencido Alexander, pero estaba tan jubilosa que no le importaba. Dejó de mirar al apuesto capitán y clavó los ojos en el bullicioso ambiente de la ciudad portuaria. Le sorprendió la cantidad de fragatas con bandera estadounidense que había amarradas a los norayes del puerto. También había amarrados tres barcos de línea ingleses, otro holandés y dos franceses.

Cuando pisó tierra firme, cerró los ojos y levantó el rostro al cielo. En su interior seguía sintiendo un leve balanceo, como si todavía siguiera subida a la nave, pero al fin estaban en tierra.

—Huele de forma peculiar —dijo ella después de unos segundos.

—Tendrías que haberte quedado en el barco hasta mi regreso.

Ese era un consejo que no estaba dispuesta a seguir. Tras semanas en la pequeña cala, y otras tres a bordo del Intrépido, lo último que deseaba era seguir encerrada en el pequeño habitáculo de un camarote. Bumblebee tenía pensado alquilar una vivienda porque los hoteles y albergues de George Town no eran apropiados para una dama como Blanca, sobre todo porque tendrían que esperar llegar a Santo Domingo de Guzmán.

—Deseaba acompañarte —contesto con semblante serio—. Necesitaba pisar tierra firme.

Roderick podía entenderla. Además, Alexander tenía que visitar al gobernador y preparar al Intrépido para partir de nuevo.

—Te veo muy contenta.

La felicidad le salía a Blanca por cada poro de su cuerpo. Él, no podía imaginarse lo que significaba que la acompañara a Inglaterra.

—Es que estoy feliz —admitió sin dejar de mirarlo.

Roderick habló con el conductor de un carruaje colocado en una fila de vehículos que esperaban a posibles clientes. El hombre le indicó dónde podría rentar una vivienda por unos días. Roderick aceptó que los llevara al lugar. Visitaron varias cabañas, pero él tenía en mente un lugar más apropiado para ambos. Finalmente, Roderick encontró una propiedad decente en Beach Bay a un precio razonable. Blanca lo ignoraba, pero Roderick le había pedido un préstamo a Alexander par subsistir hasta que llegara a Inglaterra, y no estaba dispuesto a pagar más de lo debido en una renta. La pequeña propiedad tenía un bonito y amplio jardín frente al mar. Estaba construida con altos muros, y la accesibilidad a la casa estaba limitada por un camino estrecho que daba a un acantilado. Si alguien decidía llegar hasta la casa, tendría que hacerlo a pie.

Blanca escogió la habitación más pequeña. Roderick había insistido en lo contrario, pero ella se mantuvo firme. La pequeña estancia daba a un jardín huerto, a un pozo de agua, y a un estanque con peces de colores. Era una extravagancia en una vivienda tan reducida, pero a ella le gustó especialmente. Al día siguiente se instalaron en la propiedad. Alexander puso objeciones porque estaba muy alejada del puerto, pero eso precisamente era lo que había decidido a Roderick, y sobre todo el precio.

Disfrutó visitando la tienda más cercana a la casita, aunque se llevó una sorpresa porque era una combinación de alimentos y aperos. A ella le pareció muy peculiar, un lugar de herramientas y equipos, montura, bridas, aparejos de pesca, navajas y rifles. Olía a heno y aceite de linaza, a cuero y a pólvora. Para sorpresa de ella, Roderick hizo acopio de casi todo.

—¿De dónde has sacado el dinero? —le preguntó suspicaz.

Roderick había metido todas las compras en un saco. Ella llevaba en un capazo de mimbre los alimentos frescos.

—Le he pedido un préstamo a Alexander — respondió sin mirarla.

Mientras caminaban hacia la casa, Blanca pensó que él llevando a la espalda el saco, y ella cargando los alimentos en el brazo, todo parecía irreal. En el día de ayer, el capitán Bumblebee le repetía que no podía ayudarla, y en el día de hoy iban cargados con provisiones que les durarían días.

—No sé cocinar —confesó ella de pronto.

Blanca no pudo ver la sonrisa que asomó a los labios de él.

—Eres una muchacha afortunada, porque poseo algunas nociones de supervivencia.

Ella recordó los momentos vividos en la cala que los refugió durante tantos días. Él había mostrado unas cualidades sorprendentes para subsistir y mantenerla a salvo.

—Soy buena organizando —le dijo con humor.

Roderick soltó un gruñido.

—A fe mía que dices la verdad.

—Eso ha sonado a queja —en la voz femenina podía apreciarse el desencanto que su respuesta le había ocasionado.

—No te preocupes, princesita, tengo pensado tareas para ti, y que te impedirán mostrarte ociosa.

—Eso que dices no es muy halagüeño —protestó sin mirarlo.

Ahora sí la miró, y, tan intensamente, que Blanca se ruborizó. Estaba tan feliz de pasar días a solas con él, que todo lo demás había dejado de tener importancia para ella, incluso regresar a Inglaterra.

—Sé que no eres una muchacha veleta, y por eso no voy a perder el tiempo con lisonjas vacuas.

Esa declaración sí la molestó. ¿A qué muchacha no le gustaban los halagos del hombre que le importa?

«Esa va a ser mi maldición», se dijo ella. «La completa indiferencia del hombre que más me ha interesado en la vida». Blanca se compadeció de sus propios pensamientos, porque estaba enamorada del capitán Bumblebee. Un extranjero plebeyo y deslenguado, pero que le hacía hervir la sangre sólo con mirarla.

El resto del día lo dedicaron a instalarse, y cuando anocheció, Alexander hizo su aparición en la vivienda. Roderick había cocinado un poco de carne en salsa. Blanca se había encargado de todo lo demás, pero el capitán Wasp no se quedó mucho tiempo. Ella le preguntó el motivo, y él le respondió que el Intrépido tenía que zarpar de nuevo. Blanca se interesó por el destino, pero Alexander mantuvo silencio, sólo le dijo que era un destino secreto, y que era mejor para el mundo que no se supiera.

Y Alexander le hizo una promesa, visitarla en Inglaterra y ofrecerle de nuevo matrimonio si no lograba enderezar su destino. Afortunadamente, Roderick no escuchó la promesa.

Tiempo después, y cuando el capitán ya se había marchado, Blanca le preguntó a Bumblebee por qué motivo todo lo relacionado con Alexander parecía oculto y secreto. También de él obtuvo silencio, pero Blanca no era una muchacha estúpida pues su padre pertenecía al cuerpo diplomático que se ocupaba de las diferentes embajadas inglesas en el resto del mundo, y sabía mucho más de lo que ambos capitanes le presuponían.

Cuando se retiraron a dormir, Blanca estaba un poco molesta porque sentía que la habían tratado como a una ignorante. Roderick estaba afectado porque ahora veía la peligrosidad de quedarse a solas con ella en un lugar apartado. En el Intrépido había sido fácil mantenerse alejado porque podía sumergirse en ingentes tareas hasta caer exhausto, pero en la casa, solos, y mientras esperaban la llegada del barco de línea, las horas podían tornarse interminables.

Con ese último pensamiento se durmió, pero la paz le duró muy poco porque cuando se dio la vuelta en mitad de la madrugada, ella estaba acostada a su lado y pegada a él de tal forma que se bebía sus pausadas exhalaciones. Como Roderick dormía con las ventanas abiertas, la luz de la luna penetraba en la alcoba a voluntad, y pudo admirar los rasgos aristocráticos de ella. Tenía un rostro perfecto de labios sensuales y rosados, piel perfecta, pero sus cabellos, sus cabellos oscuros eran su debilidad. Mirándola de forma tan intensa, sintió que el deseo prendía en su vientre, y tuvo que ahogar una exclamación, aunque no fue capaz de lograrlo porque ella abrió los ojos.

—¿Qué haces en mi lecho? —le preguntó hosco intentando parecer enojado.

—Hay una araña que debe de pesar tres libras en mi habitación.

Roderick parpadeó al escucharla.

—Estás en las Islas Caimán —le recordó—. Todo lo que puede matarte, se encuentra aquí.

Ella se removió inquieta. La isla le había parecido bonita, pero si tenía bichos tan grandes, estaba deseando irse.

—Si fuera una serpiente, no me importaría, pero no pienso dormir con esa araña gigante en mi alcoba.

Roderick hizo lo único que se le ocurrió, levantarse para ir a matarla, pero se dio cuenta demasiado tarde de que le encantaba dormir sin ropa y por eso estaba completamente desnudo. Cuando escuchó el jadeo, supo el motivo, sin embargo, no se cubrió ni hizo amago de hacerlo. Se quedó de pie frente a ella como su madre lo trajo al mundo.

—Este es el resultado de meterte en una cama que no es la tuya —le reprochó en cierta forma divertido.

Blanca no podía apartar la mirada de esa parte de su anatomía que se erguía como si tuviera vida propia. Contra todo pronóstico, sintió un calambre en el vientre, y una humedad entre sus piernas. La nueva sensación la pilló tan desprevenida que no supo cómo reaccionar para controlarla. Roderick se encontraba en un verdadero apuro pues cuanto más la miraba ella, más crecía su erección. Finalmente recobró el sentido común, tiró de la colcha, y se cubrió. Ella dormía con un camisón de hombre que le había prestado Alexander. Un minuto después encendió la lámpara de gas, y toda la estancia se inundó de una suave luz amarilla.

—¿Ya has visto suficiente? —le preguntó, aunque no esperó su respuesta.

Blanca se dijo que, si bajo la luz de la luna esa parte de su masculinidad parecía tan amenazadora, no quería ni imaginarse lo que sería verla a plena luz del día. Instantes después, Roderick se puso su camisón de dormir y la miró con el ceño fruncido.

—Necesito tu ayuda para atraparla —le dijo de pronto.

Ella le mostró con la mirada todo el horror que esa sugerencia le parecía. ¿Atraparla? ¿Una araña de tres libras de peso?

—Yo te espero aquí —le dijo en voz baja.

—Atrevida y a la vez cobarde —lo escuchó murmurar—, extraña combinación.

Con toda la aprensión de su corazón, Blanca también se levantó del lecho y caminó tras él. Cuando llegaron a la habitación de ella, todo estaba en orden, salvo la jofaina del aguamanil que estaba tirada bocabajo en el suelo.

—¿La has atrapado bajo la jofaina? —le preguntó con interés.

Blanca hizo algo inesperado, se subió a la cama de un salto.

—Corre como un demonio —le advirtió.

Roderick sujetó un viejo badil y caminó hacia el centro del dormitorio. Como creía que ella exageraba, levantó la jofaina sin cuidado: la enorme araña peluda corrió directamente hacia él que tuvo poca defensa con el instrumento que había escogido. Los siguientes minutos fueron un caos de gritos y saltos por parte de ella que le indicaba a pleno pulmón la dirección que cogía el asustado animal. En el tercer intento de golpe, le dio de lleno, y casi la partió en dos. Blanca cerró los ojos. Las patas de la araña seguían moviéndose de forma frenética, y Roderick consiguió cogerla con el badil y lanzarla a la chimenea, aunque sólo quedaban brasas. El olor a pelo quemado impregnó la estancia.

—¿Satisfecha? —preguntó girándose hacia ella.

Blanca hizo un gesto negativo con la cabeza.

—No pienso dormir aquí —susurró con ojos brillantes.

—Ya no hay más arañas —trató de consolarla él.

—Tú mismo has dicho que todo lo que puede matarme se encuentra en esta isla —le recordó muy seria.

—Estaba bromeando —respondió conteniendo una sonrisa—. Me refería a otra isla.

A ella le daba exactamente igual. En Inglaterra había visto algunas arañas de jardín bastante generosas, pero nunca, nunca había visto una de semejante tamaño.

—Descansa —le dijo él al mismo tiempo que dejaba junto a la chimenea el badil.

Blanca lo miró estupefacta. ¿De verdad creía que podría pegar ojo con tantos peligros a su alrededor?

—No me dejes sola.

Su voz sonó como aquella vez en la cala cuando sintió miedo tras enterrar al chico. Roderick no era de piedra, y en verdad la araña era la más grande que había visto nunca.

—Cerraré las ventanas.

Ella siguió mirándolo con ojos de cervatilla asustada.

—Eso no me tranquiliza —respondió queda—. Si te quedas a mi lado, sé que nada malo me sucederá, como en la isla cuando me protegías, de verdad que lo necesito.

Roderick sabía que ella estaba asustada de verdad.

—Está bien —aceptó—. Me quedaré, pero sólo hasta que te duermas.

A ella le pareció suficiente. Una vez dormida, ya no le importaría que todos los animales del trópico se pasearan bajo su lecho.

—Gracias —aceptó humildemente.

Roderick sabía que no era una buena idea. Habían pasado demasiadas cosas íntimas entre ellos como para soportar una noche compartiendo calor, latidos, y aliento. Pero se dijo que era un caballero, que podría controlar sus impulsos, aunque ardiera en deseos de besarla, de acariciarla. Cuando se acostó tras su espalda, fue cuando aceptó que todas sus reticencias estaban más que justificadas. Ella olía a jabón fresco, a brisa marina, a sol de atardecer, y como si la distancia que él mantenía con respecto al cuerpo de ella fuera un impedimento para su seguridad, Blanca reptó hacia atrás hasta quedar tan pegada a él que podrían fundirse ambos cuerpos en uno sólo.

Para Roderick fueron las horas más largas de su vida, para Blanca un auténtico alivio. Cuando escuchó la suave respiración de ella, trató de levantarse, pero parecía que la muchacha tenía un sexto sentido porque con su mano atrapó su brazo y lo colocó sobre su cintura.

Soltó un suspiro largo, cerró los ojos, y se dejó vencer por el sueño.

CAPÍTULO 28

Lo despertó una caricia tan sutil que creyó que era parte de un sueño. Percibió la yema de unos dedos que le rozaban la comisura de los labios. Debía de estar en el paraíso porque se negaba a despertar. Los dedos dejaron su boca, y se deslizaron por su cuello trazando una línea recta que llegó hasta la concavidad del inicio de su garganta.

Roderick abrió los ojos, y la vio.

Blanca tenía la mirada clavada en él, y le sonreía.

—Roncas…

Ella acababa de matar el momento mágico.

—Te aseguro que eres única sacando lo peor de un hombre.

—Sólo he constatado una verdad.

—Que tenías que darme a conocer porque consideras que es lo más importante en mi vida, ¿verdad princesita?

La sonrisa de ella se curvó en una sonrisa aún más amplia.

—Me gusta cuando te enojas —le confesó de pronto—. Me gusta cuando duermes, me gustas cada hora de todos mis días…

La confesión inesperada lo descolocó por completo, también lo despertó.

—¡Blanca! —exclamó sorprendido por su confesión.

Ella volvió a acariciarle la mejilla.

—Carpe Diem, capitán Bumblebee. He decidido seguir el consejo.

Nada lo había preparado para recibir el beso apasionado que ella le dio. Lo pilló de improviso y con la guardia baja. Pero Blanca era una aprendiz de primera porque le estaba dando precisamente el mismo beso, y con la misma intensidad, que él le dio en la cubierta del Intrépido. Su cuerpo adquirió vida propia y le correspondió con ganas. La sujetó fuertemente y la atrajo hacia él que se la bebía entera. La boca de Blanca era puro néctar, suave, delicada. ¿Cómo había sobrevivido tanto tiempo a la ausencia de sus besos? Ella necesitó poner cierta distancia para recuperar el aliento, pero quiso volver a la carga unos segundos después.

—No cruces esa línea, Blanca —le advirtió—. Un hombre excitado, es un arma peligrosa en las manos de una mujer...

En la mirada de ella sólo había determinación. Habían pasado varios peligros juntos, habían pasado varias semanas aislados, habían pasado tantas cosas entre ellos que Blanca se había rendido al fin.

—Carpe Diem, capitán Bumblebee —reiteró ella—. Fue un consejo que me dieron, y ahora veo lo provechoso de ponerlo en práctica.

Roderick no sabía quién le había dado el consejo, pero su cuerpo estaba demasiado inclinado a dejarse acariciar por ella. No hacía falta que lo estimulara mucho porque ya se había despertado así: completamente excitado, y se moría por... Blanca se quitó el camisón claro y quedó desnuda frente a sus ojos. No veía en su mirada azul ni una pizca de duda o temor.

Como si ella le leyera el pensamiento, le explicó:

—Ya me has visto casi desnuda demasiadas veces, y por eso no siento vergüenza de que me veas ahora.

Roderick tuvo que respirar profundo porque se moría por lamer y chupar la aureola dorada de sus pechos.

—Pero no es correcto que... —ella no lo dejó terminar. Le puso un dedo en los labios para silenciarlo.

—No miremos al pasado, ni al futuro, sólo al presente, aquí y ahora.

Blanca volvió a besarlo, pero fue la última vez en tomar la iniciativa porque Roderick ya no podía pensar en comportarse como un caballero. Ella había mencionado sólo el presente, y eso había actuado como mecanismo de aceleración para dejarse vencer por el deseo, por la necesidad. Roderick tomó el control, y desplegó su potencial en las artes amatorias. La fue recostando sin dejar de besarla, y de acariciarla. Su piel era pura seda. El sabor de sus labios, exquisita ambrosía. Fue paciente, tierno, apasionado y exigente cuando el momento íntimo lo requirió, y no le permitió a ella un respiro a lo que le hacía sentir y experimentar sexualmente. La llenó de besos, de caricias, no dejó un centímetro de piel sin memorizar. Con sus expertas caricias la fue elevando a un plano superior en el que le prometía el paraíso. Ella se moría por entrar en ese lugar desconocido, y, cuando la colocó bajó su cuerpo de forma precisa y meticulosa, Blanca se abrió como una flor en primavera. Roderick ya no pudo pensar, sólo sentir, y de una embestida se enterró en el glorioso nirvana que representaba para él el cuerpo femenino.

«¡Dios, esto es la gloria!», se dijo Roderick al mismo tiempo que comenzaba un suave balanceo que a ella le recordó el movimiento del mar.

«De modo que esta es la dulce invasión que todas esperamos», se dijo cuando el momento doloroso dejó de tener importancia ante lo que él le hacía sentir. Blanca se dejó guiar, y, en ese camino de placer que recorría junto a Roderick, todo quedó atrás: sus temores, sus titubeos. Sólo existía la necesidad de alcanzar ese lugar que le mostraba con cada embate.

Hasta que ella no estalló de dicha, Roderick no se permitió un respiro. Siguió proporcionándole placer incluso cuando el clímax femenino ya había pasado.

—Si muriese ahora, te juro que no me importaría —le susurró al oído antes de volver a besarla posesivo.

Un segundo después, el cuerpo de Roderick se tensó, y ella lo escuchó lanzar un ronco gemido de satisfacción, otro segundo después, un cálido fluido la inundó en lo más íntimo de su ser.

Los dos volvieron a dormirse, saciados, y satisfechos.

***

Tras la entrega de Blanca, la vida cambió para los dos. Atrás había quedado todo lo que no fuera ellos y su mundo, y por la necesidad que sentían el uno del otro, en los días siguientes no salieron de la vivienda. Se alimentaron mutuamente, se bañaron juntos, se entregaron de mil formas distintas. Blanca participaba en cada juego amoroso que Roderick proponía, y él no podía sentirse más ufano y libre. Ella se veía más viva y feliz que nunca.

Cuando le propuso que se marchara con él a América, Blanca lo miró solemne. Con ojos brillantes y los labios entreabiertos. Roderick la vio lamerse el labio inferior en una lenta pasada. Sabía que analizaba cada palabra suya, que valoraba los pros y contras. Los dos estaban desnudos en el lecho que habían compartido desde la llegada de ambos a la casa.

—Lo haré —admitió tras unos instantes de silencio que a él se le antojaron siglos—. Pero antes debo hablar con mi familia.

A Roderick le cambió el semblante y se le enfrió el ánimo. Si ella regresaba a Inglaterra, jamás se marcharía con él.

—Ahora es el mejor momento —respondió sin dejar de mirarla.

A ella le costó un mundo responder.

—No puedes hablar en serio.

Sí que lo hacía, se dijo Roderick.

—Podemos empezar juntos una nueva vida en un lugar maravilloso. Donde seremos únicamente tú y yo, nadie más. Sin reglas, sin normas...

Blanca creyó entender otra cosa muy distinta en las palabras pronunciadas por él. El capitán americano era todo lo contrario a ella. No le importaba la familia, viajaba libre sin ataduras, pero ella no estaba cortada por el mismo patrón. Pertenecían a clases sociales distintas, tenían metas diferentes, pero Blanca se había enamorado de él, y no concebía su vida y su futuro lejos de sus brazos.

—Mi familia te aceptará —le susurró con ánimo—. Hablaré con ellos, les explicaré todo lo que nos ha pasado, y se alegraran de que regrese sana y feliz gracias a ti.

Roderick se dio de golpe con la realidad. Él no pensaba regresar a Inglaterra.

—Hablas de un sueño que no se cumplirá —le dijo de pronto—. Si no vienes conmigo ahora, me perderás para siempre.

Era el chantaje más burdo de todos, pero Roderick no quería volver a Inglaterra, enfrentar a su padre, al padre de ella. Ahora era consciente de lo que había hecho. Se había esfumado la neblina espesa de deseo que lo había envuelto, y despertaba a la cruda realidad.

—Mi padre me quiere, mi abuelo me quiere, y me consta que desearán mi felicidad por encima de todo —insistió ella con voz dulce y mirada suave.

Roderick sintió un ramalazo de lástima y culpa. La dulce Blanca, tan correcta, tan ecuánime y prudente, lo había tirado todo por la borda por él. Le había entregado su corazón, había comprometido su buen nombre y el de su familia. Él tenía mucho de qué avergonzarse, pero tenía que convencerla de que huyera con él. Se dijo para consolarse, que habían pasado meses desde el naufragio de ambos, seguramente la daban por muerta, y, en su egoísmo, se convenció de que así podría tenerla sólo para sí mismo, lejos de normas estrictas, de protocolos innecesarios y que tanto detestaba él porque en el pasado lo habían hecho inmensamente desgraciado.

—Me iré contigo, lo prometo, pero antes le explicaré a mi familia todo lo que significas para mí.

Había llegado el momento perfecto para revelarle quién era realmente, pero la cobardía le pudo. Cuando Blanca supiera la verdad, se alejaría de él creyéndose traicionada, y no le faltaría razón. Hacerle el amor nunca había estado en sus planes a pesar de que la deseaba con todas sus fuerzas. Blanca se le había metido en la sangre, pero su deber era protegerla incluso de sí mismo, pero había fracasado estrepitosamente. Sus acciones resultaban imperdonables.

Blanca lo vio tan serio, que se descorazonó.

—Debes saber que me siento muy feliz de tenerte conmigo, de lo que siento por ti —le confesó con sinceridad—. Me iré a tu mundo si tú no puedes estar en el mío, pero permíteme que se lo explique a las personas que amo.

Que ella estuviera dispuesta a renunciar a todo por él, le dejó claro cuánto le importaba. Y Roderick se rindió a lo inevitable y tomó una decisión irrevocable: enfrentaría a la familia de ella que también era la suya. Por ella iría hasta el infierno donde lo esperaba el mismo diablo: el duque de Arun, su padre.

—Prométeme —le pidió ella—, que hasta que pongamos un pie en Inglaterra, disfrutaremos al máximo de la oportunidad que tenemos de estar juntos.

—Lo prometo —concedió él.

La vio sonreír con tal alivio, que sintió una sacudida en el pecho.

—Gracias —respondió queda.

—¿Te apetece visitar el mercado? —dijo Roderick de pronto al mismo tiempo que se levantaba del lecho—. Podremos comprar pescado fresco y algo de hortalizas.

—Contigo iría hasta el cadalso –contestó feliz.

Y ninguno de los dos podía imaginar lo cerca que estaba de cumplirse esa afirmación.

CAPÍTULO 29

John estaba destrozado, en la vivienda no había nadie, y sintió que la duda le mordía el corazón. ¿Y si Jeffrey estaba equivocado? Miró alrededor suyo, pero no había más viviendas, esa casa era la única en esa zona deshabitada.

—Regresemos al puerto —le dijo Jeffrey que estaba muy preocupado por el decaimiento del marqués—. Aunque la casa no parece abandonada.

John se dijo que era la mejor opción. Quería hablar personalmente con los hombres que les habían facilitado la información.

—Dejaremos apostado a un hombre aquí por si regresan —sugirió pensativo.

Habían sido tantas sus expectativas, que ahora no conseguía dominar la decepción. Vio que Jeffrey hablaba con uno de los hombres, e inmediatamente se bajó del carruaje, comprobó que también le daba un arma.

John volvió a introducirse en el interior del carruaje, pero con menos brío. Estaba claro que la angustia y la desesperación le estaban causando mella en la salud y en ánimo.

—Hoy hay mercado cerca del puerto —le explicó Jeffrey—. Confío que no será difícil hablar con los hombres.

—Eso espero yo también.

—Deberías esperar en el Divino.

John no estaba de acuerdo. Quería interrogar a los dos hombres que vigilaban los movimientos de los barcos que llegaban a puerto, y no lo haría desde la cubierta del balandro que había alquilado para buscar a su nieta.

—No perdamos más tiempo…

***

Lope moreno había localizado al fin a la escurridiza heredera. Caminaba agarrada a un individuo que parecía americano, entre ambos se percibía íntima complicidad, y lamentó ese inesperado inconveniente porque estaba claro que el hombre no era un pusilánime. Por su condición física sabía que había vivido más de una pelea, y seguramente había salido victorioso de ellas. Le hizo un gesto a uno de sus hombres para que se acercara lo suficiente para escuchar lo que se decían, mientras preparaba su arma y la aseguraba a la cintura.

No tenía un blanco fijo, pero no pensaba fallar en su misión. Después de semanas y meses de búsqueda, al fin tenia a la mujer a tiro, y no podía esperar un momento más apropiado porque estaba convencido de que no lo tendría. Se fijó en una pila de toneles que descargaban de un barco, e intuyó que contendría pólvora. Con una explosión, tendría a tiro a la heredera.

—Acércate a esos toneles, y prende fuego a uno de ellos —le dijo al secuaz que lo acompañaba y que le servía de guardaespaldas—. Después a aquellos de allí, la explosión me dará la ventaja que necesito.

—Se armará una buena —contestó el hombre de dientes negros.

Eso era lo que esperaba Lope. Con el revuelo y la explosión, él podría apuntar y disparar. Nadie se daría cuenta de lo que sucedía hasta que fuera demasiado tarde.

***

Blanca mordía una fruta jugosa, y se la ofreció a Bumblebee para que le diera un bocado. Habían comprado verduras frescas y frutas variadas que él llevaba en una saca colgada a la espalda. La mano del capitán rodeaba la cintura de ella en un gesto íntimo muy revelador. A ella se le cayó una gota de jugo en la barbilla que él le limpió con la mano que llevaba libre. Al ver los ojos brillantes de ella, sus labios entreabiertos, no pudo resistir el impulso, se inclinó hacia ella y la beso profundamente. Su boca sabía dulce: puro maná divino, y la llama del deseo prendió de nuevo en él que lanzó un gemido que parecía doloroso.

—¡Roderick Clayton Penword! —se escuchó una voz que exclamaba entre el gentío—. ¿Qué diantres significa esto?

Blanca reconoció la voz. Se giró hacia el hombre todavía agarrada por el brazo de él.

—¡Abuelo! —la sorpresa la había dejado noqueada.

¿Qué hacía el marqués de Whitam en un lugar tan lejano?

—¡Abuelo, qué sorpresa verlo en George Town!

La respuesta de Roderick fue penetrando lentamente en la mente de ella. ¿Había dicho abuelo? ¿John Beresford lo había llamado Roderick Clayton Penword? Sintió que las piernas le fallaban, menos mal que él la tenía sujeta por la cintura. Le falló la voz, se le heló la sangre en las venas.

—¡Dios mío! —fue lo único que pudo decir—. ¡Dios mío! —reiteró cuando la vergüenza superó a la sorpresa.

De repente, una explosión lo llenó todo de espeso humo gris y de gritos. Los tres miraron hacia el lugar al unísono. Mientras Blanca miraba los cuerpos ensangrentados sobre las piedras grises, abuelo y nieto vieron al hombre que apuntaba directamente hacia ellos y que amagaba con disparar. John entendió muy bien lo que iba a suceder, y respondió rápido a pesar de su edad. Tras una segunda detonación menos fuerte que la primera, el marqués logró desplazar a su nieta con el brazo, se adelanto medio paso, y la tapó parcialmente justo en el momento que el asesino disparaba, y fue John quién recibió en su lugar la bala que iba dirigida a Blanca.

Roderick no se quedó a mirar lo que sucedía. Tras el disparo la miró subrepticiamente y comprobó que el hombre había errado el tiro. Soltó la saca y salió corriendo tras él. Blanca lo perdió de vista tras el humo de la explosión. De repente, John se apoyó en ella, y cayó al suelo de rodillas. Cuando Blanca miró a su abuelo y vio la sangre en su pecho, el mundo se le vino encima.

—¡Abuelo, estás herido! —exclamó llena de espanto.

Tanto John como Blanca se habían quedado solos porque Roderick y Jeffrey decidieron cazar al asesino.

—¡Ayuda, ayuda! —gritó Blanca mientras sujetaba a su abuelo lo mejor que podía—. ¡Oh, Dios mío! ¡No!

Dos hombres corrieron hacia ellos al escuchar los gritos femeninos.

—Hay muchos heridos —dijo uno que parecía un soldado—, y este anciano parece estar muerto.

Blanca comenzó a rezar invadida por el miedo.

—¡Le ha alcanzado la explosión! —gritó como una loca—. ¡Mi abuelo necesita ayuda!

Ella no había visto al hombre que pretendía matarla, y por eso había supuesto erróneamente que la herida de su abuelo tenía que ver con la explosión ocurrida en el puerto.

—Presioné la herida, buscaré un carruaje —le dijo el soldado cuando se percató de que el hombre respiraba.

Todo era caos y dolor en ese lugar abarrotado de gente, pero Blanca mantuvo la compostura presionando con un pañuelo la herida de su abuelo en los minutos más largos de su vida.

Jeffrey regresó primero.

—No he logrado darle alcance —le explicó al marqués al mismo tiempo que miraba su torso ensangrentado.

La bala no le había alcanzado el corazón, pero el marino temía por su vida, sobre todo cuando vio que el marqués se sumía en la inconsciencia.

—¡Hay que llevarlo a un hospital! —exclamó Blanca controlando la ansiedad y la angustia al verlo desfallecido—. ¡Oh, Dios mío! ¡Ayuda!

—En el Divino hay doctor, lo llevaremos allí.

—¡Hay que llevarlo a un hospital! —repitió la muchacha firme.

Jeffrey Hamilton miró a la joven que tenía las mejillas empapadas en llanto, y sin embargo su mirada era cristalina.

—Hay demasiados heridos por las dos explosiones, en el hospital recibirá poca ayuda —le dijo para convencerla—. Ayúdame, mujer, el Divino está atracado muy cerca de aquí.

Entre los dos hicieron un esfuerzo considerable hasta que Jeffrey logró sujetar el cuerpo de John sobre sus hombros.

—Sigue presionando la herida —le ordenó.

A ella le costó un esfuerzo considerable porque el hombre caminaba muy rápido. Cuando llegaron sin aliento a la pasarela del barco, lo escuchó gritar a pleno pulmón. Tres hombres bajaron rápido por la planchada. Lo cargaron casi sin esfuerzo, y ella se encontró siguiéndolos con premura. Colocaron al marqués en la sala de oficiales. Habían limpiado previamente la mesa para dejarla libre. Un hombre bajito y enjuto traía presuroso un maletín. Ella lo vio inspeccionar la herida de forma minuciosa, después lo vio soltar un suspiro de alivio.

—Sobrevivirá —afirmó de pronto.

—¿Está seguro! —preguntó ella.

Jeffrey tragó con fuerza.

—No me preocupa tanto la herida recibida como su corazón.

—¿Su corazón? —parecía que Blanca no entendía nada, pero sí lo comprendía. Su abuelo había sufrido dos infartos en el pasado que lo habían dejado muy débil en el presente. Pero los había encontrado en George Town. ¿Cómo sabía dónde buscarla? Se preguntó, aunque se alegró de veras de que lo hiciera.

—¡Idos de aquí los dos! —bramó el doctor antes de ponerse manos a la obra con dos ayudantes de su absoluta confianza.

Jeffrey la sujetó por los hombros, la sacó fuera, y los dos se quedaron plantados en cubierta sin decirse nada. Y pasó una hora, otra, y otra más, y durante todo ese tiempo, Blanca creyó morir de la pena, de la angustia. No pensó ni una sola vez en el capitán Bamblebee, ya tendría tiempo de hacerlo, en ese momento sólo pensaba en su abuelo, en su pecho ensangrentado, en la explosión del puerto, en la decena de heridos, también, en ese capitán inglés dueño del Divino que la miraba en silencio sin pronunciar una palabra.

La mañana dejó paso a la tarde, y ninguno de los dos había variado ni un ápice la postura de espera. Cuando el reloj ya marcaba las seis, el doctor salió con la ropa ensangrentada.

—Está fuera de peligro, pero le he dado un buen trago de láudano para mantenerlo sedado y mitigar el dolor que sentirá en unas horas.

Blanca no fue consciente de que las piernas le flaquearon. Se dejó caer sobre la cubierta, y se tapó el rostro con las manos, pero contrariamente a lo que imaginaban los hombres que la miraban, ella se cubrió el rostro de puro alivio, y no para ceder al llanto.

—¿Es la nieta? —le preguntó el doctor al capitán que le hizo un gesto afirmativo casi imperceptible—. Le prepararé un tónico para que no se desmaye. Apenas tiene color en el rostro.

Y el doctor ya no dijo nada más.

—Acompáñeme, lady Beresford —le dijo el capitán—. Su camarote está preparado. Su abuelo tuvo el acierto de traerle parte de su vestuario.

Blanca separó las manos del rostro, y Jeffrey se extrañó de que no hubiera llorado. Toda ella era firmeza y determinación. ¿De qué material estaba hecha esa muchacha?

—Quiero ver a mi abuelo —susurró con voz entrecortada.

Ahora que sabía que estaba fuera de peligro, tenía que verlo, besarlo. Había temido tanto por su vida. Jeffrey aceptó y la acompañó al camarote del marqués. Los hombres lo habían trasladado tras la intervención. El capitán la precedió, y le sujetó la puerta para facilitarle el acceso. Ella lo hizo con pasos cortos.

—Me quedaré con él hasta que despierte —le hizo saber, y en un tono que no admitía discusión.

—Puede tardar horas en hacerlo —contestó el capitán—. Dependerá de la dosis de láudano que le haya suministrado el doctor.

Eso le traía sin cuidado. Su abuelo estaba herido, y nada más importaba para ella, ni siquiera el capitán Bumblebee.

—Cierre la puerta al salir —le ordenó, pero con voz tan suave como el terciopelo—. Y por favor, no deje entrar a nadie... —calló un momento para tomar aire—. He dicho a nadie —reiteró con rostro severo—. O lo haré responsable de lo que suceda.

El otro entendió muy bien que ese *nadie* se refería al otro nieto.

CAPÍTULO 30

Roderick había dado alcance al asesino, pero había tenido que correr como nunca. Cuando logró acarrarlo en uno de los callejones más oscuros y sucios, dos esbirros se le echaron encima. No se había dado cuenta de que huían tres porque él sólo perseguía a uno. Se había enzarzado con ellos en una pelea desigual, pero había salido victorioso, aunque con más golpes de los que había recibido en su vida. Le había costado un tiempo comprender que ese disparo iba dirigido a Blanca, y ser consciente de ello alimentó su ira y su desesperación. Menos mal que el desgraciado había errado el tiro, y por eso salió corriendo en su captura. Ahora, con el labio partido, un ojo hinchado, y los puños ensangrentados por la tremenda pela, podía entregarlo a la policía. Tuvo que hacer una declaración larga porque todos ignoraban quién era el individuo bien vestido que se actuaba como si fuera militar, el hombre se había mantenido en silencio durante el interrogatorio, también declararon un montón de testigos que habían sido víctimas colaterales de la explosión. Sin pretenderlo, el tiempo se le echó encima. Cuando lo supo preso entre rejas, regresó al puerto, pero Blanca no estaba y su abuelo tampoco. Se volvió loco por un momento, pero se tranquilizó al creer que ella lo habría llevado a la casa que había alquilado.

—¿Es usted lord Penword? —gritó una voz.

Se giró hacia el marinero.

—Soy yo —respondió casi sin voz.

—Llevo todo el día esperándolo —le informó malhumorado—. Su abuelo se encuentra en el Divino. Sígame.

Así lo hizo. Con paso rápido siguió al hombre que lo dirigió hacia la parte más alejada del puerto. Cuando vio el balandro, entrecerró los ojos porque lo había visto cuando el Intrépido se preparaba para fondear en el puerto. Mientras subía la planchada de madera, el hombre pasó a informarle.

—El doctor le ha extraído la bala, y la vida de su abuelo ya no corre peligro.

Roderick se detuvo en mitad de la planchada completamente aturdido. En su loca carrera no había mirado hacia atrás, ni se había percatado que el disparo había impactado en su abuelo porque el hombre apuntaba directamente hacia Blanca. Sintió tal sacudida al saberlo, que casi sufrió un vahído.

—¿Dónde está Blanca? —preguntó retomando de nuevo el paso, aunque intuyó la respuesta.

—Lady Beresford no se ha separado de su lado en todo este tiempo.

Cuando Roderick quiso ver a su abuelo y a Blanca, Jeffrey se plantó en la puerta y se lo impidió, le dijo simplemente que ella estaba con él, y que no quería que los molestaran. La discusión que se suscitó entre ambos capitanes fue monumental, y Jeffrey tuvo que ordenar a varios de sus hombres que lo redujeran. De pronto, Roderick se encontró tras los barrotes que protegían la pólvora, y en la misma situación que una vez había estado Blanca en el Caronte. Y allí pasó la noche más larga de su vida. Encerrado y preguntándose el motivo para que ella le impidiera ver al abuelo de ambos. El capitán del Divino le había dado todos los detalles, también el doctor que lo había curado, pero seguiría encerrado hasta que ella accediera. Roderick se dijo que cuando la viera la iba a estrangular con sus propias manos. El enfado le servía de excusa para no pensar en el descalabro que se le venía encima porque ella ya sabía quién era él.

Roderick había visto las intenciones del asesino mientras apuntaba a Blanca, y cuando se cercioró de que había errado el tiro, salió como una tromba para capturarlo. No había visto que la bala había impactado en su abuelo, no se esperó a comprobarlo, simplemente lo había cegado una rabia incontenible. Y los había dejado solos, sin su ayuda, y por eso no podía sentirse peor, bueno, sí, cuando ella lo miró durante ese breve instante en el que descubrió quién era él.

Roderick no quería pensar en todo lo que iba a perder por haber omitido la verdad. Y se preguntó qué hacía su abuelo en George Town, quién era el hombre que había amenazado a Blanca. Tenía tantas preguntas de las que no obtenía respuesta, que se sintió hasta agobiado.

Bien temprano en la mañana, escuchó pasos que se acercaban, y creyó que Blanca se acercaba al pañol de pólvora donde se encontraba encerrado. Se reincorporó del suelo donde se había tumbado cuando el ir y venir de sus propios pasos por la pequeña estancia lo dejó agotado. Se acercó a los barrotes y miró con atención, pero sus oídos lo habían engañado. La persona que estaba frente a él no era Blanca Beresford, sino el capitán del Divino.

—Confío que haya podido descansar.

Roderick sintió el impulso de maldecir. Las tablas de suelo eran lo menos confortables de un barco, aunque él había recostado sus huesos en lugares mucho peores.

—¿Cómo está mi abuelo? —preguntó hosco.

Tras el capitán había un marinero que traía una bandeja en las manos. A una orden de Jeffrey, el hombre acercó la bandeja a los barrotes y se quedó esperando.

—Su desayuno —dijo el capitán. Roderick chasqueó la lengua pues estaba claro que en la bandeja había comida—.

Lord Beresford se encuentra estable y fuera de peligro —le informó el capitán mientras abría la puerta de barrotes que lo mantenían encerrado—. La bala impactó en el hombro.

—¿Dónde está Blanca?

Jeffrey tomó aire y lo miró con atención al mismo tiempo que habría la puerta y la mantenía así para que él saliera.

—Lady Beresford se encuentra en su camarote —contestó informándole—. Hizo usted un excelente trabajo atrapando al asesino —le dijo admirado—. En el momento que su abuelo se recupere lo suficiente, lo reclamará a la justicia de George Town.

—¿Mi abuelo conoce a ese hombre?

El desayuno había quedado olvidado sobre uno de los barriles de pólvora. Jeffrey miró la bandeja, después al nieto del marqués.

—Como su abuelo no esperaba encontrarlo en George Town, no ha dispuesto un camarote para usted, pero ya lo hemos solventado —le reveló con voz seria—. Ocupará la estancia del alférez Smith.

—Quiero ver a mi abuelo —ordenó con voz firme—. Me resulta infamante que se me haya encerrado como a un delincuente —lo acusó.

—Tenía que elegir entre enfrentarme a su enfado o la ira de lady Beresford, y créame, ella me provoca más temor.

Como broma no tenía gracia se dijo Roderick.

—Veré a mi abuelo antes de resolver un asunto con la policía sobre el asesino —le dijo Roderick al capitán—. Después recogeré algunas pertenencias en la casa que he rentado, y regresaré al barco.

Jeffrey hizo un gesto afirmativo, y le indicó con la mano que lo siguiera, la bandeja quedó olvidada en el pañol de pólvora. El balandro era un barco más pequeño que el

Intrépido, pero estaba bien avituallado tanto de hombres como de enseres. Muchos de los marinos debían de ser soldados recientemente retirados, lo sabía por la forma en la que se movían y actuaban la mayoría de ellos, Roderick se preguntó si habría algún marino en esa nave que no hubiera pertenecido al ejército. Cuando llegaron al camarote privado del marqués, titubeó un instante. Su abuelo estaba parcialmente sentado sobre el lecho, y tenía el brazo izquierdo sujeto en un cabestrillo de madera.

—¡Roderick! —exclamó el noble—. ¡Creí que mis ojos me engañaban cuando te vi en el puerto!

—Abuelo —contestó posicionándose a los pies y mirando con atención el hombro vendado—. No me percaté de que lo hirieron —confesó agobiado por la culpa.

—Gracias a que no te percataste pudiste atrapar al asesino —contestó el marqués aliviado de verlo indemne—. Ya lo he reclamado a las autoridades de George Town.

Esa declaración sí sorprendió al nieto.

—No creo que se lo entreguen —dijo de pronto—. Causó varias muertes en el puerto como consecuencia de las explosiones, como mínimo será ahorcado aquí en George Town.

John no lo creía probable. El gobernador iba a mantener una reunión con él en el Divino, y tendría esa conversación necesaria para que le entregara al individuo. El marqués tenía la intención de que lo juzgaran y condenaran en Inglaterra.

—¿Por qué querría matar a Blanca? —preguntó en voz alta—. Ella no tiene enemigos.

«Pero su tío el duque de Alcázar sí», se dijo el marqués, pero como no quería hablar sobre ello con su nieto, cambió de conversación.

—Tienes mucho que explicarme —lo animó con la mirada tan fría como el hielo.

Roderick sintió una sacudida en el vientre.

—Cuando se recupere lo suficiente —contestó evasivo.

John miró a Jeffrey y le hizo un gesto con la cabeza. El otro asintió y se marchó del camarote dejándolos a solas.

—Blanca no ha querido decirme nada —le contó el hombre—. Y mira que he insistido lo mío.

La prudencia era una cualidad que él había admirado en su nieta hasta ese momento. Su silencio se lo había tomado como una afrenta. John veía a su nieto nervioso, casi angustiado.

El hombre tardó un tiempo, pero al fin comenzó a desgranarle la historia vivida desde que rescató a Blanca frente a las costas de Portugal. Le narró el ataque y naufragio del Caronte por causa de Da Silva, y el rescate del capitán Wasp que era un gran amigo suyo. Continuó con la llegada de ambos a George Town, sus pesquisas para encontrar un pasaje hacia Santo Domingo de Guzmán, y la explosión en el puerto.

A medida que escuchaba, John no daba crédito. ¿A todos esos peligros habían estado expuestos sus dos nietos?

—¿Quién es el capitán Wasp? —sentía verdadero interés por el americano en cuestión.

Roderick le contó lo preciso y necesario sobre Alexander, pero sin comprometer la identidad secreta de su amigo.

—¿Por qué me pareció que Blanca se sorprendía cuando te llamé por tu nombre?

A Roderick le extrañó que no le preguntara el motivo para besarla de esa forma apasionada en un lugar público. John lo vio carraspear, aclararse la voz, y rehuirle la mirada.

—Porque desconocía quién era realmente hasta que usted reveló mi identidad.

La mirada del nieto era de auténtico bochorno.

—¿Cómo ha sido posible algo así? —le preguntó el abuelo visiblemente alterado—. ¿Qué motivos podías tener para ocultarle quién eras y el parentesco que os une?

Roderick se dijo que no tenía un motivo real salvo la cobardía. Cuando quiso enmendar su error, fue demasiado tarde.

—Ninguno, salvo el temor a las consecuencias.

John analizó la respuesta de su nieto. Esas palabras sólo podían significar una cosa, y necesitaba escuchárselo decir.

—El beso que le diste en el puerto... —John le permitió un tiempo antes de obligarlo a darle una respuesta—. Sólo un hombre besa de esa forma tan íntima y apasionada cuando se siente dueño de lo que besa.

Roderick tragó con fuerza.

—Fue una consecuencia natural —confesó de pronto—. Pasamos demasiado tiempo en circunstancias adversas, y con la única compañía el uno del otro.

John respiró profundamente.

—No es esa la respuesta que estoy esperando —lo cortó el marqués, pero había cambiado el tono—. Aunque debo admitir que me siento sorprendido por todo esto. También furioso.

Roderick desvió la mirada hacia la ventana del camarote.

—Si la confesión que espera de mi parte es si Blanca y yo hemos mantenido relaciones íntimas como creo que se imagina, debo anunciarle que está en lo cierto —a John le costó un tiempo procesar la admisión del nieto.

Y entonces Roderick le fue contando la convivencia entre ambos en la pequeña cala hasta que fueron rescatados.

Le explicó el posible escarnio público al que sería sometida cuando regresara, y la reacción por su parte al querer ayudarla y no saber cómo hacerlo. Después añadió que Blanca le había confesado que lo amaba, y que se lo demostró de todas las formas posibles. No se dejó nada, se sinceró con su abuelo de una forma que llegó a conmoverlo profundamente. Pero John se percató de que su nieto no había admitido si la quería o solamente las circunstancias adversas lo había obligado a aceptar el cariño que ella parecía sentir por él.

—Su padre querrá matarte —le dijo de pronto.
—Lo sé.
—Tu padre querrá matarte —insistió el abuelo.
Roderick hizo un chasquido con la lengua.
—Lo espero.
—Ahora ignoro lo que sentirá ella, pero te aseguro que no será nada bueno para ti —sentenció—. ¿Qué piensas hacer? —lo instigó el abuelo.

Allí, plantado frente al marqués de Whitam, sólo cabía una respuesta.

—¿Está esperando lo que creo que está esperando? —la pregunta le había salido estrangulada.
—¿Qué piensas hacer al respecto? —insistió el abuelo.
Roderick tomó aire antes de abrir la boca.
—Lo correcto —respondió solemne.

En la mirada del abuelo encontró auténtico alivio, y en la suya, como si se hubiera echado la soga al cuello voluntariamente porque no era lo mismo decidir hacer lo correcto que verse obligado a hacer lo correcto.

—Cuando hable con el gobernador, cuando el asesino esté preso en el Divino, hablaré con Jeffrey para que oficie vuestra boda.

Roderick parpadeó porque para nada esperaba ese apresuramiento.

—¿Nuestra boda? —preguntó sorprendido—. ¿Aquí en el Divino?

El abuelo lo miró a su vez estupefacto. ¿Creía su nieto que podría irse de rositas? Pero John estaba equivocado. Roderick quería hacer lo correcto, pero en Inglaterra.

—¿Esperabas otra solución diferente a la de *hacer lo correcto*?

El nieto parpadeó levemente.

—Una situación diferente no, pero variable sí porque pensaba huir con ella a Estados Unidos donde tengo una hermosa propiedad esperándome.

Roderick había expresado un pensamiento en voz alta, y John se tragó un improperio al conocer las verdaderas intenciones de su nieto.

—Eres el heredero de Arun —le recordó—. Quiero creer que sigues siendo un hombre de honor, y te recuerdo que Blanca es una dama con una reputación que proteger, no existe otro modo correcto de actuar.

Roderick apretó los labios con enfado.

—Renuncié al ducado hace años —le trajo a colación—. Y no deseo regresar a Inglaterra.

No lo deseaba, pero lo haría.

—Ya no importa lo que tú desees, hijo, se trata de hacer lo correcto —insistió el marqués.

—Cumpliré con mi obligación, abuelo, pero deseo hacerlo a mi manera —afirmó sin un parpadeo.

John se reincorporó todo lo que le permitía su herida. Tensó los hombros y endureció la mirada. ¿El tunante descarado de su nieto pensaba desobedecerlo?

—Roderick Clayton Penword, cumplirás con tu obligación de la forma correcta, aunque tenga que apuntarte con un arma…

CAPÍTULO 31

Habían pasado tres días, y Blanca no había salido de su camarote. Tampoco había visto a su abuelo ni había querido hablar con *él,* pues lo consideraba el causante de su desvelo. No existía una mujer en toda la cristiandad más mortificada que ella. Había confiado en él, lo había querido de verdad, pero la había engañado, le había mentido, y lo que ella consideraba más execrable, la había usado.

El dolor que sentía Blanca era inmenso. La vergüenza la ahogaba. No se veía capaz de sostenerle la mirada a su abuelo, sobre todo por la pregunta inquisidora que le hizo nada más despertar de su inconsciencia, qué significaba para ella el apasionado beso que le había dado su primo Roderick. *¡Su primo!,* y se lo había ocultado. ¿Por qué razón? ¿Qué perseguía? Ella no lo había reconocido porque no lo había visto en doce años, y Roderick había cambiado mucho. Cuando lord Penword llamó a la puerta de su camarote, ella la mantuvo cerrada con llave por propia obstinación, y lo echó con dos palabras: vete, filibustero. Había pedido al capitán Jeffrey Hamilton que un grumete le llevara al camarote las diferentes comidas diarias porque no se sentía con ánimo de ver a nadie en el comedor de oficiales, ni quería que la molestaran, sabía que su abuelo se recuperaba rápido porque obtenía el parte del propio capitán del Divino. Afortunadamente, cada vez que abría la puerta para tomar la bandeja que le traían, él no intentaba entrar por la fuerza. Seguía esperando fuera a que ella diera el primer paso.

Blanca no estaba preparada para verlo ni enfrentarlo.

Le había pedido tiempo a su abuelo para analizar su situación, para ordenar sus pensamientos y poder tomar decisiones de la forma más ecuánime posible, pero por primera vez en su vida, no se sentía capaz de razonar nada. En esos momentos odiaba a Roderick con la misma intensidad con que lo había amado, y se veía muy capaz de meterle una bala de plomo entre ceja y ceja.

No, ella no era así, ni se permitiría alimentarse del veneno del rencor o la venganza. Había cometido un error, e iba a pagar el precio por ello. Sin embargo, nadie iba a lograr que diera un tropiezo más en el camino que había escogido seguir.

Blanca ignoraba que durante todo el tiempo que duraron sus elucubraciones, el gobernador de George Town había visitado el barco, también, que el hombre que en ese momento estaba prisionero en las entrañas del Divino, y fuertemente custodiado, era un oficial español que pretendía matarla. Sus dos secuaces serían juzgados en la ciudad, pero el marqués había logrado lo impensable: llevárselo detenido a Inglaterra para que fuera juzgado allí. John sabía que si tiraba del hilo, llegaría al corazón de la madeja, porque Lope Moreno de Camacho había mantenido un silencio oneroso sobre sus intenciones al tratar de asesinarla.

Ella todavía desconocía que era el blanco de la bala, salvo que su abuelo se había interpuesto en su trayectoria. Tampoco nadie le había informado de la verdadera naturaleza de la herida de su abuelo, por eso Blanca seguía pensando que había resultado herido por la explosión del puerto.

—¡Abre la puerta de una vez o la tiraré abajo! —escuchó decir tras la hoja de madera.

Blanca mantuvo silencio, y no se movió del sitio.

—Sé que estás ahí, abre de una vez.

Apretó los labios para contener un insulto. Roderick Clayton Penword era el hombre más despreciable del mundo. Por momentos lo detestaba con toda su alma, sería capaz de causarle un daño atroz con sus propias uñas, y repitió la mismas dos palabras de la vez anterior.

—Vete, filibustero.

—Tengo que hablar contigo. Debo explicarte muchas cosas.

Ella siguió ignorando el ruego de él. Blanca caminó hasta la ventana del camarote y miró tras ella. La estancia que le había preparado su abuelo en el Divino daba a estribor, y por eso no veía el puerto sino el mar. Al percibir el balanceo continuado, sintió deseos de llorar, pero se contuvo. En ese preciso momento se arrepentía con toda su alma de todo lo sucedido, pero no podía cambiar las decisiones tomadas, ni los resultados obtenidos.

—Blanca, por favor.

No podía abrir la puerta porque necesitaba pensar con lógica para actuar con raciocinio, y porque todavía se sentía demasiado furiosa con él. La herida que le había causado conscientemente, supo que no cicatrizaría jamás. Una mujer podía perdonar muchas perfidias, pero que la utilizaran de forma premeditada, no.

—Déjame a mí —escuchó que decía su abuelo.

El corazón se le aceleró. ¿Estaría el marqués de Whitam lo suficientemente recuperado como para levantarse y caminar por cubierta? Blanca dirigió sus pasos hacia la puerta del camarote, pero no accionó la llave.

—Que se vaya —dijo casi en un susurro, pero segura de que la habían escuchado.

—¡No me iré de aquí hasta que hable contigo! —lo escuchó bramar.

—Te he ordenado que me dejes a mí —la voz de John no admitía réplica, y finalmente Roderick se marchó y los dejó a solas—. Ya puedes abrir.

Ella se tomó un tiempo en hacerlo porque no estaba segura de poder sostenerle la mirada a su abuelo. Finalmente le dio la vuelta a la llave, y empujó la puerta del camarote. John estaba plantado frente a ella con mirada cansada, llevaba el brazo izquierdo sujeto en un cabestrillo.

—Le veo desmejorado —se hizo a un lado para permitirle el paso.

—Me estoy recuperando bien —reveló el marqués que tomó asiento en la única silla que había en el camarote—. Partiremos mañana por la mañana.

A ella se le hizo un nudo en la garganta. Regresar a Inglaterra significaba enfrentarse a todas sus malas decisiones. Explicar los enormes errores cometidos. Comprobar en carne propia el dolor que iba a causarle a su familia.

—No pienso tolerar que hagas toda la travesía confinada en tu camarote.

Ella no estaría encerrada si *él* no estuviera a bordo.

—No lo haré si lord Penword abandona el Divino —susurró muy suave.

John tomó aire.

—Roderick me ha explicado que... —ella lo interrumpió.

—Abuelo, ahórreme la vergüenza.

—No encuentro explicación que avale su comportamiento —dijo el marqués pensativo.

—No la hay.

—Pero está dispuesto a cumplir con su deber.

Ella dejó de mirar un punto indeterminado de la estancia, y clavó los ojos en el rostro de su abuelo.

—Si lord Penword continúa en el Divino, no saldré de esta estancia.

—Blanca, no estás siendo razonable.

La mujer se giró para que su abuelo no viera que se le llenaban los ojos de lágrimas y el alma de desconsuelo.

—Podría regresar a Sevilla en un barco de línea, me informaron que zarpan desde Santo Domingo de Guzmán —le anunció al marqués.

John entrecerró los ojos.

—¿Piensas que voy a permitir que viajes de nuevo sola? ¿Te haces una idea de la angustia y la desesperación que sentimos cuando supimos que habían hundido el Black Devil?

Los ojos de Blanca, tan parecidos a los de su abuelo, se empañaron al escucharlo.

—No voy a viajar en el mismo barco que *él* —dijo por toda respuesta, aunque con voz ahogada—. ¡No puedo, abuelo!

—Sé, lo que ha sucedido entre ambos.

La vio levantar la barbilla.

—Ahórreme la vergüenza de escucharlo, por favor —le suplicó la nieta por segunda vez.

—¡Blanca! —exclamó el marqués—. Roderick está tan abochornado como tú, y está dispuesto a cumplir con su obligación. ¡Permítele reparar su falta!

De repente la vio encogerse, como si se hiciera más pequeña, y supo que su nieta debía de sufrir muchísimo porque jamás la había visto así, y le sorprendió de veras que no se deshiciera en llanto, que no mostrara enfado hacia él, ni tampoco lo acusara.

La mujer se aclaró la garganta.

—Lord Penword sólo es culpable de no revelar su nombre —le dijo con mirada brillante—, del resto, la única culpable soy yo.

Blanca de nuevo se replegaba sobre sí misma, envolviéndose en esos silencios que tanto había admirado de ella en el pasado, pero que en el presente le provocaban enojo.

—Si no deseas hablar con él de momento, lo entiendo, y lo respeto, pero habla conmigo, cuéntame para que pueda ayudaros.

«¿Ayudarnos?», se preguntó desolada. «Nadie puede ayudarme a limpiar mi vergüenza, nadie puede reparar mis acciones horribles», se flageló mentalmente.

—No voy a navegar en el mismo barco que lord Penword —insistió en el mismo tono tranquilo que tanto sorprendía al marqués—, y si me veo obligada a hacerlo, no saldré de este camarote.

La afirmación había sonado a amenaza.

—¿Piensas que voy a dejar a Roderick aquí en George Town?

Ella se mordió el labio inferior.

—El Intrépido regresará en un par de semanas —John conocía que era el barco que los había rescatado a los dos, y que su capitán era el mejor amigo de su nieto.

—¿Vas a hacer esto más difícil?

Blanca parpadeó sorprendida. ¿Lo hacia difícil? Se preguntó.

—Es inviable que estemos los dos en el mismo barco, abuelo, porque no puedo pensar y por tanto encontrar una salida digna a este lío en el que estoy metida por actuar antes de pensar —calló un momento para tomar aire—. Si me obliga a permanecer aquí, saltaré por la borda a la mínima ocasión y nadaré en sentido contrario.

—¡Blanca! —pero no fue el abuelo quién lanzó la exclamación.

Roderick estaba plantado en el hueco abierto de la puerta. Su abuelo la había dejado así, y el muy desgraciado había escuchado todo sin hacerse notar. Ella se giró de golpe, y lo miró con tanta desazón, que Roderick sintió que un escalofrío le recorría de la cabeza a los pies.

—Capitán Bumblebee —dijo ella con mirada de granito—. ¡Qué indeseable sorpresa!

Una buena defensa era siempre un buen ataque, se dijo más tiesa que la vara de una lanza, y mientras le sostenía la mirada.

—No lo dices en serio —afirmó sin un parpadeo.

—¿Lo de indeseable? —preguntó ella. Para él quedaba claro que hacía uso del sarcasmo para incomodarlo.

Los ojos dorados la observaron con atención. Ella no tenía los ojos rojos por el llanto, no había enfado en su profundidad, y entonces se preocupó de verdad. Esperaba sus acusaciones como si fueran una sentencia de muerte, pero ella mantenía un silencio gravoso que lo descolocaba porque no sabía a lo que atenerse.

—Abuelo, déjenos a solas —le pidió él.

Ella se interpuso en medio de la puerta para evitarlo.

—Cuando una dama dice no, quiere decir no —pronunció con voz ronca.

—Pero deseo hablar contigo —le explicó él.

Eso le había quedado claro.

—Lo que tú desees, capitán Bumblebee, me trae sin cuidado.

—¡Blanca! —exclamó el abuelo—. Deja al menos que se explique.

Ella miró a uno y a otro. Ahí estaban, abuelo y nieto protegiéndose el uno al otro. ¡Que se fueran los dos al infierno! Determinó.

—¿Qué parte de *no quiero hablar* no sois capaces de descifrar?

A los dos hombres les resultó increíble el dominio que tenía sobre sus emociones pues controlaba perfectamente el tono y la fuerza de sus palabras.

—Tenemos que tomar una decisión —le dijo él.

Blanca tomó aire.

—Yo ya he tomado la mía —respondió rápida.

—Entonces háznosla saber —la animó Roderick.

Ella no iba a caer en la trampa. Si revelaba sus intenciones, se lo impedirían.

—Mi decisión debo anunciársela en primer lugar a mi tío.

John miraba atentamente la tensión en el cuerpo de su nieto, y la mirada ardiente que ella le obsequió. Se preguntó si sería buena idea llevar en el barco ese polvorín a punto de prender.

—Debo ser yo quien conozca la decisión que has tomado, pues sin duda alguna olvidas que soy parte implicada también, y que seré por tanto más severamente castigado por todo este asunto —aseguró Roderick.

Blanca hizo lo único que podía, se dio la vuelta, cruzó la puerta abierta, la cerró tras sí, y echó la llave. Después caminó en dirección a cubierta. Le daría la llave al capitán, y abandonaría el barco para poder pensar con más libertad.

Roderick miraba estupefacto la puerta cerrada.

—¿Ha echado la llave? —preguntó incrédulo.

John no se sorprendió de la acción impulsiva porque Roderick la había hostigado demasiado.

—No conseguirás que te escuche por la fuerza.

No, se dijo Roderick, con Blanca nunca había que usar la fuerza, pero estaba demostrando una actitud infantil. Él había omitido su identidad, era cierto, pero no para molestarla sino porque al principio le divertía la situación de ventaja que le ofrecía, y para cuando quiso ponerle remedio, todo se complicó.

—Se muestra demasiado susceptible.

—Tu comportamiento ha sido deleznable —apostilló el abuelo que seguía sentado en la misma posición.

«Y ella me sedujo, abuelo», quiso decirle. «Lo logró con su inteligencia, con su mirada celeste, con su cuerpo tentador, y con su maldito carpe diem», se dijo así mismo.

—Puesto que nos ha dejado encerrados, ya puedes comenzar a explicarme tus planes.

CAPÍTULO 32

Blanca finalmente no abandonó el barco porque no era tan estúpida. Tampoco lo había hecho porque su abuelo había dado indicaciones de que la vigilaran de día y noche. Y lo había ordenado porque alguien la quería muerta y él tenía que descubrir quien demonios estaba tras su intento de asesinato, pero esa información no la compartió con ella ni con su nieto que bastante atrapado se sentía con todo ese asunto.

John le había arrancado la promesa de que haría lo correcto de la forma correcta, y sabía que mantendría su palabra.

Como blanca había prometido, no volvió a salir del camarote, y, tras su declaración de intenciones sobre saltar por la borda, el abuelo había intensificado la vigilancia sobre ella.

Pero encerrada entre esas cuatro paredes de madera, tuvo tiempo de pensar y de valorar su complicada situación. De trazar un plan para contentar a todos, y del que trataría de no salir mal parada, aunque era arriesgado. Pensó en Roderick, por él tenía sentimientos encontrados, se había convertido en su primer amor, y mucho se temía que sería el único porque ahora que conocía su nombre, también conocía su pasado. Las rencillas con su padre el duque de Arun lo habían alejado de su hogar. Todos conocían la historia de su amor no correspondido por la hija de su tío escocés que terminó casándose con otro. ¿Cómo se recuperaba uno de la traición del primer amor?

Por esa mujer lo había abandonado todo: su familia, su hogar, e Inglaterra, y ella no podía obligarlo a que se quedara, sobre todo porque lo había incitado a que le hiciera al amor, bueno, el detonante había sido una enorme araña, pero había sucedido al fin y al cabo porque era lo que más deseaba en el mundo. Roderick le había mostrado un mundo de deseo que jamás habría alcanzado con su prometido y futuro esposo, estaba convencida, y por eso no podía seguir enfadada con él porque ella había propiciado todo ese desastre. Por eso estuvo meditando y pensando durante días cómo solventar todo, y al fin había encontrado una forma de que todos quedaran satisfechos, ahora sólo tenía que llevarlo a cabo, y debía hacerlo en primer lugar en Silencios. Su tío iba a ser el más perjudicado por todo lo acontecido, y le partía el alma que ninguno de los dos fuera capaz de entender eso. Ella estaba obligada a tratar de no perjudicarlo, y de ser posible, que el daño hacia la reputación de su tío fuera el mínimo posible, pero ni en su abuelo ni en Roderick podía encontrar aliados afines a sus planes.

Escuchó ruido tras la puerta de su camarote, y conocía el motivo, era Roderick que se había apostado como un guardián, y que estuviera ahí le provocaba un verdadero martirio porque no cesaba de hablarle de día y de noche tras la puerta cerrada, la verdad, resultaba agotador y le impedía pensar.

—No me moveré de aquí hasta que salgas y hables conmigo —insistió firme.

Sobre el pasillo había apostado un jergón que Roderick utilizaba por las noches, y donde también comía, leía, y la agotaba con su cháchara incesante.

—Está bien que te enfades conmigo —le dijo mientras ojeaba un libro sobre aves migratorias—. Pero el abuelo no tiene culpa —Roderick la escuchó maldecir desde el interior y sonrió.

A terca no le ganaba nadie, salvo él.

—Con tu actitud no sólo me castigas a mí, también a nuestro abuelo que no se merece que lo prives de tu compañía en el comedor —Roderick iba pasando las hojas del libro mientras miraba atentamente las ilustraciones—. Sabes que tarde o temprano tendrás que abrir esa puerta para hablar como una persona adulta, y yo estaré aquí esperando cuando lo hagas.

Como lo había ignorado durante días, Roderick no se esperó que la puerta se abriera de repente, y que ella se quedara de pie contemplándolo. Lo primero que hizo fue sonreírle, pero Blanca no le correspondió.

—Zanjemos esta situación de una vez —dijo con la voz tan fría como una fina lluvia en invierno.

Roderick dejó el libro de ilustraciones en el jergón, y se levantó rápido.

—Me estaba cansando de tu actitud —le reprochó—. Y este pasillo es demasiado estrecho para dormir con comodidad.

Blanca caminó hacia cubierta, en modo alguno iba a permitirle la ventaja de acosarla en su propio camarote lejos de oídos y miradas que pudieran auxiliarla si acaso lo necesitaba. Roderick se encontró siguiéndola. Cuando salieron hacia el exterior, Blanca se quedó plantada muy cerca de la barandilla de estribor, y lo observó con rostro solemne.

—Di lo que tengas que decir, y después calla de una vez —su tono había sonado duro.

—Tengo la obligación de proteger tu reputación.

Ella no esperaba esa afirmación.

—No hay reputación que proteger. No me he convertido en una delincuente.

—Soy un hombre de honor.

—Eres un botarate —lo corrigió—. Embustero, falso...
—Roderick la cortó con ardiente mirada.

—Un botarate a quien sedujiste en George Town.

Ella podría esperar burlas y chanzas por su parte, pero esas palabras le dolieron porque ella se había entregado a él enamorada.

—Deseo continuar el resto del viaje en paz —comenzó ella—, te diré lo que he decidido sobre esta situación, y todo quedará zanjado para ambos.

Los hombros de Roderick se tensaron.

—Desde ya te advierto que lo que hayas decidido carece de importancia en este momento —Blanca parpadeó confundida—. Ni tu padre ni mi padre aceptarán otra solución salvo un enlace entre ambos que salve tu reputación y a tu familia del escarnio público.

Por primera vez en días, ella mostró el amago de una sonrisa, pero completamente ausente de humor. Había analizado de forma meticulosa cada opción que tenía delante de ella, y en modo alguno el matrimonio entre los dos era una salida aceptable. Existían otras soluciones, y mucho menos onerosas para él a largo plazo.

—Cuando les explique lo que ha sucedido —ella insistió—, te garantizo que una unión entre ambos es lo último que querrán. Te exonerarán de todo.

A él le sorprendió esa revelación.

—¿Qué mentira has pensado urdir para manipularlos? —nuevamente le dolieron las palabras de él.

—Me confundes contigo, capitán filibustero.

Roderick se dio cuenta de que no había encajado muy bien el asunto.

—Sabes que es lo correcto, Blanca, hemos disfrutado de los placeres carnales sin la bendición del matrimonio, y no era correcto porque tú eras doncella y yo un caballero que... —ella lo cortó nuevamente.

—Estoy dispuesta a asumir la penitencia por mis actos.

Roderick se desesperaba por momentos porque ella tergiversaba todas y cada una de sus palabras.

—¿Piensas que deseo casarme? ¿Qué quiero atarme de nuevo a Inglaterra? ¿Vivir hastiado por las normas, y bajo el yugo de un tirano? Si uno mi futuro al tuyo sólo obtendré desdicha, y convertiré mi vida en una desgracia —le espetó duro—. Así que ahórrame toda esa verborrea que no conduce a ningún lugar.

A ella le brillaron los ojos, como si valorara sus palabras y pensara en aceptarlas sólo para cumplir sus vaticinios.

—Te agradezco que te hayas sincerado mostrándome tu verdadero deseo, aunque no te lo haya pedido.

«Mi deseo eres tú», le susurró mentalmente. «Pero no el precio que tengo que pagar para obtenerlo».

—Pero es que no importa lo que yo desee o lo que quieras tú —volvió a insistir—. Se trata de hacer lo que es correcto.

—Lo que otros consideran correcto —matizó ella.

—Exactamente —aceptó él.

—Pues ya lo he solucionado —concluyó—, y libre quedas.

Él, pudo advertir un cierto alivio en el tono que empleó al decírselo.

¿Tan deseosa estaba de librarse de él? Lo que le provocó esa posibilidad, resultó en una emoción nueva y desconocida hasta entonces.

—Pero es que ya no depende de ti o de mí —continuó Roderick sondeando el hermoso rostro—. Está en juego el buen nombre de nuestras familias.

—Como si a ti eso te importara —mascullo entre dientes.

Blanca no levantaba la voz, no se alteraba lo más mínimo, pero sus respuestas cortaban mucho más que el filo del cuchillo de un carnicero.

—Mi única falta fue omitir mi nombre, pero no lo hice para de mala fe, por eso creo que tu respuesta está siendo desmesurada.

Blanca se quedó un momento callada. Analizó cada palabra por él pronunciada, y valoró de qué forma la perjudicaba o no. Sí él le hubiera dicho quién era, ¿qué habría sucedido? Seguramente nada por parte de ella y menos por parte de él.

—Mi respuesta de ahora está acorde con tus actuaciones pasadas.

—Entonces eres una rencorosa insufrible.

A ella no le importaban los insultos, a Blanca le preocupaba otro asunto mucho más importante y de mayor calado como la ruptura de su compromiso con la casa Marinaleda, y la reputación intachable del duque de Alcázar. Ya no era doncella, y no podría ocultarlo, aunque tampoco lo pretendía, por ese motivo había hecho cábalas de día y de noche para encontrar la solución perfecta al entuerto. Le costó llegar a la solución, sobre todo por la implicación de Roderick en el asunto, pero sin pretenderlo había resultado muy valioso en su lucha para deshacerse de un compromiso no deseado, aunque no había sido premeditado. El precio que tendría que pagar por ello era enorme, y que le quitaría la libertad quizás durante unos años, pero era la única vía posible para que todos quedaran satisfechos.

—Sabes que detesto que hagas eso —lo escuchó decir.

Blanca estaba tan ensimismada tomando y descartando opciones, que no se había percatado de cómo la miraba él.

—Analizo la situación y busco la opción menos perjudicial para ambos.

Él rezongó entre dientes.

—Es desesperante ver cómo lo analizas todo de forma tan minuciosa pero inútil, porque sólo hay una solución para los dos.

—Pues esa única solución está por completo descartada —respondió llanamente.

Roderick la miró atónito.

—No podrás casarte con el heredero de Marinaleda —le recordó.

En los ojos de ella brilló el alivio.

—Ni lo pretendo.

—Y es un hecho irrefutable que he comprometido mucho más que tu reputación, princesita —insistió él.

De pronto la vio sonreír, y el corazón se le desbocó.

—Fui yo quien te sedujo, ¿recuerdas?

¿Cómo diantre iba a olvidarlo?

—Dijiste que me amabas —le trajo a colación.

Ese había sido un golpe inesperado que borró la sonrisa del rostro de ella de forma inmediata.

—Considéralo veleidad femenina —respondió queda.

A Roderick le molestó esa conclusión.

—De verdad que no te entiendo, Blanca –dijo muy serio—. Lo desee o no tengo que casarme contigo porque es lo correcto... y por que el abuelo no nos permitirá otra salida —esto último lo dijo en voz baja.

Ella se quedó pensativa de nuevo. Mientras sólo lo creía el capitán Bumblebee, todo había sido mucho más fácil, pero cuando descubrió que era en realidad el primogénito de su tía Aurora, todo cambió. Saberlo le supuso un maremoto emocional y un enfado doliente, pero ella era una muchacha racional, objetiva, sobre todo porque conocía sus motivos para huir de Inglaterra. ¿De verdad creía que le iba a atar la soga al cuello con un matrimonio no deseado? ¿Qué lo obligaría a atarse a Inglaterra cuando había renunciado a todo por alejarse?

—Puedo resolver esto —le dijo sincera—. Lograré que regreses a ese lugar que has comprado, y donde quieres vivir el resto de tus días.

La escuchaba hablar, y por momentos creía que hablaba en otro idioma porque no la entendía.

—¿Ya no estás enfadada conmigo?

No, ya no lo estaba.

—No estaría hablando contigo si siguiera enojada —respondió muy suave—. Te sigo considerando un mentiroso embaucador, un filibustero tramposo, pero puedo comprender tus razones, aceptarlas, y por eso deseo ayudarte.

Decir que Roderick estaba sorprendido sería como reducir la línea a un punto. Estaba pasmado.

—No puedo mantenerme quieto cuando hablas de solucionar mi futuro cuando el tuyo está en entredicho —respondió sin dejar de mirarla.

Blanca soltó un suspiro suave.

—Hablaré con mi tío Alonso en primer lugar, después con mis padres, ellos aceptarán mi decisión porque me aman —ella veía la duda en los ojos dorados—. Confía en mí —le pidió sin apartar la mirada del rostro varonil.

—El Divino no va camino del reino de España —reveló de pronto.

Ese era un gran inconveniente.

—Ayúdame a convencer al abuelo para variarlo.

Roderick ya hacía un gesto negativo con la cabeza.

—El abuelo tiene sus propios planes al respecto.

—¿Deseas volver a Estados Unidos? —le preguntó a bocajarro.

Unos meses atrás, Roderick habría dicho que sí, pero ahora ya no estaba tan seguro, y no lo estaba porque significaría sacar a Blanca de su vida. Inglaterra le había parecido durante muchos años una prisión, su padre se encargó de ello, pero estar lejos de Blanca podría ser como un destierro doloroso para el que no estaba preparado.

Blanca creyó entender todo en la expresión de desdicha de él.

—Puedo solucionarlo, capitán filibustero —le dijo con una gran sonrisa que a él le pareció la entrada al paraíso—. Prométeme que confiarás en mí.

Pero él sólo mantuvo silencio.

CAPÍTULO 33

Posada de la Pelona, Puerto Plata

La mujer miraba el barco con un brillo de ansiedad en sus ojos. Llevaba esperando ese momento demasiado tiempo. Era perfecto para huir: un galeón enorme con muchos lugares secretos donde esconderse. Por el tamaño sabía que podría llevarla muy lejos, tan lejos que no podrían encontrarla jamás. Había espiado durante días al capitán del barco, y lo había seguido de un lugar a otro para cerciorarse de que no embarcaba sin ella a bordo. Le pareció un hombre decidido, también generoso pues solía obsequiar a los criados de los establecimientos que visitaba con excelentes propinas, además hablaba su lengua, aunque ella no era nativa de ese lugar al que se refería a menudo como Reino de España.

Rezagada entre toneles llenos de pescado que olían a sal, lo vio hablar con un hombre rubio más joven, y, aunque no podía escucharlos, sabía que lo hacían sobre dos hombres que se habían hospedado en la Pelona: su infierno particular y del que pretendía huir, aunque le costase la vida.

Ella desconocía que los dos hombres estaban presos en el interior del galeón, y que eran interrogados continuamente.

Quería marcharse de ese maldito lugar donde la habían maltratado siempre, donde había crecido como si fuera un animal, por ese motivo quería huir, marcharse muy lejos y desaparecer. Lo había planeado todo con meticulosidad, ahora sólo esperaba el momento de que los dos hombres se marcharan para poder acceder al barco, y lo haría por el cabo de amarre, treparía por la gruesa cuerda hasta la gatera del ancla, y desde allí accedería a la bodega donde podría ocultarse hasta que zarparan. Si era cuidadosa podría mantenerse escondida sin que la encontraran. Viajaría a otro lugar diferente, y donde podría comenzar de nuevo. Había ahorrado unos pocos reales, con ese dinero podría alquilar una pequeña vivienda, entonces buscaría un trabajo como cocinera o criada, además era buena con los animales... Elena cerró los ojos durante un instante, casi podía sentir la libertad, pronto se alejaría de ese lugar. Se acabaron los golpes, las vejaciones, y los insultos. Iba a ser libre, y ese barco era su única meta en esos momentos.

***

Rodrigo no estaba de acuerdo con Andrew de zarpar hacia la ciudad de Kingston en Jamaica. Dudaba de que allí pudieran encontrar a Blanca, aunque fuese la única isla que no habían peinado buscándola. De los dos hombres que habían apresado cuando salían de la posada, sólo uno les había facilitado información valiosa: habían recibido el encargo de seguir todos sus pasos, ignoraba el nombre del individuo que les había pagado, pero le dio una descripción de su persona, y un detalle valioso que podría ayudarlos. El hombre tenía una marcada cicatriz alrededor del cuello, como si hubieran tratado de ahorcarlo sin conseguirlo. Tanto Andrew como Rodrigo buscaron en toda la isla al hombre en cuestión, pero sin éxito.

—No podemos regresar a Sevilla —protestó Andrew mostrando su disconformidad con la decisión unilateral de Rodrigo de pasar por alto sus deseos.

—Antes haremos un alto en San Cristóbal de la Habana para avituallarnos.

Lord Beresford sentía que no debían dejar Puerto Plata, aunque no hubieran logrado ni una sola pista que los condujera hasta su hija Blanca, o hasta el hombre de la cicatriz.

—Podemos avituallarnos aquí, y quedarnos un par de días más.

Rodrigo hizo un gesto negativo. Uno de los hombres que tenía bajo su custodia, cuando había descrito al hombre que les había ordenado espiarlos, había mencionado ese lugar como punto de encuentro, y él estaba dispuesto a comprobarlo.

—Partiremos a primera hora de la mañana —afirmó sin opción a réplica, y Andrew lo entendió así, por ese motivo dejó de insistir.

—¿Regresarán los hombres a tiempo?

—Ya he dado la orden. Joaquín se encargará de traerlos.

La mayoría de los hombres que capitaneaba Rodrigo en el Santa Rosa disponían de un leve permiso. Muchos disfrutaban de las posadas y burdeles cercanos al puerto antes de embarcar de nuevo.

—Te equivocas, conde Ayllón —dijo finalmente Andrew en un tono molesto—. Creo firmemente que no deberíamos movernos de Puerto Plata.

Las interminables semanas buscando a Blanca, le estaban pasando factura a ambos.

—Quizás Blanca se encuentra a salvo en Inglaterra —le dijo el conde.

Andrew apretó los labios al escucharlo.

—Eso es muy improbable.

En los ojos del inglés se apreciaba una determinación que podría tornarse en locura.

—Te esperaré en el Santa Rosa —respondió el conde girando un tercio sobre sí mismo, y dirigiendo sus pasos hacia el navío.

Andrew estaba frustrado, cansado, pero no perdería la esperanza de encontrar a su hija sana y salva. Era consciente del enorme esfuerzo que hacía Rodrigo buscándola, de que los hombres estaban cansados y querían regresar con sus familias, pero él no podía dejar de insistir en su búsqueda.

Con una sensación de impotencia, comenzó a caminar hacia el Santa Rosa. Ayudaría en los preparativos antes de que zarparan.

***

Ya navegaban por mar abierto. Rodrigo se encontraba mirando unos mapas de navegación antes de escribir el parte diario en el cuaderno de bitácoras. Llevaban demasiado tiempo buscando de forma infructuosa, e intuía que los dos hombres hechos prisioneros sabían más de lo que decían, pero ni las amenazas ni el castigo físico habían surtido el efecto deseado de que hablaran de una vez. Ahora sabía que temían más al hombre que los había contratado que a él mismo.

Antes de comenzar a escribir, agudizó el oído, algo le había llamado la atención.

—¡No! —una voz se elevó por encima de las otras.

Parecía la voz de una mujer. ¡Era la voz de una mujer! Rodrigo se levantó de la silla como un resorte. Dejó la pluma mojada sobre el papel, y salió de su camarote con paso rápido. ¿Qué diablos hacía una mujer a bordo del Santa Rosa? Se preguntó. Otro grito rasgó el aire sacando a Rodrigo bruscamente de sus pensamientos. Con sus sentidos alerta, se dirigió raudo hacia el lugar donde creía haber oído el agudo grito. En lo alto de la barandilla de babor descubrió a la propietaria que lanzaba improperios. Incluso a esa distancia podía ver su rostro macilento y su cuerpo encorvado bajo la capucha de la túnica remendada y oscura que vestía. Parecía que dos marineros pretendían atraparla, la indignación llenó su pecho, subió a su garganta, y ensanchó las aletas de su nariz. Los dos marineros no iban a ayudarla, sino que la amedrentaban con sacudidas para que soltara un saco de arpillera que intentaban arrebatarle de las manos, y que ella se empeñaba en defender aún a costa de caerse por la borda. En dos largas zancadas cubrió la distancia que lo separaba de ellos.

—¡Deteneos! —gritó a pleno pulmón.

El duro sonido de su voz hizo que las tres personas implicadas cesasen por un momento su forcejeo y lo mirasen. Rodrigo vio el miedo en los ojos abiertos de la mujer, y la sorpresa en la de sus hombres.

—Es un polizón —contestó uno de los marineros.

Rodrigo pensó que era una anciana. Observó su larga capa desgastada bajo la cual apenas veía su rostro, también veía unos mechones grasientos de cabellos sucios que asomaban por el borde de la capucha.

—¡Bajadla, y no le hagáis daño! —ordenó tajante.

—¡Cuidado, capitán! –el aviso llegó demasiado tarde.

Lo siguiente que percibió el conde fue el movimiento de algo rígido que terminó estrellándose contra su cabeza. El fuerte golpe inesperado lo hizo caer de rodillas, el dolor recorrió veloz su cuerpo y lo invadió por completo. Un segundo después, cayó inconsciente al suelo.

CAPÍTULO 34

Roderick se sentía de mal humor, igual que tiempo atrás en el Intrépido cuando él pensó que Blanca flirteaba con su amigo Alexander, así que se dedicó a hacer tareas de simple marinero en el Divino con la esperanza de caer agotado por completo. Había mantenido dos discusiones fuertes con su abuelo porque ignoraba la conversación que había mantenido con Blanca después de que ella la mantuviera con él. No llevaba muy bien que lo dejaran al margen, pero eso mismo habían hecho los dos.

¿Cómo había logrado ella que el marqués de Whitam dejara de mencionar la necesidad de cumplir con el honor mediante la unión de ambos? Se hacía tantas preguntas, y ninguno de los dos le ofrecía las respuestas, lo que lo frustraba y llenaba de impotencia al mismo porcentaje. Desde el castillo de proa la observaba pasear bajo el sol del atardecer. Iba vestida como una auténtica dama. El marqués había ordenado que llevaran al Divino todo lo que ella pudiera necesitar, y salvo la sombrilla y el sombrero que había obviado a propósito, parecía que disfrutaba de que la brisa marina le alborotara el oscuro cabello.

—Lord Beresford —John se giró hacia la voz del capitán.

—¿Qué sucede, Jeffrey?

—Es su nieto —le dijo directo—. Está desquiciando a los hombres.

John sabía que era cierto porque Roderick se había convertido en un tirano que daba órdenes a diestro y siniestro, y cuando no lograba la cooperación de los marineros, su malhumor crecía exponencialmente.

—Póngalo a cargo de la nave —le sugirió el capitán—. Y es posible que entonces podamos respirar el resto de los mortales.

John sonrió, aunque lo hizo sin humor.

—¿Lo crees prudente? —preguntó el marqués—. ¿Acaso temes que cree motín entre algunos hombres?

Jeffrey bufó.

—Posee una energía inagotable —se quejó el oficial—. El resto de marinos no pueden seguirle el paso, tampoco es mi voluntad que lo hagan.

El resto de marineros a los que el capitán mencionaba, estaban jubilados del ejército salvo dos. John se quedó pensativo mirando a su nieta que paseaba por estribor de forma despreocupada, y sin ser consciente de las miradas que Roderick le dedicaba de tanto en tanto.

—Hablaré con él durante la cena.

—¿Lady Beresford nos acompañará esta noche? —le preguntó.

John lo dudaba. Blanca acudía a los almuerzos, pero nunca a las cenas, siempre las tomaba en soledad en su reducido camarote. John se preguntó a qué dedicaría el tiempo cuando en el barco no había nada interesante que hacer, sobre todo para una mujer.

John soltó un suspiro cansado. El hombro ya no le dolía como al principio, pero tenerlo sujeto en el cabestrillo se había convertido en un gran inconveniente porque le restaba movilidad y lograba que el menor gesto le costara un verdadero esfuerzo. Blanca lo ayudaba dándole en el brazo masajes con linimento, y entonces recordó la extraña conversación que había mantenido con ella una vez que hubo concluido de hablar con Roderick. Ella le había pedido que pusieran rumbo al reino de España, pero él se había opuesto porque su intención era la de llegar a Inglaterra en primer lugar, una vez allí enviaría un telegrama a Silencios para informarle al duque de Alcázar de que su sobrina estaba a salvo e ilesa en Wolburn Manon.

Blanca le había detallado un sinfín de razones que él había descartado sin inmutarse. Su nieta insistió, pero John se mantuvo firme. Su destino era el puerto de Portsmouth.

—¿Le transfiero entonces el mando de la nave? —le recordó Jeffrey.

Las palabras del capitán lo devolvieron al presente.

—Hablaré con él ahora.

John dirigió sus pasos hacia el castillo de proa, su nieto lo vio llegar nada más comenzar a andar, y dejó lo que estaba haciendo para atenderlo. Una vez que estuvo a su lado, John lo observó atentamente. Qué orgulloso se sentía de él pues se había convertido en un verdadero hombre. Era muy alto y corpulento como sus parientes escoceses. Los cabellos claros y ondulados eran herencia de su madre. De niño había sido tranquilo y prudente. Obediente y poco comunicativo, ahora, el hombre que estaba plantado ante él era todo lo contrario.

—Tengo la impresión de que te gustaría navegar —le dijo con voz pausada.

Roderick miró a su abuelo con el ceño fruncido.

—Estamos navegando —lo corrigió.

John no pudo disimular una leve sonrisa.

—Quería decir navegar dirigiendo tú la nave.

El torso de Roderick se expandió con la respiración profunda.

—El Divino ya tiene capitán.

John se dijo que en la teoría sí, pero en la práctica era él quien ejercía de capitán dando órdenes continuas a los marineros.

—Jeffrey lleva tanto tiempo sin dirigir un barco, que estoy comenzando a creer que se siente demasiado cansado para hacerlo.

—Es un excelente marino —alegó el nieto.

—En experiencia —le dijo el marqués—, pero tu fuerza y juventud logran que la destreza en tus manos sea más meritoria.

—Es un balandro muy bueno —dijo admirado.

—Construido en Plymouth —respondió el marques.

«Ni te imaginas las libras que he pagado por su alquiler», apuntó John con el pensamiento.

—Estoy pensando en comprarlo.

—¿Está en venta? —quiso saber el nieto.

—¿Lo preguntas porque estás interesado?

Roderick se quedó pensativo. El Divino era un barco muy ligero que alcanzaba gran velocidad. La madera estaba muy cuidada, y sería perfecto para surcar las aguas de Nueva Inglaterra.

—En realidad, no —contestó al fin—. No soy marino de corazón sino por obligación —contestó seco—. Me impusieron esta profesión, y dudo que pueda olvidarlo algún día.

John sabía que su nieto estaba pensando en su padre.

—Fue sumamente injusto que te obligara a ingresar en la marina de Su Majestad, y que te separara de lady McGregor.

Roderick cerró los ojos, un segundo después los abrió con inmenso alivio porque la mención de ella ya no le provocaba esa sacudida de angustia en el pecho. De repente, giró el rostro hacia popa y la clavó en la figura de Blanca que reía acompañada del capitán.

Lo que mostraba el rostro de su nieto era palpable para el marqués.

—Esa mirada sólo tiene un nombre —le dijo observándolo de esa forma que le provocaba a él un cosquilleo incómodo.

Por eso gruñó en respuesta.

—¿Va a decirme de una vez lo que conversó con ella hace cuatro días?

Que Roderick llevara la cuenta del tiempo tan minuciosamente, decía mucho sobre los sentimientos que albergaba por Blanca.

—Me pidió que confiara en ella. Me convenció de que va a arreglar este asunto para todos.

—¡Por supuesto, ella sola! –exclamó sin dejar de mirar hacia la popa del barco.

John pensó que el sarcasmo no le sentaba muy bien a su nieto.

—Me pidió que confiará en ella —reiteró—, y lo haré —afirmó el abuelo.

—Pero yo tengo algo que opinar al respecto.

Roderick con su queja le había servido a su abuelo la ocasión perfecta para ponerlo en su sitio.

—Tú deseas regresar a Estados Unidos. Dejarlo todo atrás como en el pasado, ¿o me equivoco? —hizo una pausa larga—. Pero no voy a permitir que huyas de tus responsabilidades.

El nieto apretó los labios al sentirse vapuleado por sus propias palabras. Semanas atrás, era lo único en lo que pensaba, ahora, ahora, su mente, su cuerpo, todo él pensaba en ella que seguía paseando de forma alegre con el capitán.

—Vuelvo a preguntártelo, ¿deseas dirigir la nave y la tripulación?

Roderick tardó un tiempo en contestar.

—¿Y qué hará mientras tanto el actual capitán?

El abuelo soltó un suspiro suave.

—Jugaremos al ajedrez, tocaremos juntos el violín, e incluso es posible que haya un baile después de la cena si a Blanca le apetece...

Si John pretendía disgustar a su nieto, lo estaba consiguiendo con creces.

«Primero caigo yo, después cae Alexander, y ahora el capitán Jeffrey está a punto de caramelo a pesar de que podría ser su padre», se dijo bastante incómodo por sus propios pensamientos. «¿Por qué caemos todos bajo su embrujo?».

—Me preocupa lo que tiene en mente para tratar de arreglar este entuerto —Roderick volvía a la figura de Blanca.

John finalmente desvió la vista de su nieto, y buscó con la mirada la silueta femenina.

—Ella mejor que nadie sabe las palabras que debe utilizar para calmar a su tío —Roderick miró a su abuelo con atención—. Blanca es consciente de que el compromiso con la casa Marinaleda está roto. Conoce el precio que tendrá que pagar la familia Lara, y por eso me ha pedido que confíe en ella.

—Cuando todo esto se solucione, me casaré con ella, y la llevaré conmigo a Estados Unidos —susurró el nieto muy quedo, pero John lo había escuchado.

Se giró hacia él y clavó la mirada azul en la dorada.

—¿Piensas que te permitiré que te la lleves? ¿Qué la alejes de su familia, de todo lo que ama?

Roderick se encontró apretando los labios.

—Es la única condición que impondré si pretendéis limpiar su honor con el mío.

John se preocupó de verdad. Viendo los sentimientos que albergaba Roderick por Blanca, aunque no los había admitido, había creído que valoraba realmente quedarse en

Inglaterra, retomar su vida como heredero del ducado de Arun, y perdonar a su padre, pero estaba claro como el agua que se había equivocado de lleno.

—Tu padre cometió un error al alejarte de Serena y obligarte a ingresar en la marina del reino, pero tú cometerás un error mucho mayor al separar a Blanca de ti por tu estúpido orgullo.

John se alejó de su nieto bastante enfadado. Roderick se quedó analizando las últimas palabras de su abuelo, y tomó una decisión tanto impulsiva como inesperada, si su abuelo le permitía capitanear el Divino, pondría rumbo al reino de España como quería Blanca. Y que el diablo se los llevase a todos.

CAPÍTULO 35

Rodrigo despertó con un terrible dolor de cabeza. Se tocó la nuca, y se tocó la protuberancia que el golpe le había causado. Le habían dado varios puntos, así que asumió que la herida era bastante profunda. Trató de reincorporarse y lanzó un gruñido molesto. Se sentía como si le hubiera pasado un carruaje por encima.

—Tómatelo con calma.

Era la voz de Andrew.

—¿Me ha golpeado un mástil? —preguntó aclarándose la voz.

Y de pronto recordó el motivo que lo había impulsado a salir hacia el exterior, y cuando fue fuertemente golpeado.

—¿Dónde está la anciana? ¿Qué hace en el Santa Rosa?

Rodrigo acababa de poner los pies el suelo de madera, y sintió un ligero mareo.

—Joaquín, el contramaestre, la mantiene encerrada en su camarote porque es la estancia que está más alejado del resto de camarotes de los hombres. Aunque por su olor, dudo de que alguno se le acerque.

Rodrigo miró al inglés.

—¿Has intentado hablar con ella?

Andrew hizo un gesto negativo con la cabeza.

—Supuse que deseabas ese privilegio, y por eso me mantuve al margen de las decisiones que tomó Joaquín.

El golpe inesperado lo había dejado noqueado, aunque ignoraba por cuántas horas.

—Los hombres han reparado la sujeción de la cangreja —Rodrigo lo miró vacuo porque todavía le costaba fijar la vista—. Fue lo que te golpeó.

—¿Puedes creerte que siento náuseas?

—El golpe fue bastante fuerte, te han dado varios puntos de sutura.

—Tengo que hablar con la anciana.

Los ojos de Andrew brillaron al escucharlo.

—¿Qué piensas hacer con ella?

Rodrigo lo miró asombrado por su pregunta.

—¿Piensas que voy a lanzarla por la borda?

—Es un polizón —respondió Andrew.

Rodrigo, al ver su rostro burlón, supuso que estaba bromeando.

—Iré a hablar con ella, indagaré, después la dejaremos en San Cristóbal de la Habana.

De repente, Rodrigo se percató de que el Santa Rosa apenas se movía.

—¿Hemos dejado de navegar?

Lord Beresford hizo un encogimiento de hombros bastante elocuente.

—Joaquín te lo explicará mucho mejor que yo…

***

Cuando la puerta del camarote del contramaestre se abrió para Rodrigo, un tufo insoportable le impregnó las fosas nasales, y que aunado al malestar que ya sentía por el golpe, le provocó una arcada.

—¿Qué hace en el Santa Rosa? —le preguntó directo.

La anciana se movió, y el mal olor se hizo más fuerte, Rodrigo supo que salía de la áspera túnica con la que se cubría. Mechones grasientos de cabello se pegaban al basto tejido, y ella se cuidaba mucho de alzar la cabeza para mirarlo de frente porque con ese movimiento le impedía verla bien.

—Huir —contestó con voz aguda.

Elena miró al hombre de forma subrepticia. Era de pelo castaño que ya plateaba en las sienes, no podía precisar su edad porque su cuerpo se veía fuerte y ágil en los movimientos. Elena lo observó desde la intimidad que le proporcionaba la capucha. Era más alto y corpulento que la mayoría de hombres que había conocido, y tenía ese porte distinguido que tan bien reconocía en los hombres de dinero.

La mirada del capitán era demasiado inquisidora.

—¿De quién huye?

La oyó suspirar con fuerza.

—Del diablo.

Cuando Rodrigo dio un paso hacia ella, la mujer se desplazó. De verdad que olía terriblemente mal.

—Necesita un buen baño, después hablaremos.

—Temo por mi vida —dijo la anciana.

—Nadie en el Santa Rosa le hará daño, se lo aseguro.

Rodrigo dio las órdenes oportunas para que llevaran una bañera con agua y jabón al camarote. Andrew ofreció ropa limpia que pertenecía a su hija Blanca. Como esperaba rescatarla pronto, había sido previsor, y por eso guardaba varias mudas para ella en su camarote del Santa Rosa.

Pero los hombres del barco murmuraban entre ellos porque consideraban a la mujer una bruja, y por eso quisieron lanzarla por la borda del barco. Joaquín, el contramaestre, le dio una explicación detallada de dónde la habían encontrado, pero que hedía de tal forma que los hombres no quisieron arrimarse a ella. También le explico los problemas que estaban teniendo con algunas de las velas. Rodrigo se puso de inmediato a inspeccionarlo todo para tratar de solucionarlo.

Andrew seguía maravillado de la capacidad de mando del conde Ayllón. Ahora los hombres no murmuraban, sino que obedecían. Verlo manejar un barco tan grande le provocaba completa admiración.

Cuando Rodrigo lo tuvo todo bajo control, regresó al camarote del contramaestre pues había llegado la hora del interrogatorio. Y la sorpresa llegó cuando ella, tras desprenderse de las ropas que hedían, y de lavarse concienzudamente, se presentó ante el capitán con un vestido de tejido fresco que pertenecía a otra mujer. Bajo la espesa mugre que le había servido de disfraz, había una mujer de cabello oscuro, de piel dorada y grandes ojos azules.

Nada lo había preparado para la explosión de color que encontró en la mirada de ella, y el tiempo se detuvo entre dos latidos. Rodrigo no fue consciente de que contenía el aliento, pero Andrew sí, y la reacción le preocupó y sorprendió a la vez. El impasible conde se había quedado mudo.

Dos ojos de miel líquida la miraban con mucha atención y la pusieron nerviosa, pero tenía su explicación muy bien ensayada.

—No eres una anciana —era una conclusión obvia.

—Gracias por este hermoso vestido —respondió la mujer mirando al hombre rubio y de ojos azules que la miraba curioso.

—Pertenece a mi hija Blanca —se adelantó Andrew que sentía mucho interés por la mujer polizón que se había colado en el Santa Rosa.

—¿Su hija está en el barco? —preguntó osada.

En los días que había espiando la nave, no había visto ninguna mujer a bordo.

—Seguimos buscándola —respondió Andrew.

No hizo falta que dijera nada más. La venta de esclavas era algo muy habitual para los esclavistas holandeses y americanos.

—¿De qué huye? —volvió a repetir Rodrigo que ya se había recuperado de la sorpresa.

—De un jefe esclavista, como el que secuestró a su hija.

—¿En Puerto Plata? —quiso saber Andrew.

La mujer hizo un gesto afirmativo con la cabeza.

—¿La capturaron los piratas? —le preguntó Rodrigo.

La mujer mostró un sentimiento de verdadera pena que lo conmovió. Rodrigo se encontró carraspeando bastante incómodo.

—Era una niña cuando el barco que nos llevaba hacia una nueva vida en Boston, fue interceptado por piratas holandeses.

—Entonces, ¿cómo puede acordarse de eso? —le preguntó Rodrigo.

—Guardo el diario de mi madre —explicó la mujer—. Era lo que pretendía proteger cuando sus hombres me descubrieron, y quisieron hacerse con mis pertenencias.

—¿Dónde pensaba huir?

Rodrigo vio en el brillo de sus ojos una determinación que no había visto nunca en una mujer.

—Tan lejos como este barco me llevara.

—¿No desea regresar con su familia? —inquirió de pronto Andrew.

A la mujer se le llenaron los ojos de lágrimas. Ella tenía sólo cuatro años cuando fue apresada y vendida como esclava. Había pasado de un amo a otro hasta que terminó como criada en la Posada de la Pelona.

—Ya no tengo familia.

—¿Está segura? —le preguntó Rodrigo observando su reacción.

—Mis padres, mis tíos y primos viajaban, según el diario de mi madre, en el buque Rosslare que zarpó de la ciudad de Cobh en Irlanda.

Andrew escuchaba atentamente la respuesta de ella. Rodrigo estaba callado, sabía como marino que durante las guerras napoleónicas, la ciudad de Cobh se había convertido en un puerto estratégico para Inglaterra, en su enfrentamiento contra Francia y sus aliados.

—Los piratas intercedieron el Rosslare y capturaron a todos los pasajeros —continuó ella.

—¿Cuál es su nombre, mujer? —le preguntó Rodrigo en voz baja.

—En la Posada de la Pelona me llamaban Elena, pero el nombre que me dio mi padre es Elina O'Brien.

La mujer pronunció su nombre con auténtica emoción. Había olvidado muchas cosas de su infancia, pero no su verdadero nombre.

—Te llevaremos hasta San Cristóbal de la Habana —le explicó Rodrigo.

En los bonitos ojos azules de la mujer se podía leer la decepción que sentía al conocer su cercano destino.

—Yo quería viajar hasta el otro lado del mar.

Andrew la miró perplejo.

—Es un viaje demasiado largo, y el Santa Rosa no es un barco para mujeres —cortó Rodrigo que ya se daba la vuelta.

Andrew y el contramaestre estaban plantados tras él.

—Pero lleva nombre de mujer, por eso lo elegí —confesó ella rápido.

Rodrigo se giró nuevamente hacia ella.

—La dejaremos en San Cristóbal de la Habana —reiteró firme y sin admitir una protesta—. Hasta entonces se cuidará de salir de la estancia que acomodaré para usted.

Y a eso se dedicó Rodrigo durante las siguientes horas. Ordenó vaciar el pequeño camarote donde guardaban las harinas y las frutas. A él nunca le había gustado llevar el alimento más necesario en las bodegas del barco por las posibles ratas y por la humedad. Esa estancia la ocuparían ahora los dos grumetes. Como el Santa Rosa era un galeón de segunda clase, había elegido el camarote de ellos para destinarlo a la mujer polizón.

No se había dado cuenta de que lord Beresford lo seguía mientras impartía órdenes.

—La información de O'Brien puede sernos de mucha ayuda para encontrar a Blanca.

Rodrigo se quedó parado un instante y lo miró.

—Es posible, lord Beresford, es posible...

CAPÍTULO 36

Palacio de los Silencios, Sevilla, Reino de España

Alonso de Lara miraba fijamente a su sobrina Blanca recién desembarcada del Divino, y sin creerse todavía que estuviera en Silencios. Cuando le llegó el mensaje del barco inglés que había atracado en el puerto, se había sentido paralizado durante varios minutos, pero como hombre de grandes recursos que era, envió su propio carruaje a buscarla. Cuando llegó a palacio acompañada de su abuelo y un primo, estaba feliz, relajada, bien vestida, y con mucho que contarle.

Tras los saludos correspondientes, ella le pidió hablar a solas con él. El abuelo de su sobrina discutía agriamente con su nieto inglés en uno de los salones de palacio, porque el joven se había opuesto a ello. Alonso les había ofrecido la hospitalidad de su hogar, y el marqués había aceptado.

Blanca estaba ilesa, y había perdido bastante peso, pero estaba tan bonita como siempre, además, sentía urgencia por hablar con él de forma privada. Alonso la miraba con intensidad porque no podía creérselo. ¡Estaba viva!

—Envié el Santa Rosa a buscarte —le dijo sin dejar de mirarla—. Tu padre embarcó con el conde Ayllón, que lo comanda.

Blanca había viajado una vez en el Santa Rosa, y era un barco imponente.

—Mi abuelo quiso ayudar a mi padre, y por eso se adelantó con un barco más ligero.

—¡Me cuesta creerlo, Blanca! Me parece increíble que fueras rescatada de los piratas por uno de tus primos ingleses.

Uno de sus primos ingleses no, se dijo Blanca, sino por un capitán filibustero al que amaba, y al que tenía intenciones de proteger.

—Le pedí a mi abuelo que pusiera rumbo a España en primer lugar.

—Y no sabes cómo agradezco que lo hiciera.

—En realidad fue Roderick quién tomó esa decisión, aunque animado por mí.

Alonso era un hombre inteligente, y sabía cribar los momentos banales de los importantes, y, en ese momento, supo que nada volvería a ser igual.

—Te veo nerviosa.

Blanca se lamió el labio inferior con inquietud.

—Debe anular mi compromiso con la casa Marinaleda —le dijo de pronto sosteniéndole la mirada.

El duque mostró en el rostro la sorpresa que su petición le había provocado. Casi tardó una eternidad en responder.

—No puedo hacer eso —casi susurró—. De verdad que no puedo.

Ella ya esperaba esa respuesta.

—No puedo seguir adelante con el compromiso, porque de hacerlo me expongo al repudio público.

Alonso saltó como un resorte.

—¿Piensas que permitiría que se te difamara? —preguntó de forma retórica—. Rodarían cabezas a izquierda y derecha.

La conversación de Blanca tenía el único fin de sondear a su tío, y él había respondido exactamente como esperaba.

—No puedo continuar con el compromiso porque ya no soy doncella.

Al duque no le costó ni una milésima de segundo procesar esa información. Como habían temido todos, la integridad física de Blanca había sido ultrajada, y su confesión daba un cariz diferente a la petición anterior.

—¡Desgraciados piratas! —exclamó a viva voz.

Blanca se encontró encogiéndose porque no esperaba esa reacción por parte de su ti. Alongos pensaba en Da Silva, y en la forma de despellejarlo vivo cuando lo atrapara.

—Como no ha sido culpa tuya, de Hidalgo no se atreverá a repudiarte, porque si lo hace lo rajaré de arriba abajo y haré que se coma sus propias tripas.

Como amenaza era bastante convincente se dijo Blanca.

—Tío, necesito sincerarme, y contarle todo.

Ahora el duque se mostró incómodo. Quería a su sobrina, y para nada quería actuar como confesor de sus penurias y ultrajes. Y en ese momento maldijo a su mujer y el inesperado viaje que la había llevado demasiado lejos.

—Hablaré con el duque de Marinaleda, es un buen hombre, justo, y estoy convencido de que no te culpará de nada —le dijo el duque tratando de tranquilizarla porque seguía creyendo que Blanca deseaba casarse y temía las consecuencias.

Ella se dijo que no se había expresado bien.

—No puedo ni debo casarme con León de Hidalgo porque no sería justo para él ni para su familia, y mucho menos para la mía.

Su voz había sonado tan firme, que Alonso regresó de golpe de sus elucubraciones.

—Entonces tendré que recompensarle monetariamente, y ello no será una garantía que te libre de ser el centro de todos los chismes.

Blanca ya contaba con ello.

—Por eso quería expresarle la decisión que he tomado al respecto.

Alonso se tomó un tiempo en responder, y lo hizo con otra pregunta.

—¿Qué decisión? —preguntó abrupto porque estaba tan preocupado por su sobrina como furioso por lo que había padecido.

Blanca se preparó, y comenzó a soltar toda la artillería disponible.

***

John Beresford, marqués de Whitam, miró con sorpresa al duque de Alcázar. Ignoraba dónde se encontraba su nieta Blanca en ese momento, ni donde se encontraba su nieto Roderick que había salido de palacio hecho un basilisco.

Alonso de Lara lo había citado a él en privado para comunicarle una decisión importante. Blanca le había rogado que su decisión la mantuviera en secreto, pero el duque pensaba y actuaba con decisión propia, y por eso no tuvo reparos en desoír la petición de su sobrina. Como no estaba el padre, su deber era hablar con el abuelo de ella.

—Blanca me ha contado todo lo sucedido —comenzó el duque, pero carraspeó para aclararse la voz. John se percató de lo incómodo que se sentía el español—, y por eso he decidido hablar con la casa Marinaleda y dar por concluido el compromiso entre León y Blanca. —John lo escuchaba en silencio—. Tendré que ofrecerle a cambio una buena reparación monetaria, y una disculpa pública, pero Blanca quedará libre del compromiso.

—Es un compromiso respaldado por la corona —le recordó John que deseaba tantear las intenciones del duque.

Alonso sabía que deshacer lo andado iba a resultar más difícil de lo expresado, porque ambas familias eran de las más importantes del reino, también porque el enlace iba a celebrarse en breve, pero ante todo estaba Blanca y sus deseos. Primero hablaría con los Hidalgo, y después se marcharía a la corte para notificarle a la corona la decisión tomada.

—¿La corona se pronunciará al respecto de forma positiva sobre el incumplimiento? —insistió John.

—En eso confío, y por ello recompensaré a la casa Marinaleda para que respalde mi petición.

—Bien, entonces regresaremos a Inglaterra.

Alonso hizo un gesto negativo con la cabeza.

—Hasta que la corona se pronuncie, Blanca no podrá abandonar el reino.

Esas palabras detuvieron a John.

—¿Blanca lo sabe?

El duque asintió.

—Ella misma ha consentido en esperar la resolución en el convento de Santa Marta.

John lo miró con espanto. ¿Su nieta ingresada en un convento? ¿Esa era su solución mágica?

—Pongámonos en hipótesis —dijo John—. ¿Qué sucedería si para preservar su honor, Blanca se hubiera casado con otro?

Alonso lo miró muy serio.

—El desastre sobre la casa Lara sería incalculable.

En esa respuesta John encontró todas las elucubraciones de su nieta. Y la quiso con todas sus fuerzas porque siempre había pensado en los demás y no en sí misma.

—No voy a permitir que mi nieta ingrese en un convento —afirmó John sin un parpadeo—, y menos uno en España.

Alonso soltó un suspiro largo.

—El compromiso de Blanca es poco menos que un asunto de estado.

—A los Beresford eso nos importa bien poco.

El duque se plantó frente al marqués al mismo tiempo que entrecerraba los ojos.

—Mi sobrina tiene padre inglés, cierto, pero es una Lara de la cabeza a los pies y nacida en el reino de su madre —le recordó al marqués con voz grave—. Ha sido Blanca la que ha pedido ingresar en el convento hasta que la corona se pronuncie.

—¡Pero eso puede llevar años! —exclamó el marqués nada convencido.

—Es lo que ella desea —reveló el duque—. Así me lo ha expresado.

John se mesó el cabello con la mano que ya no tenía en el cabestrillo. En ese momento lamentaba tantas cosas. Cuando Jeffrey y él advirtieron que Roderick había cambiado el rumbo, discutieron a voces, pero él le había entregado el mando de la nave, y sólo podían aceptar sus decisiones como capitán, aunque estuvieran en desacuerdo. Blanca había interferido en la discusión alegando que Roderick hacia lo correcto y a petición de ella. Ahora John lo comprendía. ¿Sabría su nieto las intenciones de Blanca? ¿Vería el ingreso de ella en un convento como una forma de librarse de cumplir con su deber?

—Mi nieta Blanca no entrará en un convento —afirmó el marqués.

—Eso lo decidirá mi sobrina —respondió el duque.

John apretó los labios en un gesto de enfado que Alonso interpretó muy bien. Estaba claro que frente al marqués había un hombre que siempre se salía con la suya, pero John era avezado en astucia y experiencia.

—Eso lo decidirá su padre, mi hijo Andrew —contestó en un tono duro que molestó al duque—. Blanca es menor de edad, inglesa, y removeré Roma con Santiago para que Inglaterra se posicione.

La amenaza era más que evidente.

Alonso de Lara miró a lord Beresford atónito. ¿Qué se había perdido en el estallido del marqués? Él, simplemente le había anunciado la decisión de Blanca. ¿Por qué motivo se lo había tomado como un insulto e injerencia por su parte?

—¿Está sugiriendo provocar un conflicto diplomático entre ambos reinos? —el duque se sentía atónito.

John le sostuvo la mirada, y con el mismo desafío.

—Mi hijo, el padre de Blanca, pertenece a la delegación diplomática de Gran Bretaña —le recordó rápido—. En modo alguno deseará que su primogénita ingrese en un convento español para apaciguar la sed de poder de vuestra corona.

—Es la decisión de Blanca —insistió el duque.

—Entonces, ya no tenemos nada más que hablar.

—¡Lord Beresford! —lo llamó Alonso cuando el marqués ya se daba la vuelta—. No se trata de la casa Lara ni de la casa Marinaleda —volvió a insistir con emoción en la voz—. ¡Blanca cree que puede estar encinta!

El abuelo soltó un exabrupto al mismo tiempo que se quedaba clavado con los pies al suelo. Cuando la mirada azul se intensificó, Alonso pudo ver infinidad de emociones, y ninguna era de alegría por la posible nueva. A él le había sucedido lo mismo. Cuando Blanca se vio acorralada por su insistencia para continuar con el compromiso, había soltado la bomba sobre su cabeza, y lo había dejado paralizado.

Lo mejor opción para una noble mancillada, era la de ingresar voluntariamente en un convento.

—Por ese motivo, Blanca no abandonará Silencios —reiteró Alonso.

John necesitaba ganar tiempo, mantener al duque entretenido, y supo lo que debía hacer a continuación.

—En George Town un asesino disparó a mi nieta. —Al duque le cambió el color del rostro—. Pude interponerme en la trayectoria de la bala, y logré que me alcanzara a mí y no a ella.

Ahí tenía el duque la explicación para su herida, y que no le había preguntado por discreción. ¿Por qué motivo Blanca no le había referido nada?

—¡Qué desgraciado ha ...! —el marqués lo cortó.

—En una de las bodegas del Divino se encuentra apresado el capitán Lope Moreno de Camacho, autor de los hechos.

Si el duque se puso rojo con la noticia del intento de asesinato de su sobrina, con la revelación del nombre del asesino se puso lívido.

—¡Cómo es posible...! —no pudo continuar de lo asombrado que estaba.

—Mi nieto Roderick logró apresarlo a él y a dos de sus compinches que serán juzgados en tierras de ultramar de Gran Bretaña.

—Quiero a ese desgraciado en mi poder —dijo el duque rechinando los dientes.

A John no le cabía duda de la capacidad del duque para hacerse con el preso y sacarle la verdad.

—Será llevado a Inglaterra donde será juzgado —le informó John.

Y entonces el duque hizo lo que el marqués esperaba. Lo dejó plantado con la palabra en la boca para dirigirse a las autoridades pertinentes de Sevilla. Tenía toda la intención de hacerse con la custodia del preso español retenido en un barco inglés. Con esa acción, John había obtenido el tiempo que necesitaba para llevar a cabo sus planes.

CAPÍTULO 37

John llevaba varias horas esperando. En ese momento supo todas las cábalas que se había hecho su nieta durante días, recorrió los mismos pasos que Blanca, valoró todas las opciones, y, ese ir y venir contiguo, lo condujo al mismo lugar que la había llevado a ella: el ingreso en un convento para salvarlos a todos, salvo que él tenía sus propios medios para variar el rumbo que había determinado su tío el duque, e incluso ella misma.

Mientras Alonso de Lara removía cielo y tierra para hacerse con el prisionero en Sevilla, él mantuvo una larga conversación con su nieto Roderick, y le dio instrucciones precisas también inmediatas de lo que debía hacer. Como Roderick no se prestaba a las maquinaciones del abuelo porque albergaba infinidad de dudas, John le asestó el golpe de gracia con la misma revelación que el duque le había dado a él. Y la noticia sobre el ingreso de Blanca en un convento porque podría estar encinta, causo en el interior de Roderick un auténtico cataclismo.

Todas las emocionas que cruzaron el rostro del nieto a medida que lo escuchaba, fueron las mismas que padeció el abuelo salvo una: la ira.

Para que su nieta no sospechara de sus movimientos, le dijo que necesitaba enviar tres telegramas urgentes, uno a Whitam Hall, otro a Crimson Hill, y el tercero a Wolburn Manon. Le rogó que acompañara a Roderick para enviarlos. Adujo el motivo más irrisorio: que Roderick no conocía la villa como ella.

Blanca se había negado en un principio porque no quería abandonar Silencios hasta que regresara su tío, pero John la convenció.

Que la duquesa y los tres hijos del duque se encontraran de viaje en Escocia, lo consideró John un golpe de suerte. Él se quedaría en Silencios con Alonso de Lara para descubrir al verdadero inductor del intento de asesinato de Blanca, mientras tanto, Roderick se la llevaría lejos del reino de España para ponerla a salvo de la corona.

***

—¿Por qué razón no puedo conocer los mensajes que has enviado a Inglaterra? —acababan de dejar la oficina de telégrafos—. Sobre todo, el que has enviado a Wolburn Manon.

Roderick la había llevado dando vueltas por toda la ciudad y sin la protección de un carruaje. Blanca estaba acalorada, cansada, y con un sentimiento de duda por el mutismo premeditado de él.

—Marisabidilla —contestó sin mirarla, pero visiblemente enojado.

A Roderick le costaba un mundo no enfrentarla y demandarle explicaciones, pero le había prometido a su abuelo ser paciente, y seguir todas y cada una de sus indicaciones. Mientras ellos se dirigían hacia la oficina de telégrafos para enviar los telegramas, John había enviado un mensaje urgente al Divino con instrucciones precisas para el capitán Jeffrey. Debía entregar el prisionero al duque de Alcázar cuando se personara en la nave, y en el momento que sus nietos subieran a bordo, debía zarpar de inmediato.

—Tengo que comprar un linimento jabonoso —dijo mirando a izquierda y derecha—. ¿Podrías indicarme dónde podríamos encontrar un maestro farmacéutico?

A Blanca le pareció sospechoso que su abuelo insistiera tanto para que acompañara a Roderick en sus recados, pero luego se aplacó porque era consciente de que no conocía la ciudad de Sevilla, y porque podría tener dificultades para conseguir el linimento.

—Hemos pasado la botica de don Felipe —se quejó ella—. Si hubiésemos cogido el carruaje de mi tío u otro de alquiler, ahora no estaríamos dando tumbos en esta zona tan alejada de Silencios.

—Te recuerdo que tu tío se ha llevado el carruaje ducal, y a mí me apetecía pasear un poco.

—Hemos dejado atrás la botica.

—Pues regresaremos sobre nuestros pasos —insistió él.

—¿Para qué necesitas el linimento? ¿Te zurren las tripas? —se burló ella mientras lo miraba de forma subrepticia.

Roderick se mostraba inusualmente pensativo.

—El linimento es para la herida de bala del abuelo —fue pronunciar las palabras y mostrarse compungido por haberse delatado así mismo.

Blanca se paró en medio de la calle arbolada y lo miró estupefacta.

—¿La herida de bala del abuelo? —preguntó con el alma en suspenso.

—Fue herido en el puerto de George Town.

Ella parpadeó incrédula. ¿Por qué motivo nadie le había dicho nada?

—¿No resultó herido por la explosión?

Roderick hizo un gesto negativo con la cabeza.

—Pero logré apresar al asesino —dijo ufano—. Ahora se encuentra preso en las entrañas del Divino.

Blanca volvió a parar sus pasos.

—¿Hemos viajado todo este tiempo con el asesino del abuelo en el barco? —a ella le parecía increíble—. ¿Quién querría matarlo? El abuelo no tiene enemigos.

—Eso es lo que va a averiguar tu tío el duque, porque el asesino es un oficial español.

Roderick iba desgranando la información poquito a poquito, y ella mordió el anzuelo por completo.

—¿Mi tío se encuentra en el Divino? —Roderick hizo un gesto afirmativo con la cabeza.

Y Blanca se fijó que estaban muy cerca del puerto. Como Roderick no conocía la ciudad, y ella había estado malhumorada por tener que acompañarlo, no se había percatado. Pero todo era una estratagema porque como marino Roderick sabía perfectamente orientarse hacia el puerto.

—¡Vamos a ver a mi tío!

Roderick sonrió ladinamente, resultaba tan fácil manipularla.

—¿Quieres ir al puerto, y subir al Divino para hablar con tu tío el duque? —preguntó con voz inocente.

—Ya estamos en el Arenal, mira —le dijo ella con el brazo extendido señalándole un lugar.

Blanca le mostraba el edificio medieval de las Atarazanas, el astillero de la ciudad.

—Ya me parecía a mí que nos habíamos desviado demasiado.

—Ven, no te entretengas —lo azuzó ella.

Roderick se dijo que cuando la tuviera a salvo en el Divino, la iba a atar y amordazar en venganza por ocultarle tantas cosas. La carrera de ella hacia el barco lo pilló por sorpresa porque consideraba a Blanca una dócil y tierna doncella, pero se había convertido en una digna rival que lo ganaba en rapidez. Cuando llegaron a la planchada del barco, ella subió la primera.

—Es posible que se haya ido tu tío —le dijo para que no se decepcionara.

Blanca se giró hacia él, y lo observó con esos preciosos ojos celestes.

—Quiero ver por mí misma el rostro del asesino del abuelo.

Ahí estaba el verdadero motivo para querer subir al barco. Y lo hizo ligera de pies y ansiosa de ánimo. Saludó a dos marineros que le sonrieron, y se plantó en medio de cubierta esperando que Roderick la precediera. ¿Por qué parecía que remoloneaba tras ella?

—¿Dónde lo tenéis retenido?

—En el pañol de pólvora —contestó él.

Ella lo miró desconcertada. A la vista estaba de que esa bodega servía lo mismo para un roto que para un descosido.

—¿Y os ha parecido el sitio más apropiado para encerrar a un asesino? ¿Junto a la pólvora?

Blanca comenzó a caminar hacia el lugar mencionado. Roderick miró al capitán Jeffrey, y le hizo un gesto con la cabeza para que retiraran la planchada y soltaran los amarres.

De repente, Blanca se vio alzada por los fuertes brazos de Roderick, que la llevaba en volandas hacia el camarote que había ocupado en el Divino durante el viaje de regreso a Sevilla.

—¿Qué haces? —preguntó asombrada—. ¡Suéltame! —le ordenó.

Pero Roderick tenía los labios apretados en un gesto de enojo. Con paso rápido la introdujo en el camarote, y cerró la puerta con el pie, cuando la dejó sobre la cama, se giró hacia la puerta y la cerró con llave.

El rostro de Blanca era ininteligible. Estaba claro que no entendía nada. Cuando comenzó a sentir el movimiento del barco, se preocupó de veras.

—¿Qué sucede? ¿Me estás secuestrando? —el silencio de él se lo tomó como un sí.

Blanca se levantó rápida.

—Lo del asesino es mentira, ha sido todo un ardid rastrero —susurró queda—. ¡Abre la puerta! —le ordenó firme

Roderick se plantó con las piernas separadas, un gesto muy típico en los marineros cuando navegaban.

—¿No tienes nada que contarme? —le preguntó enfadado.

Blanca no comprendía el motivo para que se mostrara enojado con ella, ni para que le hubiera mentido, ni para que la hubiera raptado.

—¿Qué tramas, capitán filibustero?

Roderick resopló.

—Llevarte a Estados Unidos y retenerte allí como mi esclava.

A ella no le hizo ni pizca de gracia sus palabras.

—Si haces algo así, te rajaré desde la garganta hasta el vientre y te haré comer tus propias tripas —le echó en cara la amenaza que había escuchado a su tío Alonso.

Si a ella le había impresionado, esperaba el mismo resultado para él.

—¿No tienes nada que contarme? —volvió a insistir Roderick.

—Estás poniendo a prueba mi paciencia con esa insistencia porque ignoro qué deseas que te cuente —le reprochó como si estuviera hablando con un niño pequeño.

El barco comenzaba a coger velocidad, y en los ojos de ella se podía ver la preocupación que esa circunstancia le provocaba.

—No puedo marcharme de Sevilla, no puedo dejar sólo a mi tío en medio de esta debacle. Él no tiene la culpa de nada.

Su voz era de verdadera angustia.

Roderick cruzó los brazos al pecho, y, en esa postura firme, con las piernas separadas, y con la mirada llena de ira, le pareció un auténtico y peligroso hombre de mar.

—El abuelo quiere impedir que entres en un convento —fue escucharlo, y se le demudó el semblante—. Sobre todo, si estás embarazada.

A Blanca no la sostenían sus propias piernas. Optó por sentarse en el jergón de la estrecha cama. Respiró profundo varias veces para tratar de controlar sus nervios en el estómago, y los latidos en sus sienes.

«¿Por qué mi tío ha revelado mi plan cuando tanto insistí en lo contrario?», se preguntó.

—No estoy encinta —dijo finalmente después de un momento largo.

—¿Otra mentira más? —le recriminó Roderick que seguía en la misma postura alerta—. ¿Cuántas llevas? Porque he perdido la cuenta.

Ella se lamió los labios en un gesto de impotencia. Y volvió a preguntarse el motivo para que su tío hubiese revelando la conversación que habían mantenido, y lo más preocupante, ¿cómo había llegado esa información hasta Roderick?

La imagen del marqués se hizo lúcida en su mente.

«Abuelo, ¿qué has hecho?». Ahora comprendía su apremio para sacarla de Silencios. «¿Por qué, abuelo, por qué has hecho esto?», se preguntó acongojada.

—Mi tío insistía en continuar adelante con el compromiso —comenzó a revelarle, pero sin mirarlo—. Y sólo le sugerí que podría estarlo para que agilizara los tramites para mi ingreso en el convento de Santa Marta.

Roderick no podía creerla, se resistía.

—Ingresar voluntariamente en un convento, ¿por qué? —le preguntó atónito—. Ninguna muchacha de tu alcurnia ingresa en un convento salvo por el motivo de la preñez involuntaria.

Sí, ella había usado esa posibilidad con su tío, y había dado resultado.

—Trataba de protegerte —le echó en cara muy seria.

Roderick la miró estupefacto.

—¿Tratabas de protegerme? —en su tono se advertía la incredulidad.

—Como novicia del convento de Santa Marta estaría protegida de las intenciones de mi tío el duque y de la casa Marinaleda, si acaso decidían continuar con el compromiso y posteriormente la boda —comenzó a relatarle—. Como novicia en el convento cualquier mancha sobre mi reputación y honor sería perdonado y olvidado con el tiempo —el asombro se reflejaba en el rostro de él—. Como novicia del convento, tú quedabas libre para regresar a ese lugar que tanto añoras, y donde has sido feliz todos estos años —Blanca calló durante un momento tan largo que Roderick pensó que ya no iba a decir nada más, pero se equivocó—. Había pensado que cuando llegara el tiempo de pronunciar los votos, aceptaría que no tengo vocación, y entonces quedaría libre...

A Roderick le costaba aceptar hasta dónde podía llegar ella para deshacerse de un compromiso no deseado con una de las familias más importantes del reino, porque en modo alguno creía que su sacrificio de libertad era por él.

—¿Estás encinta? —le preguntó seco.

Ella soltó un suspiro suave.

—No lo estoy —le aseguró—. Y por eso no es necesario esta acción para alejarme de Sevilla y de mi tío.

Ahora, el que tomó aire varias veces fue él.

—No voy a permitir que regreses a Sevilla, debo convencerte de que aceptes casarte conmigo.

Ella lo miró con ojos brillantes. Él no podía estar insinuando... tenía que haber malinterpretado sus palabras.

—No puedes hablar en serio. ¡Sólo pretendía proteger tu sueño de libertad! —le espetó dolida.

Roderick destensó los hombros.

—Que me dejaras fuera de todo esto me hiere hasta un punto inconcebible —le reprochó con voz grave—. Eres una dama, yo un hombre de honor, y debo cumplir con la obligación de reparar tu honor pues soy el causante de que ya no seas doncella.

—¿Tanto te cuesta admitir que mi plan era perfecto? ¿Qué nadie salía herido y a la vez todos beneficiados? —en la voz de ella se apreciaba el reproche.

Roderick comenzó a caminar hacia ella al mismo tiempo que se quitaba la ropa.

—¿Qué haces? —le preguntó espantada.

—Asegurarme que cuando vuelva a abrir esa puerta, accederás a casarte conmigo.

—¡Pero es que no debo! —exclamó—. ¡Ya te lo he explicado!

Como él había llegado a la cama, Blanca encogió los pies y trepó hacia atrás hasta chocar contra la madera de la nave. El puso primero una rodilla en el lecho, luego subió la otra, iba vestido sólo con los pantalones negros.

—¿Sabes? Debimos unirnos en matrimonio en el Intrépido cuando lo sugirió Alexander —Blanca ya no podía retroceder más—. Pero lo haré gustoso en el Divino, porque nada me divierte más que desbaratar todos tus planes.

Roderick parecía un niño con un juguete nuevo.

—¡Estás loco si crees que me prestaré a ello! —logró decir antes de que la boca de él cayera sobre la suya.

La besó firme, posesiva, delicada. Blanca se resistió al principio, pero en el fondo aceptó que tenía la batalla perdida. Entre las manos de Roderick era como mantequilla puesta al fuego. Había desbarato sus planes, la llevaba contra su voluntad lejos de Sevilla y con el beneplácito de su abuelo. Ella tenía sobrados motivos para enfadarse con él, pero la besaba, y no podía pensar en nada más que en ellos dos, y en los sentimientos tan profundos que albergaba por él.

Él, terminó el beso, y la miró con ojos brillantes.

—¿Vas a casarte conmigo? —insistió de nuevo.

Blanca hizo un gesto negativo bastante elocuente.

—¿Vas a obligarme a llegar hasta el final? —preguntó incrédulo.

—¿Qué yo te estoy obligando? —la voz le salió aguda.

—Ya no hay remedio, Blanca —le dijo muy serio—. Antes de llegar a destino, nos habremos convertido en marido y mujer.

Roderick inclinó de nuevo la cabeza y capturó su boca, pero en esta ocasión no fue tierno y comedido. Fue posesivo, dominante, y usó su experiencia para doblegarla.

Blanca quería… necesitaba… no podía pensar. Cada caricia la hacía arder entera. Dejaría que la besara, y luego mantendría con él una larga conversación.

***

Cuando Alonso de Lara llegó a Silencios, John lo esperaba. El conde tenía los puños ensangrentados, y los hombros caídos por el peso de la culpa. No tenía la menor duda de que había logrado del capitán español lo que John no pudo. Sin pronunciar palabra, el marqués le sirvió un brandy en una copa de fino cristal tallado. Caminó hacia el duque, y se la ofreció.

—Presumo que necesitas un trago —Alonso le hizo un gesto con la cabeza muy breve, tomó la copa, y se bebió el contenido de golpe. John le ofreció una segunda copa—. Sentémonos un momento porque necesito conversar contigo sobre asuntos muy importantes.

El duque aceptó la sugerencia. Caminó hacia el sillón de piel, y tomó asiento. John hizo lo propio, tomó asiento frente a él.

—¿Conseguiste arrancarle la información? —quiso saber el marqués.

Alonso entrecerró los ojos.

—Sí, lo hice. He logrado que vomite hasta la primera leche que se tomó —respondió conciso, y en su voz no había orgullo ni presunción, sólo disgusto.

John entendió todo.

—¿Dónde se encuentra?

—En la Cárcel del Pópulo.

—¿Qué será del capitán Lope?

Alonso no mostró ni un ápice de sentimiento en la mirada.

—Será ahorcado una vez sea juzgado por traición.

—Intento de asesinato —lo corrigió el marqués.

Alonso casi soltó una blasfemia, pero se contuvo.

—Con el asesinato de mi sobrina, Lope podría haber creado un conflicto diplomático con Inglaterra, y eso sería traición a la corona.

John no pensaba discutir con él sobre esas cuestiones.

—Lope no tenía motivo para asesinar a Blanca —comenzó esperando que el duque le revelara la información que había logrado arrancarle con los puños.

Alonso de Lara miró al inglés y soltó un suspiro tan largo que John lo interpretó como de cansancio.

—Tengo una conversación pendiente con León de Hidalgo.

El marqués ya no necesitó saber nada más. No había sospechado de el prometido, pero ahora veía claro que era el inductor del intento de asesinato.

—¿Qué podía ganar la casa Marinaleda con la muerte de Blanca?

Alonso tenía sus propias conclusiones, pero no quería comentarlas con el inglés. Todo el asunto de su sobrina le había provocado un cisma emocional porque se sentía responsable de todo.

—Es mi deseo que mi sobrina siga en la ignorancia con respecto al peligro de muerte que ha pasado —ordenó el duque.

John se dijo que así era Alonso de Lara: obstinado como pocos, pero lo respetaba. En los años de vínculo parental con su hijo Andrew, se habían creado conflictos entre ambos siempre por Blanca. Andrew era un padre muy posesivo que no llevaba muy bien las largas ausencias de su única hija por culpa de un compromiso que él no había pactado ni aceptado. Por el contrario, el duque siempre se mostraba ufano de que Blanca adorara Silencios, de que le apasionara todo lo relacionado con la corona de España, y ello había provocado largas disputas entre padre y tío, y había culminado en que ambas familias se distanciaran.

—Tengo que hablarte sobre Blanca —fue escucharlo, y Alonso se puso a la defensiva.

—No voy a tolerar que se le informe al respecto.

—Blanca no sospecha nada —reveló el marqués para tranquilizar al duque—, pero debo informarte de algo muy importante.

Y John pasó los siguientes dos minutos explicándole al duque la marcha de Blanca Inglaterra, y las siguientes cuatro horas, tratando de aplacar la furia del duque de Alcázar.

CAPÍTULO 38

Crimson Hill, condado de Southampton, Inglaterra

Justin Clayton Penword, duque de Arun, miraba el mensaje que sostenía entre las manos con sorpresa inusitada sorpresa. Su esposa lo miraba impaciente.

—¡Por Dios! ¿Qué dice?

—Imagino que lo mismo que mi mensaje —contestó Christopher Beresford que seguía plantado en el salón de visitas.

Tras un momento largo, Justin le pasó la nota a su esposa que la tomó impaciente. Aurora la leyó, un segundo después se llevó la mano a la boca para ahogar un gemido.

—¿Nuestro Roderick casado con...? —fue incapaz de continuar.

—Tengo que disponerlo todo para la llegada de ambos —informó Christopher muy serio—. Y debo informar personalmente al resto de la familia sobre este asunto.

—¿Nuestro Roderick casado con Blanca? —a la duquesa de Arun apenas le salía la voz.

—El Divino llegará a Portsmouth en un par de días —reveló Christopher.

Justin estaba enmudecido. Apenas le llegaba la sangre al corazón. Si la nota que tenía en la mano decía la verdad, las dificultades no habían hecho más que comenzar para ellos. Roderick había rescatado a Blanca, Roderick se había casado con Blanca, Roderick regresaba a casa...

—Blanca está prometida al heredero de Marinaleda —aclaró Justin.

—Yo me siento tan sorprendido como tú —soltó Christopher con voz ronca, y sin dejar de mirar al duque.

—¡Blanca nos trae a Roderick a casa! —exclamó la madre visiblemente emocionada, y sin poder pensar en nada más.

—Ha debido de suceder algo grave —respondió Justin pensativo.

—En el mensaje que me ha enviado mi padre, me advierte de que estemos preparados para lo peor.

Justin miró a Christopher preocupado, todo lo contrario de su esposa que parecía la más feliz de las madres.

—¿Cómo podemos avisar a Andrew? —preguntó el duque de pronto—. Ignoramos en qué lugar del mundo navega buscándola.

Christopher soltó un suspiro largo.

—Ya me he encargado de ello. He hablado con el embajador, y ha dispuesto enviar despachos oficiales a los territorios de ultramar de Gran Bretaña. El embajador confía que mi hermano solicite información en alguno de esos puertos —Christopher calló un momento—. Era la única forma que se nos ha ocurrido de poder llegar hasta él.

—Y es una muy buena idea —aceptó el duque.

Justin se apoyó en el borde de la mesa de su escritorio porque todavía no se creía la buena.

—Me marcho a Wolburn Manon —anunció Christopher—. Tengo que traer a mi cuñada Rosa y al pequeño Adam a Whitam Hall —les recordó.

La duquesa regresó al presente de sopetón. ¿Qué estaba insinuando lord Beresford?

—Por supuesto que mi hijo y su esposa se hospedaran en Crimson Hill, es su hogar ahora —protestó la duquesa.

Justin no lo creía probable porque intuía que Roderick no querría estar en la misma casa de la que había huido años atrás.

—Yo me limito a cumplir las órdenes de mi padre —apuntó Christopher—. Madre e hija querrán estar juntas después de estar tanto tiempo separadas, y lo harán en Wolburn Manon.

Christopher se despidió de ambos, y salió presuroso por la puerta acompañado del mayordomo. Aurora no sabía qué decir al respecto. Justin optó por guardar un silencio que ella no respetó.

—¿De verdad vas a permitir que nuestro hijo se hospede en la casa de mi padre y no en la nuestra?

Justin se removió inquieto.

—Todo esto me tiene muy preocupado.

El duque pensaba en las posibles represalias diplomáticas. Los Lara podrían presentar batalla legal, y ellos habían quedado en clara desventaja, sobre todo Andrew Beresford que pertenecía a la delegación diplomática inglesa.

—¡Justin! —exclamó Aurora bastante emocionada—. ¡Roderick vuelve a casa! —En los ojos grises del duque la esposa pudo apreciar una inquietud persistente—. Pensaba que te alegraría la noticia del regreso de tu primogénito.

Padre y madre llevaban varios años sin saber nada sobre él. Justin había contratado a un detective para que siguiera sus pasos, y por eso sabía que había comprado una propiedad en Estados Unidos, y que pensaba establecerse allí de forma definitiva contraviniendo sus deseos. Esa información se la había ocultado a su esposa para no angustiarla todavía más.

—Me preocupa que la haya seducido —admitió al fin—. Que se haya aprovechado de ella.

Aurora no podía creer tal cosa de su hijo. Blanca siempre había sido una muchacha muy introvertida, callada, y por supuesto virtuosa.

—Pues si es cierto lo que sospechas, me alegro de que lo haya hecho, la verdad.

El esposo la miró con recelo.

—La familia materna de Blanca es una complicación —claramente el duque se refería al tío de la muchacha.

—Querrás decir el duque de Alcázar.

—Su compromiso con la casa Marinaleda tenía el beneplácito y la supervisión de la corona de España —le recordó el esposo.

Aurora sabía que ese era un escollo a superar, pero se sentía demasiado feliz para que esa circunstancia eclipsara la noticia del regreso de Roderick.

—Blanca es perfecta para nuestro primogénito y heredero —corroboró la esposa—. Es callada, prudente, inteligente, hermosa, de linaje incuestionable, y te aseguro que su madre se sentirá muy feliz de tenerla tan cerca de ella.

—Tú te sentirás muy feliz de tenerlos tan cerca.

La sonrisa de Aurora resultaba contagiosa.

—Por supuesto que sí, y nuestro heredero y su esposa deben vivir aquí con nosotros, nada de Whitam Hall ni de Wolburn Manon —afirmó la madre decidida—. Roderick y Blanca deben vivir en Crimson Hill.

El corazón de Justin se lleno de amor al verla tan dichosa.

—Hacía años que no te veía así de feliz —le dijo el esposo.

Aurora se llevó la mano a la garganta, quizás para contener un gemido, pues tenía los ojos anegados en lágrimas.

—¡Nuestro hijo vuelve a casa! —Repitió con la alegría saliendo por cada poro de su cuerpo.

Justin abrió los brazos, y Aurora se entregó a ellos.

—Tienes razón —aceptó él—. No importa la forma o el modo, Blanca ha logrado lo impensable, que nuestro hijo regrese al hogar.

Aurora cedió por fin al llanto, pero no le duró mucho el desahogo porque el resto de sus hijos hicieron su entrada en tromba en el salón de visitas. Los gemelos y los mellizos los agobiaron a preguntas. El duque se dio cuenta de que su sobrina mayor Lizzy estaba parada en la puerta. Llevaba de la mano a la pequeña Beatrice de nueve años.

—¿Está tu padre en Crimson Hill? —le preguntó mientras dejaba que su esposa respondiera todas las preguntas que formulaban sus cuatro hijos.

La pequeña Beatrice le sonrió a su padre, y logró que se derritiera su corazón. Era tan callada y tan bonita.

—Pues estaba hablando con Adam hace apenas un momento —Lizzy giro la cabeza, pero en el vestíbulo no se encontraba ni su padre ni el mayordomo.

—Vamos a buscarlo —le dijo Justin a su sobrina mayor sujetando la mano de su hija pequeña—. Tengo que hacerle un encargo urgente.

Aurora se quedó en el salón respondiendo las preguntas que le hacían tanto Victor como Hayden.

—¿Es cierto que regresa Roderick? —le preguntó Lizzy.

—Veo que las noticias no corren, vuelan —respondió Justin—. Pero sí, Roderick regresa a casa, y nada menos que con una esposa.

—De verdad que no podía creerlo cuando Devlin lo ha mencionado hace un momento —respondió la sobrina.

Justin ya sabía dónde podía encontrar a su hermano, en la biblioteca, su lugar favorito de Crimson Hill. Cuando cruzó el umbral, Jamie sostenía una copa entre las manos.

—Iba a tu encuentro en el salón, pero vi tal marabunta y alboroto, que decidí esperarte aquí con tu mejor brandy —se excusó el hermano.

Justin le entregó a Lizzy la mano de su hija pequeña.

—Hay empanadillas de boniato en la cocina —Beatrice y Lizzy exclamaron con deleite al escucharlo.

—¿Eulalia está en Crimson Hill? —preguntó Lizzy.

Justin hizo un gesto negativo. La gitana no solía visitarlos tan a menudo como antes porque la abuela María se encontraba muy delicada. La mujer seguía viviendo en Redtower, y esperaba el regreso de su hijo.

—Se marchó a primera hora de la mañana, pero creo que regresará de nuevo el próximo miércoles —contestó el duque—. Si os retrasáis, os quedaréis sin empanadillas porque se las comerá todas Victor.

No hizo falta que las apremiara más. Las dos corrieron hacia las cocinas en busca de los dulces. Cuando Justin giró el rostro hacia su hermano Jamie, lo vio sonriendo.

—Me he enterado de la feliz noticia —soltó con mirada brillante.

—Hace apenas unas horas que llegó el mensaje a la casa. —Jamie le sirvió una copa de brandy a su hermano mayor—. ¿Cómo está Isabel? —se interesó el duque.

—Embarazadísima —contestó el hermano poniendo en el tono un cierto cansancio—. Pero debo admitir que me siento incluso más feliz que ella.

—¿Cómo se lo han tomado Lizzy, Alex, y el pequeño Logan?

Jamie desvió la vista hacia el techo artesonado de la biblioteca en un gesto bastante elocuente.

—Imagínate por un momento la sorpresa de todos. Lizzy tiene ya diecinueve años, ha retrasado su presentación en sociedad porque Roderick le prometió ser su acompañante en ese día especial, y creo que está esperando que cumpla su palabra.

Aunque no era costumbre que las muchachas que se presentaban en sociedad por primera vez llevaran acompañante. Lizzy sí lo deseaba, y había pensado en su primo Roderick para que la acompañara en la velada más importante de su vida.

—A la vista está de que Lizzy tenía más confianza en el regreso de Roderick que yo.

—Así es tu sobrina —le dijo el hermano—. Lizzy está preocupada por asuntos mucho más trascendentales que las fiestas, los bailes, y los diversos espectáculos en los Jardines de Vauxhall —reveló Jamie sin perder la sonrisa.

Justin conocía que su sobrina mayor participaba de forma activa en diversos eventos sociales referidos a los niños sin hogar, pues era la madrina de un orfanato en Ilford. Y que solía acudir semanalmente a un mercado de segunda mano donde vendía variados artículos que anteriormente recogía de sus amistades más selectas. Solía recaudar bastante dinero para los más necesitados.

—Alex, que tiene dieciséis años —continuó Jamie—, presumo que seguirá los pasos de su hermana mayor. Pero es bien cierto que la llegada de un nuevo miembro a la familia ha supuesto una hecatombe para todos.

—¿Logan no teme ser desplazado con la llegada de un nuevo hermano varón? —lo hostigó Justin.

Logan tenía doce años y era un muchacho muy activo, todo lo contrario que sus hermanas mayores.

—¿Se sintió desplazado Roderick con la llegada de sus cuatro hermanos menores? —le preguntó a su vez Jamie.

—Nunca —respondió el duque—. Además, puedo decirte que se lo ha pasado fenomenal viéndome pelear con Devlin, Hayden, Victor, y Andrew.

—Te recuerdo que a Victor no le gusta que lo llamemos así.

Justin puso los ojos en blanco. Salvo en el círculo familiar más cercano, a Victor lo llamaban todos por su segundo nombre: Gabriel. El duque sólo gruñó.

—Padre, se sentiría muy feliz —alegó Justin en voz baja—. Tienes una familia muy hermosa, hermano mío, aunque bien peculiar debo admitir.

Jamie soltó un suspiro. Había educado a sus dos hijas con capacidad para tener criterio propio. Quería que fueran libres para decidir por ellas mismas, y no condicionadas por terceros. Su forma de educarlas distaba mucho de los cánones sociales, era cierto, pero a él y a Isabel les importaba bien poco lo que pensara el resto del mundo. Y Logan tenía en sus hermanas mayores el mejor ejemplo a seguir.

—Ni te imaginas lo feliz que me siento de saber que mi sobrino mayor regresa por fin al hogar —en las palabras de Jamie había sinceridad.

Los ojos de Justin se ensombrecieron durante un instante.

—No creo que me haya perdonado —casi susurró.

Jamie dejó la copa sobre la mesa, y caminó dos pasos hacia él.

—Hiciste lo correcto como padre que se preocupa —afirmó sin dejar de mirarlo—. Yo habría actuado igual.

Con esas palabras Jamie logró sacarle una sonrisa a su hermano mayor.

—¡Sabes que no! —exclamó el duque con humor—. Tú habrías permitido el flirteo entre Roderick y Serena, incluso los habrías alentado.

Jamie hizo un gesto cómico y a la vez enojado. Su hermano lo conocía demasiado bien.

—Y ahora serías el feliz abuelo de varios niños —contraatacó Jamie con semblante distendido—. Y te habrías ahorrado muchas penurias.

Fue escucharlo, y Justin sufrió un leve escalofrío. Si su hijo había terminado casado con Blanca, mucho se temía que la había seducido y dejado encinta, porque no encontraba otro motivo válido para esa unión inesperada, sobre todo porque estaba prometida a otro.

—¡Pueden estar enamorados! —exclamó Jamie que le había leído el pensamiento.

Justin se sorprendió de que su hermano menor lo conociera tan bien, pero o quería pensar en nada salvo cuando hubiera hablado con su primogénito.

—Hablando de enamoramientos... —comenzó Justin—. ¿Te has percatado de la dependencia emocional que siente Devlin por Lizzy?

Jamie se puso serio de repente.

—Devlin es el hermano mayor que mi hija no tiene —respondió sincero—. De niña sentía verdadera admiración por su primo mayor Roderick, pero se fue en el momento más delicado para ella —Justin era consciente de que sus dos sobrinas eran muchachas muy sensibles—. Devlin retomó el testigo de Roderick, y se convirtió en el apoyo que necesitaba.

Eso había creído Justin durante un tiempo, pero él conocía demasiado bien a sus hijos, y sabía que Devlin estaba enamorado de su prima Lizzy. Era tan guapa y tan inteligente que no le extrañaba en absoluto, pero había tenido una mala experiencia con una situación similar entre su primogénito y Serena en el pasado, y le horrorizaba repetirla.

El duque era para su hermano un libro abierto.

—Al contrario que nuestro primo Brandon, yo no te exigiré que intercedas y te opongas —dijo con aplomo—. Son jóvenes, es natural que se sientan atraídos, aunque estoy convencido de que es algo pasajero, y por ese motivo he decidido mantenerme al margen, y te pido a ti que también lo hagas.

—Parece que estoy oyendo mi propia voz en una situación similar que ya pasó y en la que fallé por aceptar la posición de Brandon —protestó Justin—. Entonces, ¿no te preocupa lo más mínimo? —preguntó tan sorprendido como aplacado.

Jamie hizo un encogimiento de hombros.

—Salvo los duelos que propicia Devlin por ahuyentarle los pretendientes a Lizzy, no siento la menor inquietud —Justin lo sondeó con duda—. De verdad que no le doy importancia —aseguró sin un parpadeo y tratando de convencerlo—. Verás que todo queda en nada, o como diría Isabel, todo se queda en agua de borrajas.

Jamie entendía muy bien la preocupación de su hermano mayor porque había cometido un error imperdonable con Roderick, y temía equivocarse con Devlin. Pero a él le parecía natural que unos primos sintieran más afinidad por otros, incluso que se sintieran atraídos porque era parte del aprendizaje de madurar, y que pasado un tiempo no significara nada, sin embargo, no sabía cómo hacérselo entender a su hermano. Si Justin se lo hubiera tomado así con su primogénito, ahora no estaría en esa disyuntiva.

—Son jóvenes, Justin, no le des más importancia, porque de verdad que no la tiene.

El duque se preguntó si su hermano poseía la capacidad de comprender a los jóvenes mejor que él.

—Es que me he equivocado tanto con Roderick que no deseo fallarles a sus otros hermanos.

Jamie mostró en los ojos violeta un destello de ira.

—Es injusto que te culpes de todo cuando Brandon fue el causante de que te enemistaras con tu propio hijo. Se mostro demasiado intransigente, y sobre todo susceptible.

—No lo vi venir, Jamie.

Ambos hermanos compartían un momento íntimo de confesión. Jamie siempre había estado ahí para él, y no podía imaginarse cuánto se lo gradecía Justin.

—Se te presenta la oportunidad de enmendar el error cometido —le dijo el otro sosteniéndole la mirada. Justin se veía inquieto—. Ha llegado el momento de apoyarlo en todo —le aconsejó—. Sin importar el padre de ella, el abuelo de ella, ni su tío el duque…

Justin soltó un suspiro largo.

—Me gustaría que siguieras en Crimson Hill cuando lleguen.

Jamie entendía que su hermano mayor necesitaba su apoyo, y estaba dispuesto a brindárselo.

—Es tu hijo, regresa a casa —le recordó el otro—. Nada más importa, Justin, nada más…

CAPÍTULO 39

En el interior del carruaje oscuro, Blanca se mantenía en un silencio premeditado. Habían tardado cuatro días en llegar a Inglaterra, y él muy tunante la había mantenido encerrada en el interior del camarote como había prometido. Le había hecho el amor varias veces, una por cada vez que ella se había negado al matrimonio, y ahora se sentía mortificada porque todos en el Divino conocían lo que había ocurrido entre las cuatro paredes del camarote de oficiales.

La relación íntima de ambos en el barco no se parecía en nada a la mantenida en la casa de George Town porque Blanca se había sentido presionada. Cada vez que ella se negaba a darle el sí quiero, Roderick la amaba más apasionadamente que la vez anterior, y ella se quedaba sin fuerzas para oponer resistencia, tampoco lo intentaba realmente. Cuando cruzaron el Canal de la Mancha, él la dejó salir a cubierta, y entonces supo hacia donde se dirigían, y por eso ya no tuvo más opción para negarse. Finalmente, el capitán Jeffrey los había unido en matrimonio con el resto de la tripulación del Divino como testigos del enlace. Ella no podía presentarse en Wolburn Manon habiéndose comportado como una mujer descocada, sobre todo porque Roderick le había mostrado una verdad: un posible embarazo.

—Un día de estos va a estallarte la cabeza —le dijo él.

Como Blanca sabía que sus silencios para pensar lo molestaban, solía sumergirse en ellos demasiado a menudo.

—Estoy tratando de recomponer mi ánimo cuando tenga que enfrentar a mi madre —respondió seca—. Y te animo a que hagas lo propio.

Desde luego que Blanca sabía cómo ponerlo en su sitio, pensó Roderick.

—Bueno, así estamos —contestó él envarado—. Acabo de colgarme la soga al cuello por ti, debo enfrentar a un dragón implacable por ti, y posiblemente tu tío me raje desde la garganta hasta el vientre y me haga comer mis propias tripas, pero nada, sigue compadeciéndote de ti misma.

Blanca rebotó sobre el asiento al escucharlo, y Roderick sonrió. Le encantaba sacarla de quicio. Cuando era una princesita... Roderick rectificó, cuando era una niña, casi repelía porque lo escudriñaba todo con esos enormes ojos celestes, y lograba que el resto se sintieran incómodos, él siempre se preguntaba cómo lograba no mancharse, ni que se le arrugara el vestido. Recordó que nunca participaba en juegos que supusieran correr, saltar, y enfangarse en lo que fuera. Ella siempre se había comportado como un dulce y empalagosa princesita.

«Y por eso disfruto tanto molestándola en el presente».

—Yo no quería casarme contigo —le recordó—. Me obligaste aprovechándote de mi debilidad.

A él le encantaba ser la debilidad de ella, pero Roderick chasqueó la lengua para que no se notara.

—Eso me lo has dejado muy claro —le espetó algo seco—, salvo en el camarote del Divino cuando gemías apasionadamente bajo mi cuerpo.

Blanca deseó pegarle una patada en la espinilla, pero se contuvo.

—Eres insufrible —respondió muy queda.

—Y tú una princesita.

Blanca optó por guardar uno de esos silencios que tanto lo molestaban. Y cuando ya llevaban una hora ignorándose el uno al otro, Roderick decidió romper su silencio.

—Vamos, Blanca, no podemos presentarnos a la familia lanzándonos cuchillos por la espalda.

Ella giró el rostro y clavó sus ojos celestes en los dorados.

—Créeme, capitán filibustero, cuando te lance un puñal lo verás venir porque irá directamente a tus ojos.

Roderick soltó una carcajada de buen humor.

—Ya veo que has bajado al lodazal de las amenazas —le soltó con buen humor—. La dulce, tranquila y recatada Blanca, enzarzándose en insultos arrabaleros.

Ella soltó un suspiro tan largo que Roderick se preguntó cómo le cabía tanto aire en el interior del cuerpo.

—Es inaudito que me sienta insultada por su ordinariez, que se me olvide tan rápido, y que un instante después le permita ciertas libertades…

Había expresado el pensamiento en voz alta.

—Estás hablando de un caballero.

Blanca lo miró incrédula. No se había percatado de que la había escuchado.

—Tienes de caballero lo que yo de pirata.

El color había vuelto a las mejillas de ella, y por eso Roderick cesó en su ataque, además, acababan de cruzar la verja que limitaba la propiedad de Crimson Hill.

Minutos después llegaron a la mansión. Roderick bajó en primer lugar y la ayudó a descender mientras el joven palafrenero sostenía la puerta del carruaje de alquiler. Cuando Blanca alzó el rostro para mirar hacia la casa, se quedó sorprendida de ver a tanta gente reunida.

El personal de servicio de Crimson Hill era muy numeroso.

—¡Roderick! —la duquesa no había esperado a las presentaciones pues corrió hacia su hijo y se colgó de su cuello.

—Madre!

El hijo la abrazó con inusitada fuerza y la besó en la mejilla. Blanca tuvo un poco de tiempo extra para recomponerse: espalda recta, mirada tranquila, y el comienzo de una sonrisa apacible.

—¡Cómo te he extrañado! —Ante la ausencia prolongada del hijo, la madre hizo lo que se esperaba de ella en un reencuentro, llorar a mares.

—Padre...

Justin tenía un nudo en la garganta.

—Su Excelencia —lo saludó Blanca haciéndole la correspondiente venia que correspondía a su rango.

—Bienvenidos a Crimson Hill —ese fue el detonante para que los hermanos de Roderick se lanzaran como tromba hacia ambos.

Pero la madre se resistía a soltarlo. Tenía que saludar a su nuera, darle la bienvenida, pero ni le salía la voz, ni podía dejar de llorar de lo emocionada que se sentía. Cuando los ánimos se calmaron lo suficiente, Aurora respiró profundo.

—Ahora ve y habla con tu padre, yo atenderé a Blanca, y juntas prepararemos un refrigerio para todos.

—No —fue la seca respuesta de Roderick—. No tengo nada que decir.

A los ojos de Justin asomó el dolor de un padre que sufre, a los de Blanca la sorpresa que esa exclamación le había causado. Ella era una muchacha prudente, siempre pensaba antes de actuar, pero en ese momento no pudo mantener el silencio de su boca. Se giró hacia él y lo taladró con la mirada.

—Por supuesto que hablarás con tu padre para que nos de su bendición, y además le explicarás todos los avatares que hemos sufrido a lo largo de estos meses.

Ahora, el que mantuvo silencio fue Roderick, que la conminaba con los ojos a que se mantuviera al margen.

—¡Hijo! —exclamó la madre porque veía que ese enfrentamiento no llevaría a ningún lugar.

Blanca entrecerró los ojos y le hizo un gesto casi imperceptible con los hombros. Después se giró hacia su suegro, y le mostró la sonrisa más cálida de todas.

—Su Excelencia, permítame que le narre todos los sucesos que nos han traído hasta Crimson Hill convertidos en marido y mujer.

Como Justin se sentía superado por la situación con su hijo, optó por aceptar la sugerencia de su nuera, y la precedió hacia el interior de la casa.

Fuera se quedaron la madre, el hijo y los hermanos.

—Id dentro —les ordenó la madre unos segundos después.

Como Roderick hizo amago de seguir a sus hermanos, la madre lo detuvo sujetándolo por el brazo.

—Tú te quedas aquí porque tengo que comunicarte algo muy importante.

Cuando Aurora comprobó que ya no quedaba nadie en la puerta de la casa, se giró hacia su primogénito, lo miró, y acto seguido le dio una bofetada. Roderick la miró afectado, aunque no se llevó la mano a la mejilla.

—¡Cómo te atreves! —le dijo ella que tuvo que respirar profundo porque se ahogaba son sus propias palabras—. ¿Cómo te atreves a cuestionar la autoridad de tu padre? Y no sólo delante de tu esposa, de tus hermanos, del servicio, sino de tu propia estupidez.

Los ojos dorados de Roderick se llenaron de amargura.

—Madre... —ella lo cortó.

—No hay excusa, no hay pretexto, porque te has mostrado despreciable, y era mi deber mostrártelo antes de que entres en la casa.

—Tengo mis motivos.

—¡Oh! Pero ya sé que los tienes —respondió Aurora emotiva—. Lo has dejado bien claro: unos poderosos motivos que te han mantenido cinco años Roderick, cinco años —a la madre se le quebraba la voz—, lejos de tu hogar, lejos de tu madre, de tus hermanos, y de un padre que puede equivocarse, pero que te ama y siempre ha procurado tu bien.

—No es tan sencillo como trata de mostrarme —estaba claro que el hijo se veía molesto por sus palabras—, aunque comprendo sus esfuerzos por suavizar la situación, pero como ya le he mencionado, no es tan sencillo.

La madre soltó un suspiro largo.

—No debe de serlo cuando regresas casado con una mujer que estaba prometida a otro.

—Eso tiene una explicación sencilla —le dijo al fin.

Pero Aurora estaba muy dolida por su comportamiento.

—Ve dentro, habla con tus hermanos, pues están ansiosos de escuchar tus vivencias fuera de Crimson Hill.

Roderick comprendió que lo despedía. Y esa bofetada sin mano le dolió mucho más que la física.

—¿No desea que le cuente las razones para que Blanca y yo hayamos contraído matrimonio?

En la voz masculina podía apreciarse la duda que sentía. La madre hizo un gesto negativo con la cabeza.

—Lo que desee saber, lo haré a través de tu esposa.

La duquesa se giró hacia la casa, y dirigió sus pasos hacia allí. Roderick se quedó parado sin atreverse a entrar. Él, no había pretendo mostrarse impertinente o grosero, pero lo había hecho. Llevaba demasiados años despechado por las acciones de su padre. Por él se había labrado un futuro lejos de Inglaterra, lejos de Crimson Hill, sin embargo, el destino, y las circunstancias inesperadas, lo habían atado, precisamente, a una mujer con fuertes vínculos a su familia. Ahora se daba cuenta de que no estaba preparado para enfrentarse a su padre, ni así mismo. Tenía los sentimientos desbordados, la capacidad de pensar hecha un lío, y por eso se había dejado llevar por la impulsividad. Nunca había sido un hombre impetuoso, en realidad, él había sido como Blanca: reflexivo, calmado, introvertido, y se había enamorado de Serena porque era justo lo contrario a él. Pensar en ella le aclaró un poco el aturdimiento que sentía. Desde hacía varios años, el enamoramiento que creyó sentir se fue diluyendo más rápido de lo esperado, pero no el pesar ni la angustia que le provocó las acciones de su padre, y por eso pasó un tiempo de lo más difícil pues se sentía sólo, además, detestaba navegar hacia lugares desconocidos, con compañeros con los que no cultivó ninguna relación hasta la llegada a su vida de Alexander que le enseñó a no mirar atrás, a tomar las cosas según sucedían, y con él aprendió realmente a olvidar.

Pero no lo había logrado, porque nada más ver el sonriente rostro de su padre, su corazón sufrió un vuelco. Se había tomado ese gesto de la peor forma posible, y, en su irreflexión, no se paró a considerar que podría alegrarse de verlo.

Las palabras de Blanca tratando de enmendar su enorme error, no le habían dolido tanto como las bofetadas de su madre, la física y la moral. Ya no era un chiquillo sino un hombre que podía demandarle explicaciones al ogro de Crimson Hill y calmar su corazón herido, pero quizás había perdido la oportunidad de hacerlo.

—¿Qué haces todavía fuera?

La voz de su hermano Devlin lo trajo de nuevo al presente.

—Estaba pensando —respondió sincero.

El otro lo miró apremiante.

—Todos te esperamos dentro.

Roderick sabía que todos no, ni su madre, ni su padre, ni su esposa, estarían por la labor de esperarlo. Fue pensar en Blanca, y sentir una sacudida en las entrañas, como si hubiera recibido un golpe.

—¿Dónde está Blanca? —fue lo único que se le ocurrió preguntar.

—¡Ah! Pues creo que lady Penword está conversando con padre en la biblioteca, y ya llevan un tiempo más que considerable.

—¿Y madre?

Devlin ya entraba en el interior de la casa.

—Ha salido por las caballerizas, creo que va de visita a Wolburn Manon para traer a lady Beresford a Crimson Hill.

Así que su madre lo había dejado a solas con el dragón.

—¡Devlin! —le gritó, pero el hermano ya había entrado a la casa y no pudo escucharlo.

Con paso decidido, aunque lento, Roderick se dirigió hacia la biblioteca. Se dijo que los malos tragos, cuanto antes, mejor.

CAPÍTULO 40

Justin miró a Blanca con agradecimiento, pues había salvado un momento incómodo para todos.

—¿Deseas un jerez dulce? —le preguntó.

Blanca negó con un ademán suave.

—Le agradezco la invitación.

Justin tomó asiento tras el enorme escritorio. Blanca lo observó detenidamente. Si Roderick había querido molestar a su padre, lo había logrado con creces porque el duque se veía incómodo.

—Cuando recibí el mensaje de tu abuelo, no podía creerlo.

Blanca lo escudriñó a conciencia. Conocía toda la historia entre Roderick, su enamorada, y la decisión del padre en cuestión.

—¿Desea que le relate lo sucedido hasta ahora? —le preguntó directa.

Justin carraspeó porque quería evitar los detalles escabrosos, aunque supo que no podría evitarlo porque Blanca deseaba sincerarse, y él no pensaba interrumpirla.

—Todo lo que consideres oportuno, sin que por ello se resienta tu recatado ánimo.

A Blanca le gustaba como hablaba el duque. Lo consideraba un hombre muy inteligente, casi tanto como su tío, y ella le tenía mucho respeto. Con voz suave y pausada comenzó a desgranarle su captura por unos piratas portugueses cuando bordeaban la costa de Portugal, su liberación por el capitán del Caronte. El nuevo ataque, y como consecuencia el naufragio del barco, también la estancia de ambos en la cala prácticamente inaccesible, la dificultad para sobrevivir, y que Roderick la había protegido siempre. Justin la escuchaba muy atento. En una de las partes más importantes de la narración, el duque pidió un té para ambos, pero Blanca no cesó de hablar ni en presencia del mayordomo. Le contó la estancia de ambos en George Town, el encuentro con el marqués de Whitam, la explosión en el puerto, el disparo que impactó en su abuelo John, y el regreso a Sevilla.

Justin la interrumpió por primera vez.

—¿Cuándo se ofició la boda entre ambos?

Blanca se lamió indecisa el labio inferior. A ella le gustaría decirle que se habían convertido en marido y mujer en George Town, pero no veía prudente mentirle.

—Cuando cruzamos el Canal de la Mancha.

Justin la miró incrédulo.

—¿Llevas apenas un día de casada?

El rubor en el rostro de su nuera fue más que una respuesta. Y entonces ella pasó a explicarle que su tío quería insistir en el compromiso con Marinaleda a pesar de sus protestas, y en la solución que ella había ideado para que todos quedaran satisfechos, pero que su abuelo insistía en un enlace entre los dos. Blanca recalcó que ella podía haberse enfrentado a todo menos a la testarudez de Roderick.

Ese último comentario le arrancó una sonrisa sincera al duque que corroboró la opinión de Blanca sobre el carácter obstinado de su primogénito. Blanca le contó algunas anécdotas vividas que le arrancaron una carcajada, y en ese ambiente distendido los encontró Roderick que no llamó a la puerta ni esperó a ser invitado. Y su presencia logró que el rostro de su padre se pusiera serio y el de su esposa se turbara.

—Puedo sumarme a la diversión —no fue una pregunta, y Blanca se molestó porque Roderick actuaba como si no hubiera provocado uno de los momentos más tensos de su vida: la presentación de ella a su futura familia.

—Has decidido quedarte fuera —le reprochó.

—Siéntate con nosotros, hijo —lo invitó el padre.

Blanca apretó los labios porque estaba en verdad enojada con él. La había dejado sola para enfrentar un reto muy difícil: explicarle todo al duque. Cuando Roderick tomó asiento a su lado, Blanca se levantó como un resorte.

—Ahora que viene la parte técnica de la explicación, es hora de que me retire pues estoy cansada, y me gustaría adecentarme antes de que llegue mi madre y mi hermano.

—Netty se ocupará de tu vestuario y de atenderte hasta que elijas tú misma a tu doncella personal del servicio de Crimson Hill —le dijo el suegro en un tono bastante agradecido—. Me has ayudado mucho a comprender la situación.

Blanca clavó los ojos en su flamante esposo que la observaba muy serio.

—Bueno, yo he aportado la parte corazón de la historia, y ahora le toca escuchar la parte visceral —Blanca se sujetó el vuelo de su vestido de muselina blanco con margaritas plateadas—. Su Excelencia —se despidió del duque con una sonrisa—. Roderick...

No esperó la respuesta de uno ni del otro. Blanca alcanzó la puerta de la biblioteca y salió de forma silenciosa acompañada del mayordomo que había aparecido de la nada.

—Por cómo se ha despedido, creo que tu esposa está enojada contigo.

Al escuchar las palabras de su padre, Roderick dejó de mirar la puerta que el sirviente había cerrado tras él.

—Le he dado motivos para estarlo.

El hijo no se daba cuenta, pero el padre lo miraba con ansia mal disimulada. Tenía que romper el hielo, pero no sabía cómo hacerlo.

—Es increíble por lo que ha pasado esa muchacha, y lo bien que lo lleva. La admiro.

«Sobre todo con nuestro reciente matrimonio», se dijo Roderick.

—Imagino que no es la esposa que esperaban... —dejó la frase sin terminar, como si se hubiera arrepentido de comenzarla.

—Blanca Beresford es perfecta —lo corrigió el duque—. Dulce, educada, bella, virtuosa... —ahora el que dejó la frase sin concluir fue el propio duque que examinaba el rostro de su hijo sin un parpadeo.

—Sucedió sin que ninguno de los dos lo previera —se sincero creyendo que su padre lo censuraba.

—Le salvaste la vida, la mantuviste a salvo en un lugar donde no había forma de escapar —anotó el duque con voz neutra—. ¿Qué muchacha no se enamoraría de su protector tras sufrir todos esos avatares?

Roderick se quedó pensativo durante un momento.

—Intentaron matarla en George Town —confesó el hijo de pronto.

Justin no podía creerlo.

—¿A Blanca? —preguntó muy sorprendido—. ¿Quién querría hacerle daño?

Roderick tenía sus propias sospechas al respecto, pero no las había compartido con su abuelo, por eso no puso objeciones para sacarla de Sevilla y llevarla a Inglaterra.

—Logré capturarlo —reveló—. Era el capitán Lope Moreno de Camacho.

Justin se sintió más asombrado todavía.

—¿Por qué motivo querría atentar contra la vida de Blanca?

—Siguiendo órdenes —respondió en voz baja.

—Siguiendo órdenes de... —lo alentó a continuar.

—Sospecho que de la familia Hidalgo.

—¿De la que iba a ser su familia política? —el duque seguía impresionado—. Me cuesta creerlo.

A Roderick no. En el regreso del Divino se había machacado pensando en el motivo que podía tener el español para intentar matar al marqués de Whitam, pero entonces cayó en la cuenta de que no era su abuelo el blanco del disparo. Conocerlo le provocó una hecatombe de sentimientos hacia Blanca. Quería estrangular a Lope con sus propias manos, ansiaba más que nada en la vida proteger a Blanca. Y juró que iba a cobrarse su vida.

—Es lo que el abuelo John está tratando de averiguar en Sevilla.

Justin se quedó pensativo.

—¿Ese es el motivo para casarte con ella?

«¿Lo era?», se preguntó Roderick. «No, tajantemente no», admitió para sí mismo, aunque no compartió esa información con su padre. Él, ya se sentía muy atraído por Blanca en Roque del Infierno, mucho más durante la travesía del Intrépido, y luego en George Town todo se complicó y aceleró para hacerle capitular ante los sentimientos que albergaba por ella.

—¿La amas, Roderick? —le preguntó el padre.

El hijo creyó que ese era el comienzo para hablar sobre Serena, y su intervención en desgraciarle la vida, y no estaba preparado para ello, todavía no. Lo que sentía por Blanca debía decírselo en primer lugar a ella, aunque lo había hecho con acciones: protegiéndola, ayudándola, en cada mirada que le dirigía, en cada pensamiento que le dedicaba que era la gran mayoría de ellos. Blanca se había convertido en su prioridad, pero en ese momento era cuando estaba racionalizando ese sentimiento y lo integraba en sus propios huesos, en su carne, en su misma alma.

Por Dios que estaba profundamente enamorado de Blanca Beresford, ahora lady Penword.

Justin le llevaba bastante experiencia a su primogénito, y por eso pudo interpretar todas y cada una de las emociones que cruzaron su rostro. Nunca antes había visto en sus ojos ese brillo emocionado al pensar en Blanca, no se lo había visto por Serena, y conocerlo le quitó un peso enorme a su corazón. Llevaba varios años abrumado por un sentimiento de culpa, y ahora podía liberarse.

—Quiero pedirte disculpas —comenzó el padre.

Roderick hizo amago de levantarse.

—Ahora no es el momento —le dijo el hijo.

Justin no pensaba darse por vencido pues habían llegado hasta ahí, y pensaba continuar.

—Hice muy mal al enviarte lejos de casa —siguió firme, aunque lo vio apretar los labios—. Mi error fue dejarme presionar por Brandon, e incluso por lo que yo creía que era lo correcto y apropiado para ti.

Escuchando a su padre, Roderick sentía deseos de gritar. Había pasado años muy duros imponiéndose el castigo del distanciamiento de su propia familia, y todavía no lo había superado.

—¿Aún piensa que no habría hecho feliz a Serena? —le preguntó con la voz quebrada.

Justin veía la oportunidad perfecta de sincerase, y lo hizo franco.

—Sé que me equivoqué contigo porque sabías lo que querías y estabas luchando por conseguirlo —Roderick se encontró desviando la mirada del rostro paterno—. También sé que Serena no te amaba como tú a ella, y que te habría hecho infeliz.

Roderick tragó con fuerza.

—¿Y qué le hace pensar que Blanca no me hará un completo desgraciado? —quería llevarlo a ese lugar donde una vez lo llevó a él: al valle del caos y la confusión.

Justin lo observó con atención.

—Porque te mira de una forma como no he visto nunca, y lo hace porque te ve realmente como eres —esas palabras lo confundieron porque ignoraba qué pretendía decirle con ellas—. Porque ha estado dispuesta a sacrificar su libertad por la tuya.

Roderick clavó la mirada en la madera del escritorio tras el que estaba sentado su padre. Era cierto, Blanca había estado dispuesta a recluirse en un convento para que él pudiera regresar a Estados Unidos, salvo que ignoraba que él ya no pretendía alejarse de ella, sobre todo desde que había descubierto que intentaban matarla.

—No hay mujer más perfecta para ti —declaró el duque de forma tranquila.

—¿Por su linaje? —contraatacó el hijo.

Pero el duque obvió su pregunta retadora.

—Vamos a luchar con todas nuestras fuerzas para protegerla.

—Créame, ¡soy perfectamente capaz de proteger a mi esposa! —exclamó Roderick con los labios apretados.

—Aunaremos esfuerzos para hacer frente a la corona de España que se posicionará, y para contener al totalitario duque de Alcázar, porque temo que todo esto se complicará.

Sin ser consciente, Roderick se encontró soltando un suspiro largo de alivio.

CAPÍTULO 41

El encuentro entre madre e hija logró una corriente de empatía entre los que observaban emocionados la escena. Incluso Roderick tuvo que tragar con fuerza al ver llorar a su esposa de esa forma indescriptible: entre la amarga tristeza y la absoluta alegría. Adam lloraba también sin saber por qué motivo lo hacía, y, entonces, la pequeña de los Penword, Beatrice, lo sujetó de la mano y lo llevó consigo a otra habitación.

De todos sus hermanos, Beatrice era la única que no le había dado la bienvenida a la familia. Era muy niña cuando se fue, y había crecido mucho durante esos años en los que estuvo ausente.

—Esto parece un drama de Shakespeare —señaló Justin que se veía también emocionado.

Aurora lloraba tanto o más que la nuera y la consuegra. Roderick se encontró rodeando a su madre por los hombros. La mujer dejó descansar la cabeza en el hombro de su hijo.

—Es todo tan emocionante —la escuchó decir.

Lady Beresford llegó a Crimson Hill cuando él no había concluido todavía la conversación con su padre. Y durante ese tiempo, Blanca se había bañado y cambiado de ropa. Ahora no llevaba el vestido de margaritas plateadas. Se había vestido con esmero para el reencuentro con su madre. Observó el largo abrazo entre ambas mujeres, y deseó unirse a ellas, lo que le provocó una absoluta perplejidad.

—¿El vestuario de mi esposa se encuentra en Crimson Hill? —preguntó extrañado.

—Tu tío Christopher, trajo un baúl con parte de sus pertenencias justo después de recibir el mensaje de su padre donde lo explicaba todo brevemente —respondió la madre.

—¡Qué previsor! —exclamó sorprendido.

—Y yo he acondicionado las estancias privadas de tu abuelo Devlin para ambos, son muchos más grandes que las tuyas de soltero. Además, os proporcionarán la intimidad que ahora necesitáis.

Roderick besó la coronilla de su madre porque no se merecía ese trato deferente cuando él se había ausentado voluntariamente del hogar, y por tanto tiempo.

—¿Y mi hermana Mary? —preguntó de pronto.

Percibió que la madre soltaba un suspiro leve.

—Lidiando con los escoceses de las Tierras Altas, pero está muy feliz y enamorada, y es la amorosa mamá de tres hijos: Bruce el mayor, Rowena, y el pequeño Gaven.

Roderick parpadeó asombrado. ¿Mary tenía ya tres hijos?

—Sufrió un aborto antes de alumbrar al primero, pero luego los otros dos llegaron sin problemas. Tu padre y yo solemos ir en verano a verlos, y ellos vienen en Navidad.

Pensar en Mary e Ian redundaba en hacerlo también en Brandon. La madre percibió la tensión en el cuerpo de su hijo, y no tuvo que sumar mucho.

—El primo Brandon casi muere de un disparo.

—Seguro que se lo merecía —respondió sin pensar.

La duquesa le dio un codazo en las costillas como toque de atención.

—Cuando conozcas toda la historia, desearás haberte mordido la lengua antes de decir semejante dislate.

Roderick se dijo que esas frases eran típicas en su madre, y por eso sonrió. De pronto, Rosa dejó de abrazar a su hija, y se giró hacia él. Con los ojos enrojecidos caminó rápida, se plantó frente suyo, y le sonrió.

—Bienvenido a la familia —le dijo con la voz entrecortada.

Roderick se cuadró, se inclinó, y tomó la mano que ella mantenía tendida hacia él. La besó con sumo respeto.

—Lady Beresford, gracias por este recibimiento inmerecido.

—Y tanto... —se escuchó decir a Blanca entre dientes, lo que provocó en Roderick una sonrisa todavía más amplia.

—Con vuestro permiso, me retiro —les dijo a todos los reunidos—. Necesito darme un baño y adecentarme para la cena.

Era lo apropiado porque ya lo había hecho su esposa mientras él conversaba con su padre, ahora le tocaba a ella hacerlo con su madre, y lo haría mejor si él no estaba presente como elemento discordante.

Todos los reunidos se fueron dispersando. Su padre Justin regresó a su despacho. Su madre se dirigió hacia las cocinas para organizar la cena familiar, y sus hermanos varones salieron al jardín para seguir jugando al críquet. Como Beatrice se había llevado al pequeño Adam, Roderick se encontró en el salón acompañado únicamente por el mayordomo.

—Cuando guste, milord —le dijo el sirviente.

Era su indicación de que lo acompañaría a las estancias que la duquesa había preparado para él.

—Hasta que escoja un ayuda de cámara apropiado, estaré encantado de atenderlo.

Roderick lo miró con las cejas alzadas.

—¿Tienes edad para eso? —la pregunta llena de humor recibió la respuesta que se merecía.

—Tengo la edad apropiada para sentarlo sobre mis rodillas y darle la azotaina que se merece, milord —le dijo el mayordomo.

Roderick hizo algo inesperado, se abrazó al sirviente y sonrió.

—No sabes cuánto te he extrañado.

—Ya lo presumía, milord.

Roderick y mayordomo abandonaron el salón.

***

Rosa miraba a su hija con ojo crítico. Estaba hermosa, cuidada, resplandeciente.

A su llegada a Crimson Hill, se había sentido desbordada por la preocupación acumulada de todos esos meses, también por la alegría del reencuentro, y por la incertidumbre de su reciente boda, pero se sentía muy feliz. Ahora que Blanca se lo había explicado todo, el nudo en su corazón se había ido deshaciendo poco a poco.

—Temí tanto por ti —dijo la madre muy emocionada.

Blanca sonrió cándida.

—Roderick me salvó de todo. Me cuidó, ¿cómo no iba a enamorarme con todo mi corazón?

—Hija, con este enlace todos mis sueños se han cumplido —respondió la madre, que al ver la sorpresa en los ojos de la hija, decidió sincerarse con ella por primera vez.

Tiempo después, y mientras Blanca procesaba la información, la puerta de la biblioteca se abrió, y Beatrice entró con el pequeño Adam de la mano.

—Quiere estar con su hermana.

Blanca corrió hacia él y lo levantó en brazos.

—¡Mi hermanito precioso!

El pequeño restregó su rostro en el cuello de su hermana. No hablaba mucho porque era un niño tan callado como Blanca.

—Madre, tendrá que ayudarme con padre —susurró la hija sin dejar de abrazar y besar a su hermano.

—Tu padre estará encantado con el cambio de pretendiente —lo animó ella—, pues nunca le ha gustado la casa Marinaleda.

—Mi tío va a tener muchos problemas con la corona.

Era cierto, se dijo Rosa. Los lazos de Alonso de Lara con la corona eran demasiado estrechos y directos.

—Había deseado tanto que Aracena de Velasco alumbrara una hija…

En la voz de Rosa se podía percibir la esperanza.

—Porque eso me habría librado a mí del compromiso —terminó la hija por ella.

Blanca caminó hacia el sillón y sentó a su hermano sobre sus rodillas.

—¡Tu vestido, Blanca!

Se había emocionado tanto, que no había pensado que esa posición arrugaría su vestido, y, por primera vez en su vida, Blanca se dijo que no le importaba. Había estado meses lejos de su familia, alimentándose de forma escasa, sobreviviendo a una explosión, ¿qué importaba que su vestido se arrugara por sostener a su hermano pequeño entre sus brazos?

Rosa vio la resolución en la mirada celeste de su hija, y entendió muchas cosas.

—Has cambiado —susurró al fin.

Ninguna de las dos se había percatado de que la pequeña Beatrice se había marchado de la biblioteca.

—Y confío que para bien —Rosa también había cambiado, pero silenció su respuesta porque no quería entrar en detalles—. Madre, me pasé semanas vestida sólo con la enagua —le relató con mirada evocadora—. Fui un verdadero tormento para Roderick, aunque entonces no lo sabía —terminó confesando—. Después me vestí con la ropa de un grumete. —En ese punto, Rosa se llevó la mano al rostro—. Y he aprendido a no darle demasiada importancia a los asuntos banales.

—Hablas con mucha madurez, siempre lo has hecho, y nunca le has dado demasiada consideración a cuestiones que no la tienen —le recordó la madre.

—Roderick me ha prometido, que cuando regrese padre, tendremos la ceremonia de boda que merezco.

—¡Pero ya estás casada! —Protestó la madre—. ¿Y si estás encinta para cuando tu padre regrese?

Blanca había pensado en ello, y se dijo que no importaría.

—Mayor motivo para que hacer una fiesta de celebración más ostentosa todavía.

Rosa entrecerró los ojos.

—¿Es eso lo que realmente deseas? —le preguntó la madre.

Blanca sonrió de oreja a oreja.

—No, pero es algo que llevará de cabeza a Roderick, y no sabe cómo me alegra saberlo.

La duquesa de Arun interrumpió la conversación entre madre e hija.

—He dispuesto las antiguas estancias de soltero de Roderick para que podáis quedaros el pequeño y tú —Rosa miró a Aurora conmovida.

—¡Oh!, pero eso no será necesario —y la duquesa pudo leer en el rostro aristocrático que no tenía en mente quedarse.

—¿Piensas por un momento que te permitiría marcharte de Crimson Hill? Porque si fuera a la inversa, yo querría estar día y noche con mi hija en Wolburn Manon.

—Yo deseo estarlo —confesó la mujer—. Pero entiendo que el lugar de mi hija está al lado de su esposo.

Aurora sonrió mientras se acercaba a ambas.

—Madre, me siento emocionada de que se quede aquí conmigo —mencionó Blanca para convencerla porque veía a su madre que se resistía.

—No he traído más vestuario que el puesto —comenzó a excusarse.

Pero cuando la duquesa de Arun tomaba una decisión, nadie podía contradecirla.

—Enviaremos un carruaje a Wolburn Manon con una doncella de tu elección que escogerá la ropa que le autorices, y será tu doncella personal mientras dure tu estancia en Crimson Hill.

Rosa hizo un gesto afirmativo con la cabeza aceptando.

—Eres muy amable, Su Excelencia.

El rostro de la duquesa se puso serio.

—Por favor, Rosa, confío que entre nosotras no exista ese regio protocolo que detesto, pues te recuerdo que eres nieta, hija, y hermana de duque, soy yo la que debería reverenciarte.

—Mi suegra y nuestra madre discutiendo por primera vez —le susurró Blanca a su hermano.

Fue escuchar a su hija, y el rostro de Rosa se puso rojo como la grana.

—Tu madre nunca discute —le dijo con aplomo.

Aurora sonrió de nuevo.

—Las duquesas no bajamos al fango de las discusiones y los insultos.

Escuchando a Aurora, Blanca entendió de dónde salían la mayoría de respuestas de Roderick.

—¿Podéis creer que desfallezco de hambre? —soltó Blanca sin pensar.

—Yo también quiero comer —respondió Adam.

Y suegra y consuegra se miraron haciendo cábalas, pero finalmente, Rosa de Lara no se quedó en Crimson Hill.

CAPÍTULO 42

Los siguientes días resultaron muy amenos y felices para los recién casados que se vieron colmados en atenciones, y de visitas del resto de la familia Beresford, como la del tío de la novia, Christopher, su esposa Ágata, y los hijos de ambos. Blanca había recibido un telegrama de su tío Arthur donde se alegraba enormemente de saber que estaba salva y sana, y también la felicitaba por su boda. Christopher anunció que su hermano había comprado una extensa y hermosa propiedad en Sheffield, y que le había encargado a él la rehabilitación de la misma. Las tierras habían pertenecido a un terrateniente que había dedicado su vida al ejército, y que había fallecido sin hijos. La propiedad había salido a subasta, y por eso Arthur Beresford pudo comprarla por un precio respetable. Para todos resultó una noticia feliz que Arthur y Clara Luna se instalaran de forma definitiva en Inglaterra, y, sobre todo, cerca de todos los Beresford.

Roderick se había pasado los días contando anécdotas a sus hermanos menores que soñaban con piratas, y con rescatar a doncellas indefensas. El hermano mayor había adornado demasiado los relatos caballerescos, pero era lo que esperaban todos.

Blanca comenzó a tomar confianza de su nueva posición mientras esperaba con cierta inquietud el regreso de su padre. Todos desconocían dónde se encontraba Andrew Beresford, y hacia dónde navegaba acompañado del conde Ayllón al mando del Santa Rosa.

La madre de Blanca esperaba que la hija la visitara en Wolburn Manon con frecuencia pues la propiedad no estaba muy lejos de Whitam Hall. La llegada inesperada de Mary acompañada de Ian y de sus tres hijos, llenó Crimson Hill todavía más de alegría.

Roderick se había encerrado en la biblioteca con su hermana melliza durante horas, y ninguno supo lo que se dijeron ambos hermanos, aunque lo imaginaron. Blanca se dedicó a observar a su cuñado Ian que siempre tenía una sonrisa en los labios. Ella, que había viajado a las tierras del norte, conocía como eran los hombres allí, y por eso le asombraba la delicadeza y la caballerosidad de él. Mary había mencionado que Brandon y Marina se encontraban en Zambra, en uno de los interminables viajes que hacían al sur del reino de España. También mencionó lo feliz que estaba de ver a su hermano casado con una mujer que lo adoraba, pero nadie mencionó a Serena, todos se cuidaban de decir algo sobre ella, y Blanca se preguntó el motivo. Nunca había referido nada al respecto, pero sentía verdadera curiosidad por ver con sus propios ojos lo feliz que era junto a su esposo y los hijos de ambos. No sentía preocupación de que Roderick sintiera todavía algo por ella, lo había descartado por completo, pero era una esposa que sentía curiosidad por una situación anormal. ¿Por qué motivo nadie la mencionaba? Ni su hermano Ian, ni su cuñada Mary, ni el propio interesado, su esposo.

Ahora, sentados frente a la larga mesa, Blanca seguía elucubrando sobre sobre ello. El duque de Arun estaba sentado en el lugar preferente y mirando a la puerta principal del comedor. Enfrente estaba sentada la duquesa. Ian McGregor, como invitado principal, estaba sentado a la derecha de la anfitriona, y su esposa Mary a su izquierda. Roderick ocupaba su lugar a la derecha del duque, y Blanca a su izquierda, el resto de Penword se intercambiaron los asientos como era natural en ellos. Si a Devlin le apetecía hablar con su hermano menor Victor, entonces le cambiaba el sitio a Hayden, a Blanca le costó habituarse a que se rompieran las normas cada día, pero parecía que al duque no le importaba lo que sucediese en esa zona del ecuador de la mesa. Roderick trataba de distanciarse del control paterno en la conversación que trataba de mantener con él, porque le apetecía dedicarse a mirar a su esposa.

Blanca era todo corrección. Cortaba la carne en diminutos trocitos que se llevaba a la boca con mucha suavidad. Apenas la abría ni mostraba los dientes, y le recordó a la princesita del pasado, a aquella niñita repelente que lo observaba todo con sus preciosos ojos celestes.

—Te va a estallar la cabeza —le dijo Roderick sin dejar de mirarla.

El duque carraspeó.

—Ese comentario es sumamente inapropiado para decirle a una esposa, sobre todo en un lugar concurrido como el comedor, y en una mesa llena de comensales.

El duque fue al rescate de su nuera. A Justin le gustaban los silencios de ella, porque pensaba antes de hablar, y por eso nunca decía un comentario fuera de lugar.

—Estaba pensando en Serena —dijo de pronto Blanca—. En lo mucho que ha cambiado su vida, y lo que me agradaría verla.

Tras las palabras de Blanca, en el comedor se suscitó un silencio prolongado. Blanca giró el rostro hacia Ian y le sonrió.

—Ha sido un pensamiento en voz alta —se disculpó.

—¿Y por qué estás pensando en Serena? —le preguntó Roderick razonablemente intranquilo.

Ella parpadeó una sola vez antes de responderle.

—Por qué su situación y la mía cambiaron drásticamente —respondió sincera.

—Está muy ocupada trayendo niños al mundo —respondió Ian que quería restarle tensión al momento—. El mayor y primogénito se llama Nicholas. La segunda es una niña y se llama Rosa —Ian inhaló un par de veces antes de continuar—. Y el pequeño de todos se llama como yo, además he de anunciar que está embarazada de un cuarto.

Mary miró a su esposo con ternura.

—Serena desea tener una amplia y numerosa familia.

Ian le sonrió de medio lado.

—No quiero ni pensar cuando lleven veinte años de casados.

Blanca los escuchaba hablar, y en cierta forma se preocupó. El nombre de Serena no debía suscitar esa inquietud en los comensales porque era parte del pasado de Roderick, un pasado que no le suscitaba desvelo, aunque le desconcertaba ese interés por esconderla. De repente, el mayordomo trajo un plato tapado, y se dirigió directamente hacia Roderick, y lo colocó frente a él.

—Un regalo, milord.

Cuando el mayordomo destapó el plato, se escuchó una murmuración generalizada. Blanca abrió los ojos sorprendida, pero su esposo no la había visto porque tenía la vista clavada en lo que contenía: tripas de pescado.

—¡Por San Jorge!

Exclamó el mayordomo que se apresuró a retirar el plato tan abochornado como preocupado.

Pero Roderick se lo impidió. Entonces miró a Blanca y contempló la sonrisa que había sustituido a la sorpresa. Ella ignoraba quién había podido convencer a la cocinera de montar un plato con tripas de pescado. ¿Había escuchado que era un regalo? ¿De quién? Se preguntó.

—¿Qué significa esto, Adam? —le preguntó el duque al mayordomo con voz dura como el granito.

El resto de sirvientes estaban estupefactos, y el mayordomo completamente superado.

—¿Es un regalo tuyo? —le preguntó Roderick a Blanca mientras luchaba por sujetar el plato que el mayordomo quería retirar.

Nadie se esperó lo que hizo Roderick a continuación. Cogió bastantes tripas del plato y se las lanzó a Blanca que no pudo esquivarlas a tiempo.

—¡Roderick, por Dios!

Exclamó la duquesa espantada al ver la acción de su hijo.

El elaborado recogido del cabello de blanca se llenó de tripas, comenzaron a resbalarle por el rostro y cayeron hasta el escote de su bonito vestido rosa claro. Blanca estaba paralizada, y el olor de las vísceras le penetró tan profundamente en las fosas nasales que le revolvió el estómago, y no pudo contener una arcada. Terminó vomitando sobre la mesa parte de lo que había ingerido durante la cena.

La humillación que sintió fue tan profunda y grave, que Blanca se levantó como un resorte y salió del comedor envuelta en tripas de pescado y vómito propio.

—¡Esto ha sido imperdonable!

Bramó el duque que no podía creerse tal desatino. Los sirvientes comenzaron a limpiarlo todo.

—¿Cómo has podido, Roderick? —le preguntó la madre echando la servilleta sobre la mesa y levantándose para ir auxiliar a su nuera.

Roderick se sentía martirizado por su exagerada respuesta. Había sido ver las tripas, y no pensar en nada más salvo devolverle el regalo a Blanca. Pero ella parecía tan sorprendida como él del contenido del plato. ¿Cómo se le había escapado ese detalle?

—Esa conducta es inapropiada en Crimson Hill, y no podrás repetirla.

Roderick escuchaba a su padre, y el sofoco apenas le permitía un respiro.

—He sido yo —la voz de Victor se escuchó sobre las del resto de comensales que no sabían qué hacer o cómo actuar—. Quería gastarle una broma a Roderick.

El hermano mayor lo miró atónito.

—¿Qué pretendías con esto? —le preguntó tan serio como superado.

Victor bajó la mirada al mantel.

—Esa escena que viviste, y que nos has narrado en Roque del Infierno, me ha parecido tan buena que no podía sino tratar de reproducirla.

Como respuesta era bastante miserable, pero ninguno de los que había sentado en la mesa lo escuchó.

—¡Es una dama, Roderick!

Exclamó el padre sin poder apartar la mirada del primogénito.

—Ha sido un acto reflejo —se excusó el hijo.

Justin lo miró todavía más asombrado. ¿Un acto reflejo? ¿Su hijo pensaba que era un pusilánime para creerse tal desfachatez?

—Te he educado lo suficientemente bien como para que sepas contener la lengua, y sobre todo las acciones.

—Victor ha tenido una idea descabellada —le recordó el hijo—, y yo una reacción exagerada —admitió franco.

—Blanca debe de estar horrorizada por tu comportamiento —apuntó Mary que se había quedado espantada y sin capacidad de movimiento.

El duque miró al mayordomo con mirada que helaba.

—Haz que la cocinera vaya de inmediato a mi despacho —Justin miró a Victor, y le hizo un gesto con la mirada para que lo siguiera.

El muchacho no sabía dónde esconderse con la que había liado. En modo alguno había esperado que su hermano le lanzara las tripas de pescado a su reciente esposa. Él sólo pretendía gastarle una broma que quedaría en nada si no hubiera respondido así. Cuando el duque salió del comedor acompañado de uno de sus hijos menores, Roderick hizo lo que se esperaba de él, se levantó de la mesa, se excusó con el resto de la familia, y salió del comedor menos erguido de lo habitual.

El resto de descendientes Penword estaban tan espantados como divertidos del desenlace final de la cena. A todos se les había olvidado el postre.

CAPÍTULO 43

Blanca se sentía enferma de la humillación. Había vomitado sobre su plato parte de la cena ingerida. ¿Cómo iba a mirar al resto de la familia tras ese trágico incidente? Estaba bañada, vestida con su camisón y bata preferidos, y tenía el cabello casi seco, pero se negaba a salir de su alcoba pese a la insistencia de la duquesa que le reclamaba una conversación sobre lo acontecido. Pero ella no quería hablar ni ver a nadie, quería desaparecer de Crimson Hill, y borrar el momento infame de su memoria.

—Abre la puerta, por favor —escuchó la voz de Roderick en el corredor.

Ella lo ignoró mientras seguía dándole indicaciones a la doncella para que continuara guardando sus pertenencias.

—Quiero disculparme —continuó él tras la hoja de madera cerrada.

—¿Todo, milady? —le preguntó la doncella.

Blanca hizo un gesto afirmativo.

—Todo el vestuario —le dijo observándola—. El resto de mis pertenencias podéis enviarlas por la mañana a Wolburn Manon.

Roderick terminó abriendo la puerta y entrando a la alcoba. Ella no había cerrado con llave porque creyó que no hacía falta.

—¿Qué significa todo esto? —estaba claramente sorprendido de ver que la doncella doblaba los vestidos con cuidado, y los metía en el interior de un amplio baúl.

Blanca le dio la espalda.

—No te he dado permiso para entrar —le soltó muy seria.

—No lo necesito —respondió él—. Esta también es mi alcoba.

Roderick la escuchó suspirar suavemente, pero no se movió del lugar que ocupaba.

—Es una regla elemental que, si una dama no otorga su permiso, el caballero debe respetarlo.

Roderick sondeó el tono de su voz, y no le pareció enfadada.

—Te he preguntado qué significa todo esto... —Roderick hizo una pausa larga—. Déjanos a solas —la orden era para la criada.

La doncella dejó de meter prendas, y miró a su señora cohibida. Blanca se giró hacia él.

—Me marcho a Wolburn Manon —respondió sencilla.

Roderick ya lo sabía pues sólo había que observar el revuelo de la alcoba.

—Me excedí en mi respuesta —le dijo sincero.

Los ojos de Blanca mostraban una pena infinita.

—Una respuesta que yo no había provocado —le espetó seca.

—Entonces no lo supe —confesó él.

Blanca bajó la mirada al suelo de madera.

—Eso es lo que más me ofende —comenzó ella—, que me creas capaz de una acción tan censurable cuando nunca te he dado motivos para ello.

Roderick no tenía disculpa posible, pero tenía que intentarlo. Con la cabeza le hizo un gesto a la doncella para que se fuera de una vez. La mujer accedió a obedecerlo contraviniendo los deseos de su señora, y salió de la habitación muy rápida.

Blanca aflojó los hombros, pero no era un gesto de alivio sino de derrota.

—Mi comportamiento ha sido deleznable, y te pido perdón.

Ella ni se lo pensó.

—Estás perdonado, pero ahora márchate porque no deseo conversar contigo.

Roderick no sabía cómo apaciguarla. Blanca le importaba muchísimo. No podría vivir sin ella, y tenía que hacérselo entender.

—Si estoy perdonado, entonces hablemos.

Durante los momentos posteriores al suceso bochornoso, Blanca había pensado mucho, y en todos los razonamientos en los que navegó, no encontró reacciones lógicas al comportamiento de él. Como su doncella personal se había marchado, Blanco optó por seguir guardando sus pertenencias. Roderick se encontró impidiéndoselo. Cuando la sujetó por la muñeca para detenerla, Blanca entrecerró los ojos.

—Las humillaciones que puede tolerar una mujer tienen un límite diario, y creo que en el día de hoy ya lo has rebasado con creces —le aconsejó.

—Es que no puedo permitir que te vayas —se defendió el otro.

Ella entendió muchas cosas en esa súplica. Claramente su esposo estaba preocupado por la reacción de los duques.

—Yo hablaré con tus padres, no te preocupes —se ofreció, y para Roderick fue como si le hubiera soltado un bofetón.

Iba a hablar con sus padres para evitarle un castigo, ¿acaso creía que era un niño pequeño?

—Ahora eres lady Penword, y no puedes huir al mínimo inconveniente que surja —dijo él en voz baja.

Blanca clavó su mirada celeste en la dorada, y Roderick vio que tenía los ojos brillantes.

—No estoy huyendo pues regreso a Wolburn Manon —contestó muy seria—. Deseo darme un tiempo para analizar de forma ecuánime esta situación.

Roderick soltó un exabrupto.

—No puedes marcharte de Crimson Hill —insistió enfadado.

—No deseo quedarme —contestó fría.

Ese comentario franco marcó un antes y un después para él que se le vino el mundo encima. Ambos se quedaron mirando el uno al otro, sin pronunciar palabras, pero sin que hiciera falta.

—¡Roderick! —Exclamó la madre—. Yo hablaré con ella —los dos escucharon la voz de la duquesa desde el pasillo.

Blanca se sintió acorralada.

—¿Puedo entrar, lady Penword?

Que la duquesa le recordara su actual apellido, la confundió.

—Madre, no creo que sea un buen momento para... —Blanca lo cortó.

—Si un breve momento con ella me evita un largo instante contigo, bienvenido sea.

Roderick se encontró apretando los labios. La voz de Blanca no se escuchaba enojada, ni histérica, ni dura, simplemente era la suya, esa que lo hacía sentir tan especial.

Aurora terminó entrando a las estancias privadas, y sujetó el brazo de su hijo, cuando lo hizo, logró la atención de él.

—Deseo hablar un momento a solas con tu esposa.

—Madre...

—Sólo será un momento —insistió la mujer.

A Roderick no le quedó más opción que la de aceptar.

—Puedes ocupar tu alcoba de soltero mientras tanto.

Estaba claro que, si su madre lograba convencerla de que se quedara en Crimson Hill, Blanca y él ya no compartirían el lecho, y en el corazón de Roderick algo muy tierno que crecía y se afianzaba en su interior, se tornó en amargura, aunque optó por obedecer a su madre porque deseaba que Blanca se quedara. Lo ansiaba más que nada en el mundo. Cuando Roderick salió por la puerta, su madre le indicó que la cerrara. Así lo hizo. Cuando las dos mujeres se quedaron a solas, Aurora clavo sus ojos en los de su nuera.

—Le hice al mayordomo una petición especial —ella no preguntó qué demanda era esa. Siguió en silencio plantada frente a su suegra—. No puedes marcharte, querida.

—¿Por qué? —le preguntó directa.

Aurora la sujetó por los hombros, y la dirigió hacia la chimenea. Las dos tomaron sendos asientos en el diván.

—Porque mi hijo te ama —respondió la madre.

Blanca no era rencorosa, y podía entender el apremio de la duquesa para tratar de convencerla, pero ella no podía tolerar ni un insulto más hacia su persona.

—Estoy segura que Roderick siente cariño hacia mí —contestó de forma muy suave—, pero no puedo aceptar determinados comportamientos por su parte porque me hieren.

—Eso es lo que debes cambiar.

—No he sido yo quién lo ha llenado de tripas de los pies a la cabeza en un acto censurable.

Aurora soltó un suspiro largo porque la conversación discurría por derroteros apropiados.

—Roderick se ha esforzado mucho por dejar de ser el hijo perfecto.

—A la vista está de que lo ha conseguido.

Aurora se dijo que Blanca no se andaba con rodeos.

—Y por eso mi consejo es tan valioso: que cada acción suya reciba una respuesta contundente y necesaria por tu parte. —Blanca miró a su suegra atónita—. Sé que te parece una tontería —continuó la mujer—, pero llevo toda la vida haciendo precisamente eso.

Blanca se quedó pensativa. Ella necesitaba un tiempo para pensar con calma, y quizás se había precipitado al elegir marcharse de Crimson Hill, pero con Roderick cerca no podía racionalizar nada porque la descentraba.

—Sé, que amas a mi hijo.

—Lo amo —confesó sin pudor.

Blanca comenzó a narrarle todo lo que sentía por él, y lo duro que le resultaba que se comportara de cierta forma, sobre todo cuando ella no le había dado razones.

—Por eso te pido que, a partir de esta noche, no razones sus acciones, dale respuestas contundentes.

Blanca inhaló profundo. La duquesa no podía estar sugiriendo lo que ella creía que estaba sugiriendo.

—Victor está terriblemente avergonzado, y desea obtener tu perdón.

Blanca seguía pensativa.

—Mi esposo ha despedido a la cocinera que lleva con nosotros más de quince años...

Blanca continuaba analizando toda esa información.

—Y todo este desastre puede reconducirse con una respuesta contundente por tu parte.

Blanca terminó haciendo una mueca.

—Victor ha querido gastarle una broma a su hermano mayor con un resultado adverso para mí, y que termina pagando el servicio —susurró Blanca con mirada incrédula.

—Bienvenida a Crimson Hill —apuntó la suegra—. Acompáñame a la cocina, creo que ha llegado el encargo que pedí al mayordomo...

LADY BERESFORD

***

Roderick se había paseado por sus estancias de soltero como un león enjaulado, sobre todo después de la conversación mantenida con su padre que no le había dejado jirón de piel sin azotar de forma verbal.

Mientras su esposa y su madre dialogaban en el dormitorio común de ambos, su padre hizo algo completamente inusual, pues era la duquesa quien impartía las ordenes y tomaba decisiones con respecto al servicio. Justin terminó despidiendo tajantemente a la cocinera que se había deshecho en llanto porque se creía inocente en todo. Finalmente, y ante el descalabro que se había creado en la mansión, una de las ayudantes de cocina terminó admitiendo que fue ella la que preparó el plato, y que el mayordomo lo llevó al comedor ignorando su contenido. El duque había descubierto que Debbie, la segunda ayudante de cocina, estaba enamorada de su hijo Victor, y había aceptado ser cómplice en la broma.

Mary había intercedido por la cocinera, pero Justin debía embridarlo todo, y acabó despidiéndolas a las dos. El mayordomo se libró porque en ese momento no se encontraba en Crimson Hill, y la ira del duque se dirigió hacia su hijo mellizo Victor que recibió un soberano rapapolvo de los que dejan escoceduras.

Mientras, Roderick estaba convencido de que había perdido a Blanca, y lo había hecho por una acción tan estúpida que sentía deseos de lanzar un grito. Él, le había contado a su hermano menor el incidente de las tripas de pescado, aunque obviando el beso infame, pero había olvidado lo tarambana que era Victor a la hora de saltarse las normas cuando no las reglas. ¿En qué diablos había pensando para creer que la dulce y recatada Blanca, le ofrecería como obsequio un plato de tripas de pescado cuando tanto las detestaba?

Se llamó estúpido una y otra vez.

Era una mujer perfecta, adorable, sencilla y a la vez majestuosa. De nuevo se preguntó en qué estaba pensando para lanzarle las tripas de pescado como si fuera flores que pudieran adornarla.

Siguió caminando por la estancia en un ir y venir de pasos impacientes. Miró el reloj de pared que marcó la una de la madrugada, después las dos, y cuando la pequeña manecilla del reloj llegó a las tres, optó por meterse en el lecho cuando supo que el carruaje ducal no había salido de las cuadras, y que Blanca seguía en las dependencias de los dos. Pensó en su madre, y rezó para que pudiera convencerla.

Roderick se dijo que tenía que enmendarse, tenía que comenzar a comportarse como el heredero y primogénito de los Penword. El destino le había obsequiado el regalo más maravilloso que podía imaginar: Blanca, y se dijo que no podía perderla por un comportamiento despreciable. Se había esforzado tanto por ser completamente diferente, que lo había conseguido.

Cerró los ojos, y dio vueltas en el lecho sin encontrar una postura cómoda para su cuerpo, ni un alivio mental para la culpa. Roderick se juró que, si Blanca lo perdonaba, cambiaría completamente. Iba a esforzarse porque de verdad la quería, y deseaba ser el mejor esposo, pero sobre todo porque ella se merecía al mejor de los hombres.

—¡Capitán filibustero! —Era la voz de ella que lo había llamado a viva voz.

Roderick se reincorporó en el lecho hasta quedar sentado, y la contempló firme a los pies del lecho. Al lado de ella se encontraba su madre con una sonrisa que él recordaba muy bien de su infancia. Debía de haberse quedado dormido porque había apagado la luz de la lámpara de gas de la habitación, pero estaba de nuevo encendida. Blanca iba vestida con el mismo camisón y bata de terciopelo fino que llevaba cuando la dejó en la alcoba marital con su madre. Llevaba una cubeta en la mano.

—¿Lista, lady Penword? —preguntó la duquesa con un brillo travieso en los ojos.

—Jamás en mi vida he estado tan preparada…

Roderick parpadeó porque estaba confuso. Se había pasado la mayor parte de la madrugada despierto y esperando, así que no pudo prever lo que tenía pensado hacer ella a continuación. Y la vio muy despacio alzando la cubeta y ayudándose con la otra mano, un instante después le echó encima el contenido. Todo él quedó impregnado de agua sucia, tripas, y vísceras de pescado que olían realmente mal. Debido a la sorpresa no había cerrado la boca que se le llenó del repugnante líquido hasta el punto de que le provocó una arcada.

—¡Qué demonios…! —no fue capaz de continuar.

Lo siguiente que vio cuando pudo limpiarse un poco el rostro con las manos, fue a su joven esposa soltar la cubeta y salir corriendo de la estancia. Roderick se encontró haciendo lo mismo, y cuando la duquesa se quedó a solas, se tapó la boca con un profundo asco.

—Límpienlo todo a conciencia —les ordenó a las doncellas que ya iban preparadas con todo lo necesario para dejar la habitación impoluta.

Fue tal el escándalo que formaron, que varias puertas del corredor se abrieron a la vez. Cuando Mary se asomó, se sorprendió de ver a su hermano mellizo que hedía corriendo hacia las escaleras.

—¿Qué sucede? —le preguntó a su madre que salía caminando de las estancias de los recién casados con una gran sonrisa en los labios.

—Tu cuñada acaba de cobrarse la revancha.

Justin salió como una tromba de su alcoba.

—¿Qué diantres has tramado? —le preguntó a la esposa.

Los gemelos y los mellizos también salieron al corredor, A la vista estaba de que la carrera de Blanca y los gritos de Roderick persiguiéndola los habían despertado a todos, pero no regresaron a sus respectivos dormitorios sino que emprendieron el mismo camino de ellos. Mary se encontró haciendo lo mismo que sus hermanos menores porque necesitaba ver por sí misma cómo terminaba todo el asunto.

—Esa mirada la conozco muy bien —le dijo el duque que había entrecerrado la suya—, porque es la antesala al caos.

Aurora chasqueó la lengua, y cruzó la puerta sin mirar atrás.

—Estaba ayudando a mi nuera —contestó con voz cantarina.

—Eso vas a explicármelo lentamente —le advirtió el duque.

—¿Cómo de lentamente?

Justin cerró la puerta con cierta brusquedad al ver que su esposa comenzaba a despojarse de la ropa.

—¿Necesitas ayuda? —le preguntó el duque.

Aurora hizo un gesto afirmativo.

—He puesto a todo el servicio a limpiar la alcoba de soltero de Roderick.

—¿Y por qué huele todo tan endiabladamente mal?

Ella optó por no responderle. Sabía el mejor método para hacerle olvidar a su esposo cualquier otro asunto que no fueran ellos dos y la pasión que todavía compartían.

—¿Vas a ayudarme, Su Excelencia? —lo instó con esa sonrisa que lo volvía loco.

CAPÍTULO 44

Roderick casi logra alcanzarla en el vestíbulo principal. Estaba claro como el agua que Blanca pensaba salir al exterior de la casa creyendo que le daría esquinazo, pero antes de llegar a la puerta, se giró hacia él, y levantó la espada de oficial de Roderick que había desenvainado. ¿Cuándo la había cogido que él no se había percatado? Tenía que haber sido cuando dejó la cubeta y salió corriendo.

—No des ni un paso más —dijo jadeante porque había corrido como nunca en su vida.

La imagen de Roderick impregnando de vísceras, y oliendo a pescado podrido, le revolvió las tripas de nuevo.

—Te voy a dar un revolcón —la amenazó dando un paso hacia ella.

Roderick iba vestido únicamente con unos calzones claros que estaban empapados. En el cabello seguía teniendo restos que no se habían desprendido a pesar de la carrera.

Blanca levantó la punta roma hasta el cuello masculino.

—Hazlo, y obtendrás un bonito tatuaje en la garganta —le advirtió sin un asomo de duda.

—¿Por qué has hecho esto? —le preguntó directo, pero dando un paso hacia atrás para permitirle un cierto desahogo.

Tras Blanca estaba la puerta de la calle que no había logrado abrir.

—Una respuesta adecuada a tu comportamiento deleznable, y que obtendrás exponencialmente aumentado cada vez que te muestres como un filibustero.

Roderick se sentía profundamente aliviado al comprobar que ella no tenía intención de macharse a Wolburn Manon. Su madre la había convencido.

—Te voy a dar el beso que te mereces —siguió con la amenaza porque recordaba perfectamente el comienzo de todo entre ellos: con el maldito beso de pescado.

El rostro de Blanca se puso pálido al escucharlo porque lo creía muy capaz de realizarlo.

—Si lo haces apestando de esa forma, te daremos una tunda que no olvidarás jamás.

Los gemelos Devlin y Hayden acudieron en ayuda de la cuñada.

—Y nosotros terminaremos el trabajo —intervinieron Victor y Andrew.

Roderick se encontró girando sobre sí mismo al mismo tiempo que sus cuatro hermanos menores hacían apoyo común para proteger a su esposa.

Mary se divertía de lo lindo observando la escena. Jamás, jamás habría imaginado ver a su hermano actuar de esa forma tan desenfadada, y tan enamorada a la vez. ¡Se la comía con los ojos! Estaba claro que deseaba darle mucho más que un beso. Menudo espectáculo daban los dos. ¡Habían despertado a toda la casa! Mary sonreía mirando a la tranquila y recatada Blanca empuñando y amenazando con una espada a su hermano mellizo que apestaba a diablos, y que seguía plantado frente a ella en plan amenazador.

—Chicos, ¡sujetadlo! —ordenó Mary de pronto.

No hizo falta más palabras. Con un profundo asco, Devlin, Hayden, Victor y Andrew redujeron a Roderick y lo apartaron del camino de Blanca. Mary abrió la puerta de la calle, y con un gesto les indicó que lo echaran fuera.

—Hasta que no te adecentes y te portes como un caballero, no volverás a entrar en Crimson Hill.

Roderick era fuerte, pero no podía competir con sus cuatro hermanos menores que habían alcanzado la edad adulta. Sin contemplaciones lo echaron fuera de la mansión y cerraron la puerta con llave. Escucharon sus gritos tras la hoja de madera, pero con las carcajadas de cada uno, Blanca no podía entender lo que decía.

—Me alegra conocer que no seré yo sola el blanco de su venganza.

—Pero si Roderick es un trocito de pan —le dijo Mary a su cuñada para tranquilizarla porque la veía un poco inquieta—. Menuda audacia la tuya devolverle en el lecho la afrenta recibida en el comedor.

Hayden y Victor seguían riendo a carcajadas.

—Ni se imagina Roderick lo que vamos a reírnos de él cada vez que le recordemos su baño en tripas de pescado.

En el vestíbulo todavía seguía el nauseabundo olor.

—¿Vienes a la cama? —al pie de la escalera se encontraba Ian que tenía en el rostro una expresión indescifrable.

Blanca soltó un suspiro largo. Ella se dijo que el escocés debía de verlos como una jauría de locos.

—Tendré que enfrentarme al duque por mis acciones —dijo pesarosa.

Cuando su suegra le había sugerido el plan de venganza, Blanca no había pensado en el duque de Arun. Al principio le costó aceptarlo porque ese tipo de venganza estaba fuera de lugar en una mujer responsable como ella que había sido educada con mimo y esmero, pero la duquesa había insistido en que debía marcar una pauta que su primogénito entendiera muy bien.

—No te preocupes por mi padre —le dijo Mary en voz baja como si le contara un secreto—, mi madre lo va a mantener ocupado tanto tiempo, que olvidará el incidente muy pronto, te lo aseguro —ella no podía creerlo porque su acción había sido tan censurable como la de Roderick durante la cena—. Cuando mi padre cierra la puerta de su alcoba de esa forma, es un indicativo de que no se les puede molestar bajo ningún pretexto.

A Blanca se le incendiaron las mejillas porque no era estúpida ni mojigata.

—¿Vienes, Mary? —insistió Ian que había cruzado los brazos al pecho.

Tanto los gemelos como los mellizos se marcharon a la biblioteca porque estaba claro que deseaban seguir riéndose a costa del hermano mayor.

—Te aconsejo que trates de dormir, casi ha amanecido —le sugirió Mary.

—¿Y Roderick? —preguntó alarmada.

Estaba desnudo y sucio en la calle.

—Imagino que se dará un buen baño en el estanque —contestó con una sonrisa—. Después dormirá en un jergón en las cuadras.

Blanca estaba exhausta, y decidió aceptar el consejo de su cuñada. Comenzó a caminar hacia la planta superior arrastrando consigo la espada de oficial de Roderick. Cuando terminó de lanzarle el contenido de la cubeta, había entrado en pánico porque las consecuencias podrían ser nefastas para ella, por ese motivo agarró la espada que estaba sobre la cómoda antes de salir corriendo de la alcoba.

—Buenas noches —les dijo a Mary e Ian.

Desde la biblioteca se escuchaban las risas y las bromas que compartían los cuatro hermanos varones. Desde luego, por las carcajadas de los cuatro, se lo estaban pasando en grande, y mucho se temía que su esposo iba a ser el blanco de las mofas futuras.

Cuando se metió en la enorme cama marital, creyó que no podría dormir debido a la agitación que sentía. Se había comportado de forma censurable, y lo lamentaba. Ella era una dama que sabía comportarse, pero Roderick la sacaba de quicio. Cerró los ojos, suspiró profundo, y se relajó en el lecho.

Minutos después acabó rindiéndose al sueño, y entonces un cuerpo musculado se posicionó tras ella. Olía realmente bien.

—¿Pensabas que ibas a librarte de mí, princesita? —la voz susurrante le hizo cosquillas en el oído.

—¿Cómo has entrado? Todas las puertas están cerradas.

Los escuchó contener una leve carcajada.

—Mi abuelo siempre ordenaba dejar la ventana abierta, y el servicio no ha perdido la costumbre.

Ella medio se reincorporó. Roderick la rodeaba por la cintura y le besaba el cuello.

—¿Has escalado por la fachada? —Blanca se mostró espantada porque la altura era considerable.

—Para un marino acostumbrado a subir y caminar por los aparejos de su propio barco, ascender por la celosía es un juego de niños.

Blanca quiso decirle algo, pero entonces Roderick apresó su boca en un beso largo y profundo que le despertó las entrañas, y avivó su deseo.

—Te dije que iba a besarte...

—Pero ya no hiedes...

—Eso es porque me he bañado en el estanque, y me he impregnado de pies a cabeza de linimento de eucalipto...

—Por ese motivo hueles a fresco...

La boca de Roderick volvió a reclamar la femenina al mismo tiempo que la despertaba por completo con caricias atrevidas en el mismo centro de su ser. La escuchó gemir, y sonrió.

—No me abandones nunca, por favor —lo escuchó suplicar.

Blanca comenzaba a sumergirse en una vorágine de placer cuando los dedos diestros comenzaron a acariciar el interior de la grieta rosada que ella plácida le ofrecía.

—Sólo... quería... pensar —tartamudeó mientras el placer la recorría de pies a cabeza.

Roderick sabía cómo tocarla para hacerla arder, para doblegar su voluntad. Lo había hecho en el Intrépido, y en el Divino. Blanca terminó girándose del todo hacia él, pero su esposo la sujetó de forma que quedó de espaldas al lecho, tenía la clara intención de darse un festín con sus pechos. Desabrochó los lazos de su camisón, y descubrió la tela. Las rosadas aureolas se le antojaron el maná. Los lamió, chupó, y acarició hasta casi provocarle un orgasmo.

—Eres una diosa —la elogió sincero.

Blanca recorrió los planos duros del torso de su marido. Se recreó en cada ondulación y firmeza.

—Y tú un... —no la dejó terminar.

—¿Filibustero?

Blanca sonrió al mismo tiempo que su rostro expresaba el amor que sentía por él.

—Así que te gusta que te llame filibustero.

Roderick se preparó para penetrarla. Se posicionó con cuidado sobre ella apoyándose en los antebrazos. Clavó la mirada dorada en el perfecto rostro ovalado, y se dijo que había llegado el momento de mostrarle cuánto le importaba.

—Te amo con toda mi alma.

A ella se le iluminaron los ojos, se le aceleró el corazón, y lo miró completamente ilusionada.

—¿Desde cuándo?

Él, había encontrado el comienzo de la cueva secreta donde se moría por yacer.

—Desde Roque del Infierno—le confesó dando la primera embestida.

La espalda de Blanca se arqueó para recibirlo.

—¿Desde el beso de pescado? —quiso saber ella.

Roderick le dio una segunda embestida mucho más profunda que la primera, y que le arrancó un gemido.

—Mucho antes.

—Entonces estamos a la par.

Roderick paró el movimiento de vaivén para observarla mejor.

—¿Desde cuándo me amas tú? —estaba ansioso por oírla.

Blanca soltó un suspiro impaciente. Estaba a punto de estallar de deseo, y él seguía haciéndole preguntas íntimas, aunque se lo debía.

—Desde la primera noche que dormiste a mi lado protegiéndome de todo. Ahí sufrí la mayor revelación de mi vida, que te amaba.

Roderick dejó caer parte de su peso, durante un par de segundos, en el cuerpo de su esposa para que lo percibiera en su interior mucho mejor.

—Eres todo mi mundo, Blanca, no me abandones nunca.

En las palabras de él podía advertirse la necesidad de sentirse seguro sobre ella y sus sentimientos.

—Jamás lo haré, lo prometo.

Roderick comenzó de nuevo a moverse, y al principio lo hizo lento, suave, pero fue incrementado la velocidad y la fuerza a medida que el cuerpo de Blanca se tensaba bajo el suyo. Cuando ella alcanzó el clímax, él la siguió tan encelado como sumiso, porque nada le producía más placer que provocárselo a ella.

Minutos después, y mientras yacían abrazados, Roderick terminó por confesarle la duda que le quemaba en los intestinos.

—Nunca tendrás que preocuparte por Serena —le dijo de pronto.

—No estaba preocupada —respondió Blanca soñolienta.

Los dos orgasmos vividos con su esposo la habían dejado en una quietud demasiado placentera para preocuparse por algo más que el momento que compartían.

—¿Y por qué preguntaste por ella? —quiso saber.

—Porque me extrañó que todos la obviarais de forma premeditada.

Roderick soltó un suspiro.

—Todos querían evitar incomodarte.

Blanca se giró hacia él, y le puso la palma de la mano en la mejilla. En la alcoba estaba oscuro, pero ella podía ver, gracias al comienzo del alba, el rostro de su marido.

—Serena formará parte de tu vida pasada como yo formaré parte de tu vida futura —respondió muy queda.

El corazón de Roderick se llenó todavía de más amor por ella. Blanca era única, y él tenía la suerte de haberla encontrado.

—¿Entonces se terminó el lanzamiento de cubos de desechos?

—Siempre que controles tu temperamento.

—Tu respuesta ha sido más exagerada que la mía.

—Tu madre me convenció —admitió ella—, me dijo que era un mensaje que tú entenderías.

Y vaya si lo había entendido.

—Quiero hacerte el amor de nuevo —le dijo él.

Blanca terminó sonriendo.

—Nos dormiremos durante el desayuno.

—¡Ahhh! Pero no necesito comida si me nutro de tu néctar.

Blanca hizo algo atrevido, sujetó el miembro de su marido con la mano izquierda, mientras buscaba su boca con la suya.

—Entonces, aliméntate de mí…

CAPÍTULO 45

Cuando Roderick bajó al comedor, todos estaban sentados en sus respectivos lugares. Saludó con cortesía al mismo tiempo que tomaba asiento a la derecha de su padre. Blanca había madrugado más que él, cosa que le sorprendió porque se habían dormido casi al amanecer. Aurora, sentada en el sitial preferente en el ángulo opuesto a su marido, escudriñó con atención la apariencia de su hijo mayor, afortunadamente, Roderick vestía como un auténtico caballero. El mayordomo había realizado un trabajo excelente con el elaborado lazo anudado a su cuello, y que terminó suelto unos minutos después de tomar asiento. Su hijo todavía tenía que mejorar esos modales porque un caballero jamás se desataba el lazo mientras estuviera sentado a la mesa. La madre se dijo que cinco años de ausencia habían borrado toda una vida de aprendizaje.

El mayordomo fue colocando bandejas sobre la mesa de forma natural, aunque varios de los comensales que estaban sentados contenían la risa y lo descentraban de sus labores. A Mary le brillaban los ojos cada vez miraba a su hermano mellizo que acababa de colocar la servilleta de lino al lado del plato.

—Imagino, Adam, que no tendremos pescado para almorzar porque anoche se agotó todo el pescado de Gran Bretaña, ¿no es cierto? —el mayordomo enrojeció hasta la raíz del cabello.

Él, había cumplido la orden de su señora.

—Por supuesto que no, Su Excelencia —el mayordomo había dejado muy cerca de Roderick una bandeja tapada.

La mirada alarmada de él logró que Devlin y Andrew soltaran sendas carcajadas que la madre reprobó casi de inmediato.

—No tiene gracia —afirmó Roderick en un tono seco, y mirando a sus dos hermanos.

Blanca escondía el rostro tras la servilleta haciendo como que se limpiaba con ella. Todo en el comedor iba bien hasta la aparición de Roderick que se había retrasado bastante. Ella se había dormido cuando amanecía, pero a la llamada de su doncella no dudó en levantarse para el desayuno familiar, y lo dejó en el lecho profundamente dormido.

—Sí que tiene gracia —replicó Victor—. Tenías que haber visto tu cara al ver la bandeja cubierta.

Roderick se tensó.

—Ya os he dicho que no tiene gracia —reiteró molesto.

—Por supuesto que no tiene gracia —apuntó el duque—, porque toda la gracia la gastó anoche Su Excelencia, ¿verdad, querida? —el duque miró a su esposa mientras se ponía un par de cruasanes en el plato.

Aurora hizo como si la conversación no fuera con ella, pero ante la mirada inquisitiva de su esposo, tuvo que participar.

—Te perdiste lo más gracioso de la velada —respondió Aurora que untó de mantequilla uno de ellos.

—A fe mía que no hacía falta que lo viera porque lo olí —el duque tenía ahora la mirada clavada en su primogénito—. Todavía creo percibir un ligero olor a…

Mary estalló al fin en risas, e Ian la secundó. Todos tenían clavada en la retina del ojo la imagen de Roderick corriendo tras Blanca y empapado en tripas de pescado.

—Una idea brillante de madre —arguyó Roderick antes de tomar un sorbo de té—, para deleite de estos judas que tengo por hermanos.

—El trabajo de la suegra es ayudar… —Aurora dejó la frase incompleta.

—Pues que sea la última vez que se gesta un complot de tal envergadura a mis espaldas.

La duquesa miró hacia otro lado.

—Al menos que lo prepares tú, ¿verdad, querido?

En la mirada del duque nadie pudo dilucidar si en verdad estaba sopesando la sugerencia de la duquesa.

—Fue todo muy gracioso —pudo decir al fin Mary que no podía parar de sonreír a pesar de lo incómoda que se veía Blanca con el cariz que había tomado la conversación.

—Lo que habría dado por estar en la alcoba justo en el momento, y verlo con mis propios ojos —soltó Victor que se llevó una mirada reprobatoria del padre.

—Advertidos quedáis todo —dijo Roderick—. No os guardo rencor, pero conservo buena memoria.

Para sorpresa de todos, Blanca soltó una leve carcajada. La mirada ardiente de Roderick se clavó en ella.

—En la cena de anoche, algunos de los que están aquí sentados, olvidaron sus modales —esas palabras pronunciadas por el duque iban dirigidas expresamente a ellos—, y confío que sea la última vez.

Pero fue la duquesa quién respondió.

—Los modales son como los rezos, necesarios en una mesa, pero raros en la intimidad del lecho.

Blanca se atragantó con su té y tosió con aspavientos. La duquesa de Arun le recordaba mucho a su esposo en el comportamiento y en las respuestas insolentes. Los hombros de Blanca temblaron tratando de contener la risa tras el ataque de tos.

—Tú, princesita traviesa —la llamó Roderick—. Deja de reírte de tu esposo porque es algo insano como desayuno.

Devlin se golpeó el muslo porque no podía contenerse más.

—Yo no osaría desafiarla porque el resultado para ti puede ser imprevisible... como el de anoche —le recordó el hermano.

Roderick terminó bufando.

—¿Así va a resultar mi vida de ahora en adelante? ¿Escuchando vuestras mofas durante el desayuno?

Justin carraspeó porque en verdad le costaba mantener la compostura cuando toda su familia se reía del pobre Roderick, pero él tenía que aportar su granito de arena al descalabro propiciado por él mismo.

—¿Sólo en el desayuno? —preguntó muy serio—. Porque vaticino que también en el almuerzo y en la cena se recordará ese momento increíblemente memorable y oloroso —remató el padre.

El mayordomo tuvo que carraspear para controlar una mueca de humor. El duque giró la mirada hacia él porque lo había escuchado.

—¿A ti no te había despedido junto con la cocinera? —preguntó muy serio.

El mayordomo se puso tieso.

—Por supuesto, Su Excelencia —admitió el sirviente solemne—. Como las últimas diecisiete veces anteriores.

Adam era un fiel sirviente que no podía imaginar otra vida que no fuera en Crimson Hill. Poseía la educación de servicio al señor, e incluso anteponía la salud y bienestar de todos al suyo propio. Amaba a esa familia como si fuese la suya propia.

—Y yo los he readmitido —aclaró la duquesa que miraba fijamente a su esposo—, porque las decisiones sobre el servicio de Crimson Hill me corresponden en exclusiva.

Justin mantuvo un silencio que Aurora interpretó muy bien. Realmente Adam no había tenido la culpa de nada, se dijo Justin, tampoco la excelente cocinera de Crimson Hill porque fue su ayudante de cocina, Debbie, quién había participado de la loca idea de su hijo Victor. El despido de la muchacha había sido reafirmado también por Aurora, y Victor había recibido una buena reprimenda por parte de ambos progenitores. Justin dudaba de que al díscolo de su hijo menor le quedaran ganas de idear bribonadas.

—He pensado vender las tierras que compré en Estados Unidos —dijo Roderick creyendo que el silencio de sus padres era un inconveniente, y deseó romperlo, además quería cambiar de conversación.

Justin dejó de mirar a su esposa, para observar a su primogénito.

—Hablaremos después sobre eso.

—Yo no quiero que las vendas —dijo Blanca de pronto.

Roderick la observó con atención.

—¿Por qué? —quiso saber.

Blanca se tomó un tiempo para responder sin percatarse que todos en la mesa esperaban expectantes su respuesta. Roderick observó que su esposa se sumergía en uno de esos silencios tan largos, y que tanto lo importunaban. A su vez Mary se preguntó por qué motivo querría mantener su cuñada unas tierras al otro lado del mundo, porque Escocia estaba relativamente cerca comparado con Estados Unidos.

—Pues en ese asunto estoy con mi hermano —Mary no pudo contenerse de expresar su opinión—. Su lugar está aquí en Inglaterra.

—Lady McGregor —la llamó Ian, y su nombre de casada en los labios de su esposo era un reclamo para que mantuviera la boca cerrada—. Es un asunto privado entre ellos.

Mary así lo entendió. Esa era una decisión que competía a su hermano mellizo y a su esposa, pero ella no quería tenerlo tan lejos nunca más.

—Blanca... —la apremió Roderick que sentía verdadera curiosidad por conocer la replica de su esposa.

Blanca alzó la barbilla, respiró profundo y respondió:

—Porque esas tierras forman parte de tu vida —comenzó a decir fijando la vista en un punto indeterminado del comedor—. Esa vida que forjaste con mucho sudor y esfuerzo —siguió argumentando ella—. Significan tu propio afán en cambiar el rumbo de tu destino, y creo de verdad que deberías conservarlas.

Aurora inclinó la cabeza para ocultar un brillo de complacencia porque las palabras de su nuera indicaban su grado de madurez y sensibilidad. En verdad Roderick había tenido una suerte de mil demonios al encontrarse con ella, salvarla, y enamorarla. Cuando recordó la batalla verbal que mantuvo con Blanca para convencerla de que tomara las oportunas represalias por lo sucedido en el comedor, lo había hecho con un motivo oculto: si ella no hubiera intervenido, Blanca se habría marchado de Crimson Hill, y estaba convencida de que habría terminado separada de su hijo. Como madre, ella no podía permitirlo porque sabía lo importante que era lady Beresford en la vida de Roderick. ¿Acaso no lo habría traído de regreso a casa? Blanca era tan parecida al Roderick del pasado, que ahora que estaban juntos formaban un todo. ¿Sólo ella podía verlo? Eran perfectos el uno para el otro.

—Estoy de acuerdo con Blanca —admitió el duque por fin—. Esas tierras representan un esfuerzo muy importante por tu parte.

Roderick miró a su padre boquiabierto, pero no pudo responder porque Adam hizo su entrada en el comedor.

—Ha llegado un telegrama para lady Penword.

Como Blanca no estaba acostumbrada a su nuevo título, no miró al mayordomo que se había parado a su lado y le tendía el mensaje.

—¡Blanca! —la llamó Mary.

El desconcierto de ella le provocó una sonrisa a Roderick, y se dijo que tendría que repetirle su nuevo status para que no lo olvidara nunca más.

Blanca tomó el mensaje, lo leyó, y casi da un brinco sobre la silla.

—¡El Divino ha arribado a Sevilla! —A Blanca se le hizo un nudo en la garganta a la vez que los ojos se le llenaron de lágrimas—. Mi padre recibió el mensaje que la embajada le envió a... —no podía continuar de lo emocionada que estaba—. Está reunido con mi abuelo John, y juntos regresaran a Inglaterra.

De pronto, y de forma impulsiva, la duquesa rompió en aplausos.

—Es una noticia maravillosa —declaró sincera.

Sin esperarlo, Blanca le tendió el mensaje a su esposo para que lo leyera, Roderick lo tomó con una sonrisa, pero se le borró al instante.

—¿Dice algo más? —quiso saber la madre preocupada.

A Blanca le brillaban los ojos mirando el rostro de su esposo.

—Detalles sobre su próximo regreso —contestó el hijo.

Pero no era cierto. En el mensaje Andrew Beresford le informaba que pensaba aunar esfuerzos con el duque de

Alcázar para despellejarlo de pies a cabeza, laminarlo lentamente, y cocinar paté con su hígado.

—Esto se merece un brindis —dijo el duque con ánimo.

El mayordomo entendió la orden.

—Te recuerdo que estamos desayunando —protestó la duquesa.

Justin miró a su esposa con una mirada tan ardiente e íntima que provocó en todos sus hijos carraspeos, turbaciones, y miradas soslayadas.

—¿Y cuándo ha importado eso a Su Excelencia? —replicó el duque.

Adam ya iba en busca de la mejor botella de champán de la bodega de Crimson Hill.

EPÍLOGO

Mercado de Rockcliffe, frontera con Escocia

Devlin Penword miraba a su prima Lizzy con ojos entrecerrados. La vigilaba a una distancia prudente mientras ella miraba con interés los variados artículos que vendía un anciano escocés. El mercado de Rockcliffe, aunque estaba en Inglaterra, era el preferido por los escoceses porque podían vender sus artículos a un precio mucho mayor que en Escocia. Además de animales, telares, y demás enseres, se podían encontrar verdaderas reliquias.

—Sassenach —lo llamó un mercader—. Esta es la mejor lana de toda Escocia, y la vendo barata.

Devlin decidió alejarse del puesto, pero entonces una anciana lo sujetó del brazo. Llevaba una cesta con dulces variados.

—Los mejores scones al otro lado de Rockcliffe —la mujer le puso uno delante de la nariz.

—No quiero, pero gracias —respondió educado.

—¿Es porque son de Escocia? —gritó la mujer.

Estaba claro que detestaba a los ingleses por la forma de mirarlo, y de repente la mujer se enzarzó en una discusión que sólo mantenía ella, y que logró atraer la atención de varios hombres que se congregaron alrededor suyo.

Devlin estaba deseando irse del mercado, pero no quería ahogarle la fiesta a Lizzy. Cuando alzó la mirada, comprobó que en el puesto de abalorios no se encontraba su prima. Miró con atención los puestos anteriores y posteriores, pero no la encontró. Entró en pánico y comenzó a andar deprisa mirando a izquierda y a derecha.

—¡Lizzy, Lizzy! —la llamó a voz en grito al mismo tiempo que comenzaba a desesperarse.

En ese momento deseó que su primo Christopher los hubiera acompañado, pero Lizzy no había querido esperarlo, y terminó convenciéndolo de que fueran solos. Ahora se arrepentía, sobre todo cuando se pasó las siguientes horas buscándola por cada calle y rincón de Rockcliffe, pero parecía que la tierra se la había tragado.

***

Lizzy estaba entusiasmada porque había comprado un anillo muy antiguo, y, aunque estaba bastante descuidado, a ella no le importó. En ese momento miraba el grabado de un camafeo cuando un chaval de unos diez años le pegó un tirón a su ridículo y salió corriendo calle abajo.

—¡Serás ladrón! —Exclamó ella al mismo tiempo que comenzaba a correr tras el chico para recuperar su bolsito.

A Lizzy no le importaban las libras que contenía sino los tesoros que había encontrado en el mercado. El pesado tejido de su vestido resultaba un impedimento para poder alcanzarlo, aunque lo intentó. El muchacho se internó en las estrechas callejuelas tratando de despistarla, y fue en uno de esos callejones donde tropezó con un hombre herido que yacía en el suelo. Su alma caritativa le hizo detenerse y auxiliarlo. Lizzy jadeaba por la carrera emprendida, pero hizo lo que se esperaría de una persona cristiana, se agachó frente al cuerpo y observó el puñal que el hombre todavía tenía clavado en el torso, además tenía una brecha en la cabeza, la piedra que lo había herido estaba junto al cuerpo con restos de su sangre. Con la mano le tocó en el cuello para comprobar si tenía pulso, pero estaba frío.

—¡Ayuda! —gritó al aire para que alguien la oyera.

Estaba claro que el hombre había sufrido un robo.

—Necesitas ayuda —le dijo como si el herido pudiera oírla—. Hay que sacarte el puñal y controlar la hemorragia, pero yo sola no puedo hacerlo.

Lizzy tenía algunos conocimientos gracias a los trabajos sociales que solía hacer tanto en el hospital como en el orfanato. Sujetó el puñal con sus manos para tratar de averiguar la longitud de la hoja, y cuánto habría penetrado en el cuerpo.

—¡Asesina! —gritó la voz de un hombre.

Lizzy miró hacia atrás, y vio a tres hombres intimidantes en corpulencia y en estatura.

—Necesita ayuda —les dijo porque no había entendido la palabra.

Uno de los hombros se inclinó y la sujetó del cabello con fuerza. Lizzy no se esperaba ese trato.

—¡Prepárate a morir, puta! —el tono sí lo había entendido.

Lizzy abrió los ojos aterrorizados.

—No he sido yo —trató de decirles, aunque estaba muy asustada.

—¡Gavin, no! —Exclamó Bruce McGiver, pero llegó tarde.

El hombre golpeó a la mujer con tanta fuerza que la cabeza rebotó contra el suelo de piedra y la dejó inconsciente.

—¡Ha matado a mi hijo! —Justificó el hombre mayor mientras tratada de ayudar Blake que yacía en el suelo sobre su propio charco de sangre.

Bruce era muy observador, y dudaba mucho de que esa escuálida inglesa le hubiera propinado una puñalada a Blake.

—Mira el puñal —le aconsejó.

Gavin así lo hizo, y entonces se percató del sello.

—¡Malditos Lowlands!

Los otros dos escoceses traían la montura de Blake, y aunaron esfuerzos para subirlo a la grupa. Gavin había sacado anteriormente el puñal del cuerpo de su hijo, le colocó un grueso pañuelo para taponar la herida, y lo sujetó con su propio tartán para que no se moviera.

—¿Qué hacemos con la inglesa? —preguntó Bruce cuando vio que sus dos amigos se desentendían de ella.

—Si no está muerta, mátala —le ordenó Gavin que estaba demasiado afectado por lo sucedido.

Afortunadamente la hoja no era muy larga para el robusto cuerpo de Blake, pero le preocupaba la enorme brecha de su cabeza.

Bruce soltó una blasfemia porque estaba convencido de que la muchacha no era la causante de la herida de Blake, sobre todo porque era inglesa, y porque el puñal pertenecía a un clan del sur. Casi sin esfuerzo, porque pesaba menos que una pluma, la alzó en brazos y la colocó boca abajo sobre la grupa de su propia montura.

—Te he dicho que la dejes —le ordenó Gavin.

La mirada de Bruce era de desobediencia absoluta.

—No soy un asesino de mujeres, además, Blake querrá interrogarla y matarla él mismo si la inglesa ha tenido algo que ver con su apuñalamiento.

Gavin resopló con hastío, y azuzó su montura que comenzó el trote.

—Mantenla apartada de mi vista, o yo mismo le cortaré el cuello…

LADY BERESFORD

Copyright ©2020 Arlette Geneve
Designed by: ©Freepic.diller / Freepik
Sello: Independently published
ISBN: 9798670660044

Derechos exclusivos de ediciones en español para todo el mundo. Ninguna parte de esta publicación, incluido el diseño de la cubierta, puede ser reproducida, almacenada o transmitida en manera alguna ni por ningún medio, ya sea electrónico, mecánico, de grabación o fotocopia, sin autorización escrita del editor.

LADY BERESFORD

Made in United States
North Haven, CT
25 July 2023